POSE TA TÊTE SUR MON CŒUR SOMBRE

“Lettres anglo-américaines”

DE LA MÊME AUTRICE

LA VIERGE DE POCHE, roman, Rivages, 1992.
LA PERRUQUE DE MON PÈRE, roman, éditions Joëlle Losfeld, 2000.
L'AIR DE QUOI ?, roman, éditions de l'Olivier, 2002.
LE CHOC DE LA MATERNITÉ, essai, Actes Sud, 2008.
RETROUVAILLES, roman, Actes Sud, 2009 ; Babel n° 1132.
LA VALSE OUBLIÉE, roman, Actes Sud, 2012.
L'HERBE MAUDITE, roman, Actes Sud, 2017.
ACTRICE, roman, Actes Sud, 2022.

Ouvrage publié avec le soutien de Literature Ireland

LITERATURE IRELAND
Promoting and Translating Irish Writing

Titre original :
The Wren, the Wren
Éditeur original :
Jonathan Cape, Londres

ISBN 978-2-330-21349-7

ANNE ENRIGHT

Pose ta tête sur mon cœur sombre

roman traduit de l'anglais (Irlande)
par Mathilde Bach

ACTES SUD

Pour Claire Bracken.

NELL

Russell T. Hurlburt, psychologue du Nevada, s'est intéressé dans ses travaux aux différents chemins qu'emprunte la pensée chez les êtres humains. En 2009, le Dr Hurlburt équipait ainsi une jeune femme du nom de Melanie d'un bipeur : le dispositif se déclenchant de manière aléatoire dans la journée, elle devait chaque fois consigner tout ce dont elle avait conscience au moment de la sonnerie et, par la suite, revisiter ces événements mentaux dans le cadre des recherches du psychologue.

Le troisième jour de l'expérience de Melanie, alors que son petit ami l'interrogeait sur sa police d'assurance, elle tentait de se souvenir du mot "parodontiste". Le quatrième jour, lorsque la sonnerie retentit, elle avait très envie d'aller faire de la plongée sous-marine. Le sixième jour, elle ramassait des pétales de fleurs dans le fond de l'évier tandis que les mots "un bon et long moment" résonnaient dans sa tête.

Selon le Dr Hurlburt, les vies intérieures, qui se déroulent sous nos crânes, opèrent de manières très diverses d'une personne à l'autre. "D'après mes recherches, de nombreuses personnes ne fabriquent naturellement aucune image, alors que d'autres conçoivent de très riches, très précises images, en technicolor et en mouvement. Chez certains sujets, la vie intérieure est dominée par le discours, les sensations corporelles, les émotions, tandis que d'autres le sont par « de la pensée sans symbole » susceptible de prendre la forme de questions non formulées telles que « est-ce que je prends le sandwich au jambon ou le rosbif ? »"

Je trouve cette expérience très utile et séduisante. Aucune explication n'est recherchée ou donnée : Melanie pense ainsi parce que c'est ainsi que pense Melanie. Peut-être que Melanie, avec son évier plein de pétales fanés et son écho intérieur se repaissant des mots "un long et bon moment", n'a pas plus l'âme d'un poète que d'autres gens qui s'arrêteraient plutôt sur un vieux sachet de thé en ressassant les mots : "Ma vie part en couilles."

Je me demande ce qui se passait dans la tête de son petit ami au même moment.

Prenons une assurance !

Ou :

Pourquoi elle m'ignore ?

Ou :

Oh mon Dieu, elle a une de ces paires de seins.

Ou :

Bon Dieu, il faut que je prenne une assurance à cette garce avant de la buter.

Ou :

Si on changeait de fournisseur, on diminuerait significativement nos coûts. Peut-être que si je lui mettais tout ça sur une feuille de calcul, elle mesurerait les risques potentiels et les économies à réaliser.

Ou :

Au moins quand je lui parle d'assurance, je ne pense pas à mon érection.

Au moins quand je lui parle d'assurance, je ne pense pas au fric que je n'arrive pas à gagner dans ce foutu système qui vous baise à tous les virages.

Au moins quand je lui parle d'assurance, je ne pense pas à la mort, sinon de façon utile.

Je suis utilement amoureux, et j'adore être utile.

Je veux de la douceur, je veux des "oui".

Je veux mourir maintenant, tout le temps, et dans ses bras aussi.

Foutaises, le petit ami de Melanie pense évidemment au football. Car c'est ce que les hommes vous répondent, quand vous leur posez la question : ils pensent au football. Et bien sûr ces hommes disent la vérité. Même si, derrière le football… quelque chose d'autre s'agite, une espèce de vieux et gros lézard à la langue pendante. Quelque part derrière le football. La pulpe douloureuse de son pouce droit, une légère encoche sur la partie la plus osseuse de son crâne. Une faille. Un endroit. L'explosion d'un ciel bleu sur quelque planète lointaine où trois lunes se lèvent et se couchent en même temps (le petit ami de Melanie est un garçon, après tout).

Et c'est lui qui a le ballon, il court derrière le ballon, il l'a, il l'a fait ! But ! Oui ! Derrière le football, c'est un cri du cœur : Revanche ! Et des milliers d'hommes qui jaillissent de leurs sièges en plastique dans le stade, en criant avec lui : Oui !

Melanie, pendant ce temps, suçote son implant dentaire, qui lui semble un peu mobile, et ce bruit minuscule est absolument insupportable pour son petit ami extrêmement sensible aux sons d'anatomie interne, en particulier ceux qui proviennent de l'intérieur des autres, en particulier ceux qui proviennent de l'intérieur de leurs bouches. Le petit ami de Melanie possède une conscience très aiguë des langues et de la salive de ses semblables, parfois même de celles du chien, le soir, quand il se lèche le pelage. Le pire, ce sont les pommes. C'est comme si les bruits de succion, la morsure de la mastication des autres résonnaient dans son cerveau – sans le moindre respect pour cette frontière entre sa vie intérieure et le monde extérieur. Une invasion totale, de la torture presque – alors qu'il essaie vaillamment de trier le courrier. Alors qu'il essaie de trouver une fichue assurance.

Et au fond.

Melanie et son petit ami : je ne leur veux que du bien. Elle, je crois que c'est une rêveuse, et lui, un trésor : il veut juste les protéger. Et qu'avec le temps – avec le temps – chacun apprendra à savoir exactement ce que l'autre pense.

Il pense :
mou
cette odeur
Elle pense :
un bon et long moment

Nous ne marchons pas dans la rue de la même manière que l'autre qui marche à côté de nous. Le mieux que nous puissions faire, c'est dire à l'autre ce que nous voyons, désigner des choses, essayer de les nommer. Et si nous réussissons à être suffisamment précis, l'autre pourrait bien regarder le monde d'une nouvelle manière. Et alors, nous pourrions nous rencontrer.

Quand j'ai commencé à réfléchir à tout cela, je m'intéressais à l'empathie, comme si c'était la solution (et c'est le cas ! c'est le cas !) à presque tout. Je réfléchissais aux questions de genre et à l'empathie, aux questions de religion et à l'empathie, aux bénéfices de l'évolution et à l'empathie. J'avais dans la tête un gros et beau gâteau portant l'inscription : "Éprouver la douleur des autres", je ne cessais d'en découper des tranches, tant j'étais persuadée que l'émotion était une passerelle entre les gens, que les sentiments abolissaient l'espace, que la compassion était un gaz, exhalé par l'un, respiré par l'autre. L'empathie ! Se fondre dans l'autre.

Nous pouvons fusionner, vous savez. Nous pouvons nous connecter. Nous pouvons pleurer devant le même film. Vous et moi.

Mais certaines personnes sont incapables d'une telle connexion – assez compliquée en réalité. Le fossé demeure.

Ces jours-ci, j'ai le sentiment d'un réel fossé entre moi et la personne d'à côté, d'un espace entre chaque être humain. Et ce n'est pas un espace effrayant. L'air vide qui sépare deux personnes peut se traverser par l'émotion, ou pas. Il faut autre chose, ou bien il faut quelque chose *d'abord*. C'est ce dont Russell T. Hurlburt parle lorsqu'il évoque les différentes sortes d'expériences mentales. Les gens sont différents, ils pensent différemment. Je crois donc que le mot dont nous avons besoin ici est le mot "traduction".

Il m'a fallu longtemps avant d'arriver à ce stade de séparatisme heureux. Quand j'étais enfant, je croyais que nous étions tous pareils. Que j'avais des pouvoirs télépathiques, que *vous* aviez des pouvoirs télépathiques et c'était tellement chouette. Nous étions tous ensemble. Ce fut donc une expérience difficile – très solitaire – de découvrir que ce n'était pas vrai.

Et cependant :

Prenez cette fille qui a accouché dans les toilettes, qui ne savait même pas qu'elle était enceinte. Comment cela a-t-il pu arriver ? disons-nous. Bien sûr, elle était dans le déni. Elle était pauvre.

Voilà pour le cas de cette fille.

Prenez cette autre fille – qui souffre, pas seulement avant et pendant l'accouchement, pas seulement avant et pendant ses règles, mais chaque fois qu'elle ovule. Cette fille, qui sent distinctement le passage de l'œuf dans ses trompes de Fallope. *Mittelschmerz* – si cela porte un nom en allemand, c'est donc que cela existe. Je connaissais une fille comme ça à l'école. Qui sentait tout. En cours, la semaine précédant ses règles, elle était distraite par la sensibilité de ses seins, les crampes qu'elle avait à l'estomac quatre, trois, deux jours avant, puis par tout le tremblement quand les règles finissaient par arriver. Tous les mois, dix jours durant, c'était un véritable événement. Le tiers de sa vie. Impossible de mettre des tampons. Les serviettes ne suffisaient pas. Elle s'évanouissait. Se tachait. Prenait des comprimés de fer. Allait se coucher au son des lamentations de sa mère qui répétait : Oh mon Dieu, oh mon Dieu. Son rêve absolu, disait-elle, c'était d'ôter son pantalon et de s'asseoir à même la terre, alors elle pourrait enfin se dire qu'il y avait sous elle de quoi absorber tout ce qu'elle avait à donner. Elle s'appelait

Maya, cette amie à moi, toujours en souffrance en un sens, si souvent ignorée, niée, renvoyée à une supposée erreur de jugement qu'elle commettrait sur elle-même, ses propres sensations. Et je crois que c'est là l'un des effets de la douleur. La douleur génère ce sentiment d'être accusée d'avoir inventé la douleur.

Dans la façon même dont vous ouvrez la bouche pour dire : J'ai mal.

Ce qui s'exprime, c'est : C'est à l'intérieur de moi. Cette douleur. Je vous en prie, essayez d'imaginer ce que ça fait. Même si moi je n'*imagine* pas ce que ça fait. Et que c'est la différence entre nous.

Si elle était enceinte, Maya le saurait, vraiment, voilà tout. Elle ne serait certainement pas choquée et surprise de voir un bébé sortir d'elle après neuf mois à se faire labourer l'utérus et comprimer la vessie. *Je croyais que c'était une indigestion !* Non, Maya ne dirait pas ça. Je crois qu'elle dirait *Raaaaaahh !* Neuf mois durant.

Raaaaaahh !

Certaines personnes sont affublées de corps assourdis. D'autres ont des corps bruyants, bavards ou légèrement fantasques ; des corps en perpétuelle déclaration d'eux-mêmes, partageant leur moindre actualité. *Oh non, une démangeaison !*

Raaaaaahh !

Le mien a toujours été correct. Un corps où il fait bon vivre et se mouvoir. Même si, quand je regarde dans le miroir, je n'en reviens pas de ce que je vois. Mais la circulation : sexe, nourriture, bruits, ce genre de choses ? Ça s'est toujours bien passé. Je mange. Je cours. J'adore courir. J'ai l'impression de voler.

Si j'emprunte tous ces détours, c'est pour raconter comment, à l'âge de vingt-deux ans, je suis tombée amoureuse, et que cela m'a complètement prise au dépourvu. Comme si ce tendre monstre avait été en moi depuis tout ce temps, à tambouriner et se retourner, sans que je sois consciente de sa présence.

Raaaaaahh !

Je dis "tombée amoureuse" parce que c'est le terme techniquement approprié pour ce qui m'est arrivé. Il n'y a pas eu de fossé, pas eu besoin de traduction. Je me suis sentie comprise, incluse. Et ce sentiment était euphorique.

Une année après la fin de l'université, alors que je mettais tout juste le nez et les moustaches dehors et reniflais l'air neuf du monde des adultes, je savais qui j'étais. Mon corps n'était en rien assourdi. Je pouvais prendre du plaisir au sexe, manger, m'enivrer et m'en remettre, me caresser, caresser quelqu'un d'autre. Je pouvais danser, m'abstraire de mon environnement, plonger dans une grande discussion profonde et stupide ; un de ces longs intermèdes nocturnes et doux avec une fille qui me plaisait, ou bien, plus exigeant et chaotique, avec un type, qui la plupart du temps ne me plaisait pas tant que cela – il y a là une sorte d'antagonisme, je dois bien l'avouer. Le sexe avec un garçon m'a toujours un peu évoqué un combat : avec le risque d'être blessée, ou de se rendre compte qu'on l'a été une fois la gueule de bois passée. Difficile de dire ce qu'on ressent sur le moment. (Suis-je masochiste ? Oh, j'ai du mal à m'en souvenir.) Mais en réalité, sur le plan émotionnel, les filles étaient beaucoup plus susceptibles de me briser, surtout lorsqu'elles étaient faites de cette matière froide et dédaigneuse, qui était précisément ce qui m'avait attirée au début. C'est comme ça.

À la fac de Trinity, j'avais une super bande d'amis, nous nous étions rapprochés dès, disons, le cinquième jour. Un type avait traversé à vélo la magnifique pelouse sur laquelle il était même interdit de marcher normalement, il avait un long manteau et des cheveux byroniens (c'était le mot qu'il employait), nous étions trois filles à le regarder faire, Lily, Shona et moi, il s'appelait Malachy, il était manifestement gay, manifestement drôle, il s'assit presque sur nos genoux, et dans l'instant nous sûmes tous ce qu'il nous restait à faire.

Le père de Malachy travaillait dans l'immobilier, ce qui permettait à son fils d'être l'heureux propriétaire d'un appartement aux lignes droites comme une boîte dans le centre-ville, que nous nous employâmes à saccager durant toute cette première année, mais ce n'était pas l'ivresse, pourtant, ni les nuits blanches, que j'aimais, c'était me réveiller à l'aube d'une longue journée, où le petit-déjeuner servait de préambule à une relative oisiveté, passée à traîner en roulant des joints effilés. Et juste avant que nous partions totalement à la dérive, il y avait soudain un sens immense à tout cela. Soudain nous savions comment y remédier – au grand hold-up de notre avenir par nos aïeux démolisseurs de planète – ou bien nous savions qu'en fait c'était fini pour nous avant même d'avoir commencé. À tour de rôle en quelque sorte. Ce qui nous maintenait à flot, c'était ce rêve que nous entretenions d'une humanité *devançant* sa propre bêtise, de nous en particulier devançant notre époque de retardataires.

Chiddick. Chiddick.

Lorsque j'étais particulièrement défoncée, je m'enfonçais profondément dans les chants d'oiseaux qui émergeaient de la forêt de conifères par la fenêtre de Mal. Six pins immenses, aux troncs rouges et aux branches arachnéennes – le complexe immobilier avait dû être construit autour d'eux. Chacun de ces arbres avait à lui seul la valeur d'un bâtiment résidentiel. La nature comme un musée. Les arbres nous étaient un reproche adressé, à nous qui nous prélassions dans un cube en béton, une cellule de nid d'abeilles, vitrée et voisine d'une autre cellule, d'où nous observions les oiseaux sur leurs branches, écoutions le vent se faufiler entre elles.

Je me mettais alors à penser que je pouvais leur parler.

Fink fink
Pink pink
Qwer-wer
Skroooo

Ce qui me rendait triste, ce n'était pas tant la fin du monde que des choses très anecdotiques – sans doute est-ce mon style d'anxiété. Durant toutes mes années d'université, j'ai entretenu une imperturbable fébrilité à l'égard de l'engoulevent, un oiseau autrefois très répandu en Irlande et qui ne l'est plus tant que cela aujourd'hui. Ni plus ni moins qu'une petite et morne créature. L'engoulevent ressemble à une pomme de pin avec de gros yeux nyctalopes. Son plumage tacheté imite l'écorce d'un arbre particulier, et c'est une des raisons pour lesquelles l'engoulevent est à peu près invisible, l'autre raison est que lorsque vous vous penchez pour l'observer, il fait déjà nuit. Et la troisième raison pour laquelle on ne voit pas l'engoulevent, c'est parce qu'il n'est pas là – il n'est plus là. Il n'en reste presque plus. La dernière fois qu'il a été vu en Irlande, c'était à Inchy Bridge, Timoleague, "où un mâle a été observé colportant des insectes dans son habitat de reproduction typique durant trois nuits entre le 1er et le 8 juin 2012". En bref, c'est un petit migrant qui se nourrit d'insectes au crépuscule, et maintenant les insectes ont disparu ou bien son habitat a disparu, et son cri ressemble à celui d'une machine à coudre, au loin, passant d'une vitesse inférieure à une vitesse supérieure.

Churrrrrr. Chirr.

Tissu épais. Tissu fin.

Tissu épais. Tissu fin fin.

Bien entendu, comme je suis sur internet – et non en train de frissonner dans une cachette d'ornithologue dans les collines au pied des montagnes Knockmealdown –, ma tristesse quant au sort des engoulevents se transforme très vite en intérêt pour le croassement du corbeau, qui est un cri de localisation, et dont le crissement signale la colère, apparemment. Je voudrais établir un dictionnaire des chants d'oiseaux. Je pourrais commencer par le mot "syrinx", cette boîte anatomique située sous le larynx et dont le mécanisme est à l'origine de ces immenses bruits projetés hors de minuscules oiseaux.

L'engoulevent, d'ailleurs, peut être ventriloque. Son chant semble émaner des arbres autour de lui. Ce doit être une source de confusion pour les oiseaux qui s'accouplent avec l'engoulevent – ils doivent se poser sur des tas d'arbres avant de le trouver.

Me voilà donc. À regarder une vidéo d'un corbeau qui jacasse pendant que mon amie Lily parle de fascisme, à fondre en larmes sur l'insoutenable sort des abeilles, pendant que mes autres amis cassent les reins du patriarcat. Plus tard, quand nous sommes complètement défoncés, je nous passe des vidéos de sexe entre escargots avec le volume à fond. J'explique à mes amis qu'ils font une fixation sur *L'Homme* et que, moi, je ne fais aucune fixation sur *L'Homme*. Mes amis ne jurent que par l'autorité. Je ne jure que par les racines et les sarments. Leur truc, c'est la culture de la surveillance ; moi, c'est la météo.

J'étais passionnée par l'engoulevent, ce minuscule et bouleversant petit oiseau, et pendant longtemps la crainte qu'il m'inspirait fut une crainte suffisante pour moi.

Donc.

Il s'appelle Felim. Il vit à Dublin mais il a grandi à la campagne. Sa mère dit son rosaire tous les soirs, chose que je trouvais incroyable et hilarante jusqu'à ce qu'il me dise que cela n'avait rien de drôle.

Mais c'est venu plus tard. (Toutes les choses dont Felim m'a accusée étaient vraies, au fait. J'imagine que je devrais commencer par là.)

La mère de Felim est croyante donc, son père travaille à la ferme. Il a été élevé au *soda bread* et aux tranches de lard, son mètre quatre-vingt-dix de muscles s'est forgé en portant des sacs de graines et son truc dans les fêtes c'est de soulever les gens en les attrapant par la tête. C'est d'ailleurs comme ça que nous nous sommes rencontrés. Dans une discothèque – il a soulevé mon amie Lily du sol en l'attrapant par la tête avant de la reposer, alors je lui ai tapé sur l'épaule pour qu'il me le fasse à moi aussi. Il a accepté la mission, m'a retournée et a placé les deux mains sous mon menton, par-derrière. Ses pouces se sont enfoncés dans les cavités à la base de mon crâne et j'ai senti ma colonne s'allonger tandis qu'il me tirait d'un coup vers le plafond. Il y a eu un sentiment de rituel, une sorte d'initiation. Une montée d'adrénaline. En réatterrissant, je n'étais que hurlements effarouchés. Je ressemblais à ce genre de filles – le genre effarouchée qui hurle.

Je lui ai crié, couvrant le bruit de la musique : Tu essaies de me draguer ou quoi ?

Quoi ?

Tu essaies de me draguer ?

Je tentais de me frayer un chemin dans le grand méchant monde, et pour une raison qui m'échappe, cela impliquait beaucoup de temps passé entre quatre murs. Les matins au lit, sur internet et sur mon clavier, à courir après les délais à tenir pour l'agence, pour des missions que j'avais dégotées grâce à un ami de Lily à Londres. Et qui consistaient à produire du contenu au kilomètre, tout en essayant de suivre ce qui se passait sur Twitter alors que tout le monde autour de moi avait déserté ce réseau pour Instagram. Le salaire était abject. J'écrivais essentiellement des articles de voyage sur des endroits où je n'avais jamais mis les pieds. Tandis que je contemplais le ciel gris de Dublin par la fenêtre, les mots se déversaient de moi : *Nusa Lembongan est l'île située à mi-chemin entre la Bali touristique et le paradis pour hipsters de Gili Trawangan*. De temps à autre, l'agence me balançait un os, c'est ainsi que j'avais commencé à parler des retraites yoga et autres expériences dans des spas pour une actrice/éco-influenceuse dénommée Meg. Elle avait tellement aimé le ton de mes textes qu'elle en avait réclamé davantage : un article sur les crèmes solaires et la planète, un comparatif entre les panamas en sisal et ceux en papier, l'huile de palme dans la crème hydratante, le silicium dans la crème contour des yeux. J'avais initié un dialogue récurrent – un mini-feuilleton – pour son bichon maltais. Ç'aurait dû être drôle, si ce n'avait pas été si étonnamment difficile à faire.

– *Ne me jugez pas.*

– *Mood.*

Parallèlement, j'essayais d'écrire mes propres trucs et de survivre loin de la maison, en continuant cependant de rendre régulièrement visite à ma chère vieille maman et son merveilleux frigo toujours plein. Car, j'avais beau l'aimer de tout mon cœur, nous étions tombées d'accord sur le fait qu'à un moment donné, dans la vie, une fille doit vivre sans sa mère.

Ma mère est une personne très pragmatique – je ne sais pas comment l'expliquer –, pour Carmel, soit il y a un problème, soit il n'y a aucun problème. À tout le reste, elle oppose une unique réaction : Tu inventes.

Par exemple, elle n'a jamais compris mon amie Maya. Quand nous étions enfants, elle se montrait chaleureuse, gentille, nous offrait des glaces (que Maya refusait), mais à la seconde où sa mère la ramenait chez elle, à la seconde où la porte se refermait sur elles, Carm levait les yeux au ciel à se les coincer sous le front.

Cette gosse, disait-elle.

Quoi ? répliquais-je.

Elle ne veut pas de *glace* ?

Ça lui fait mal aux dents.

Quoi ?!

Ma mère croit fermement qu'il suffit de ne pas trop penser à soi pour n'avoir aucun problème. Pour Carmel, quelqu'un qui a mal quelque part est forcément complètement autocentré. Les choses arrivent dans cet ordre : d'abord on est complètement autocentré, ensuite on a mal quelque part – ou encore on a une allergie, une intolérance, une sensibilité même. Elle peut *éventuellement* tolérer qu'on soit allergique, à condition d'être en état de choc anaphylactique et en train de brandir un EpiPen, mais quand j'étais enfant, elle ne "croyait" pas aux intolérances alimentaires – comme si, en l'occurrence, sa conviction était le facteur décisif. Selon Carmel, les gens qui ont ce genre de problèmes les méritent, parce qu'ils les ont inventés : ils ont "trop d'imagination".

Elle est passablement exaspérante.

On ne peut pas crier sur ma mère. Cette manière qu'avait Maya de crier sur sa mère, Bronagh ? Pour moi, c'était comme s'accroupir au milieu du salon pour chier. (Un comportement inapproprié, bien sûr. Mais tentant.)

Non. Si vous criez sur Carmel, toutes les lumières s'éteignent, une par une. C'est comme de regarder Manhattan disparaître.

Non pas que je n'aie jamais fait disparaître Gotham, à une époque.

J'ai crié, elle a crié. Et puis nous avons erré dans la grande ville plongée dans le noir, une dame appelait son petit chien perdu, les sirènes hurlaient au loin, Whoop whoop.

Non.

Si fort que j'aime ma mère, ce fabuleux réfrigérateur, le chauffage gratuit, le moulin à café et ses grains bios, si délicieux que ce soit de bouquiner sur le canapé pendant qu'elle s'agite en pestant contre son sudoku, il fallait vraiment que je m'échappe.

Et cependant, quelque part en moi, suintait l'idée de ce que j'étais en train de lui faire alors même que je remplissais le coffre de sa voiture et brisais son cœur. Alors même que je lui demandais de me conduire jusqu'à un studio humide dans une ruelle miteuse dont le seul et unique attrait était qu'elle ne s'y trouvait pas. J'étais sur le point de m'effondrer. J'avais été si parfaite, j'avais coché toutes les cases. Et voilà que je voulais dormir dans un taudis et me réveiller au bruit de la pluie.

J'avais également envie de quitter cette saleté de ville surcotée, simplement, comme je n'avais pas encore décidé où aller, je me retrouvais dans une maison à Ballybough appartenant à la grand-mère décédée de je ne sais plus qui, tout d'abord avec Lily, puis, lorsqu'elle partit à Londres, avec son ami Stuart et une fille quelconque installée dans la soupente. Chaque fois que j'allais sur les réseaux, je tombais sur des photos d'intérieurs baignés de soleil avec des plantes en pots qui faisaient la taille de notre cuisine. Dehors, les rues tout en briques rouges commençaient à ressembler à un musée, je feuilletais une vie qui n'était pas la mienne. Et que je me contentais de feuilleter.

Quelques semaines s'écoulèrent entre le soulèvement par la tête et le jour où je revis Felim dans un kiosque sur les quais. Je faisais la queue à la caisse. Il consultait le présentoir des magazines, cette attitude de recherche me sembla d'abord complètement anodine, puis étrange – quel genre de personnes regarde encore de vrais magazines ? Jusqu'à ce moment-là, j'ignorais qu'on pouvait avoir l'idée d'acheter une chose pareille. Felim termina d'en compulser un et le reposa sur le présentoir, en couverture il y avait une photo d'un canapé convertible rouge. Le papier glacé froissé lui donnait un air manipulé et triste.

C'était l'été, un samedi. Je ne sais pas ce que je faisais là avant d'arriver dans la queue pour payer ma bouteille d'eau. Je ne me souviens pourtant d'aucun indice indiquant que je m'apprêtais à sauter dans le vide, les bras tendus devant moi. J'avais vingt-deux ans. Laideur et solitude : je portais ces deux désastres en fardeaux. Le désastre n'avait jamais été debout là, à feuilleter *Classic Car*.

"La Corvette tombe le haut."

Felim semblait réel. Ou alors il avait l'air de quelqu'un qui maîtrise l'art d'être réel. Je voulais du réel. C'était mon truc à moi aussi.

Récemment, j'y suis retournée pour essayer de comprendre ce qui m'était passé par la tête durant les semaines et les mois où ma vie s'était peu à peu effondrée dans cette horrible bâtisse moisie, quand je n'étais pas dehors à danser et me faire soulever par la tête. Mal se faisait lentement engloutir par Instagram, postant photo après photo de son ombre élancée sur l'herbe, de son ombre penchée sur un immeuble, de son ombre immobile sur l'eau. Je tentais d'écrire de la poésie sur des morceaux de papier, j'étais persuadée qu'en écrivant sur du vrai papier, j'écrirais de vrais poèmes. Je m'employais en même temps à fournir à une femme qui n'avait plus pris le bus depuis des années une liste de "choses entendues dans le bus". Je regardais ses photos de bichons maltais en me disant : Si seulement un seul de ces chiens pouvait être un jack russell, il y aurait tellement de plaisanteries à faire.

En mal d'inspiration, je regardais des vidéos de rencontres animales. Un chaton sautille sur place pour jouer avec une poule trottinant gaiement. Un énorme lapin câline un petit chien. Un cygne est relâché d'un grand sac et fonce à travers un étang pour rejoindre un autre cygne : leurs cous s'emmêlent, dessinent un cœur, des courbes. Les humains m'intéressaient moyennement, à moins que l'un d'entre eux ne porte un uniforme – maman en Irak, papa de retour de Kandahar. Une autre image me captivait intensément : la rigueur spirituelle des cercueils qui revenaient de la guerre au pays.

Mais ce à quoi j'étais accro, surtout, depuis ma petite bulle de chagrin de Ballybough, c'était à la montée des larmes. Ce minuscule et douloureux jaillissement au seuil des orbites. Qui n'occasionnait d'ailleurs pas forcément une importante production de liquide. La plupart du temps, je ravalais la larme, l'évacuant de l'intérieur par quelque minuscule tuyau.

Si je voulais pleurer pour de bon, pleurer vraiment, si je voulais sentir des larmes rouler sur mes joues et refroidir en passant sous mon menton, il me suffisait de regarder des vidéos de poses d'implants auditifs. C'est un sous-genre extraordinaire. On équipe un petit garçon sourd (c'est presque toujours un petit garçon) d'une prothèse auditive dont le branchement traverse son crâne, pour être relié directement à son cerveau, et pour la première fois il entend la voix de sa mère.

Les larmes coulaient à tous les coups. Des sanglots débridés et réitérés à l'envi. Chaque fois que je visionnais la vidéo, la glande lacrymale perçait exactement à la même milliseconde.

Le petit lève les yeux
Larmes armées
Son visage traduit un trouble
Larmes confirmées
Il pivote
Formation du liquide
Il montre du doigt
Enflement maximum des gouttes
Elle réagit
Larmes libérées. Torrent

Avant de se faire installer les implants sur le côté de leurs crânes, certains de ces enfants sont complètement sourds, de sorte que lorsque la machine se met en route, leurs cerveaux font pour la première fois l'expérience du bruit – quoi que cela signifie exactement. Leurs yeux s'écarquillent tandis qu'ils perçoivent le silence de la pièce autour d'eux, une forme d'absence de bruit différente de celle dans laquelle ils ont toujours vécu. Un son tu. Puis, une voix. Le médecin, ou leur mère, qui dit Hello, ou Je t'aime, ou Salut Thomas. Salut mon grand. Certains enfants identifient la source du son – déjà ! – et se retournent. Comme s'ils avaient toujours su, espéré qu'une telle chose existe.

Et cette expression sur leur visage en est la révélation. Une confirmation absolue.

Oui !

Mère !

À quoi cela peut-il ressembler ? Entendre ainsi une voix, avant même de savoir ce qu'est une voix ? Ou bien *qui* est une voix ? Le clapotis de vagues de son à travers le bois de la table. Les vibrations ressenties *in utero*.

Ce qui me fait écrire noir sur blanc, avec un vrai stylo : *La révélation intervient lorsque le sens s'enracine dans une forme de savoir à laquelle nous sommes connectés, mais pas encore reliés.*

Ces notes sont les miennes, prises dans un Moleskine vert pomme dont je me disais qu'il aurait fière allure sur Instagram, avant de revenir à l'écran, allongée sur le canapé taché de la maison partagée de Ballybough, emmitouflée dans un vieux sac de couchage, à attendre qu'une révélation se produise.

Le visage d'un petit garçon avant de recevoir l'implant : une sérénité tournée sur elle-même. Un petit être incapable d'entendre son propre rire, ses pas sur le sol. Aucun écho. Vivant dans un monde dépourvu de miroir auditif, il semble étrangement parfait, ainsi qu'une statue semble parfaite. Si parfaitement inconscient de lui-même qu'on voudrait presque qu'il ne doive jamais changer.

Voilà l'impression que j'eus en voyant Felim : un nouvel ordre de silence s'ouvrait devant moi, comme si quelque chose avait été allumé. Le phénomène opéra lorsque je vis les ailes de son large dos ondoyer sous le coton bleu pâle, dans un kiosque sur le quai. Et dans l'instant précédant la rencontre de ses yeux et des miens, l'avenir fondit sur moi, un couteau à la main.

Me voilà.

Mais aussi, *Des magazines d'automobile ? Vraiment ?*

Je terminai de payer ma bouteille d'eau, me retournai, tête baissée, et fonçai droit dans sa cage thoracique.

Salut, dit-il.

Oh, salut, répondis-je.

Alors comme ça Lily est partie à Londres.

Ah ouais, elle poste toutes sortes de trucs ces derniers temps.

Le lendemain, une demande d'abonnement, immédiatement suivie d'une photo de Lily et moi à un after, quelques mois auparavant.

– *Le bon vieux temps.*

Nous avait-il épiées ? Prises en photo à notre insu ? L'espace d'une seconde, je suis frappée par l'idée qu'il était là, juste en face de moi et que je l'ai loupé. Et pourquoi prenait-il des photos ? Peut-être était-il avec Lily ?

– *Non !! NON !! Il était avec celle de Belfast.*

Je tape à toute allure et lui envoie un message disant – *Merci elle me manque !*

Surtout rester dans le registre de la gentillesse. Il m'envoie Dietrich chantant *Lili Marlene.*

Je lui envoie un mème de Miss Désastre, cette petite fille qui sourit à la caméra tandis que sa maison brûle en arrière-plan, et que la légende indique FAUT PAS CONTRARIER LILY.

Il rit – *Ha ha.*

Après cela, silence. Un jour, encore un jour.

Tard, un soir, un titre au hasard de Betty Davis – qu'il appelle *la première femme de Miles Davis* et cela me ferait rire si la musique n'était pas aussi incroyable. Inédite pour moi, un vrai cadeau. Le titre s'appelle *Nasty Gal.*

– Je déguste.

– Nassssty.

Texto envoyé à dix heures dix un mardi soir.

Je me rappelle m'être demandé où il pouvait bien être et ce qui le faisait penser à moi à ce moment précis. Je me le représentai chez lui, s'apprêtant à aller se coucher, ou bien dans un train, rentrant de quelque endroit lointain, la pluie tambourinant contre la vitre. Peut-être était-il dans un bar, seul.

Je me tracassais à l'idée d'avoir répondu trop vite. Pas de réaction.

Une semaine plus tard – *Tu vas au truc chez Alice ?*

– Qui ?

– Je croyais que tu la connaissais.

Nous nous retrouvons dans la cuisine chez quelqu'un, à parler musique principalement. C'est la fin de l'après-midi.

Tu es vraiment intelligente, dit-il. Les gens te le disent souvent, non ?

Puis de retour chez lui pour voir (je sais !) sa collection de vinyles. Vingt minutes plus tard, Betty Davis tourne sur sa platine et moi dans son lit, dans un interlude torride à nos ébats, au milieu d'une journée plus que banale par ailleurs.

Oh oui. Ce fragment, celui-ci, le muscle sous la peau, son pied un peu laid (peu importe), sa forme, son tempo, et la lumière, la lumière. La première fois peut parfois être si artificielle, si chorégraphique, si mutuellement aimable et polie.

Nous restons au lit un moment après, et il me prépare des tartines de beurre de cacahuètes, nous ouvre quelques canettes de bière. Nous sortons du lit pour épousseter les miettes du matelas, je m'enveloppe dans la couette tandis que lui maintient son entrejambe dans l'ombre de sa main et agite le drap de son autre grande main puissante. Nous refaisons l'amour et je reste dormir, me réveille face au spectacle de lui endormi, ses lèvres douces et pleines, l'air se faufilant vers l'intérieur, puis vers l'extérieur de lui. Et cette masse de cheveux, un jaillissement de boucles brunes, irradiant d'un feu intense.

Je le vois s'interrompre dans son sommeil et ouvrir les yeux sur moi.

Bonjour, dis-je.

Puis je rassemble mes affaires comme une bonne petite, refuse la tasse de café qu'il m'offre et pars.

De quoi avons-nous parlé cette première longue nuit ?

La plupart du temps, je crois, les gens ne s'écoutent pas, ils attendent juste leur tour de parler. Moi j'écoutais tout. Et lui aussi écoutait.

Je lui avais posé des questions sur la vie à la ferme, combien de frères et sœurs il avait, comment s'organisait ce genre d'existence. Il avait un frère aîné, dit-il. Sa mère récitait le rosaire tous les soirs – cela le fit rire, alors je ris avec lui. Je l'interrogeai à propos des vaches. Les vaches m'intéressaient, j'ai lu quelque part qu'elles sont plus dangereuses qu'elles n'étaient autrefois à cause de la suralimentation dans les élevages. Leurs pis traînent par terre et s'infectent parce qu'ils sont trop volumineux pour leurs corps. Il n'y a plus que des bêtes d'élevage de nos jours, dit-il.

Tu veux dire de la viande ?

Je suppose.

Je lui racontais que j'avais lu un article sur une femme autiste qui concevait des abattoirs, dans le but de les rendre moins cruels, elle avait inventé un système d'allée en spirale qui permettait aux vaches, incapables de voir ce qui les attendait à l'extrémité du parcours, d'entretenir un sentiment de sécurité.

Tu en connais un rayon sur le bétail, releva-t-il.

Le problème c'est surtout le méthane, dis-je.

Et cependant j'avais en tête ces images romantiques de ballots de foin, de mamelles laiteuses, de soleil, et toutes ces images épousaient à la perfection l'odeur de sa peau. Felim était si plein de santé qu'on se sentait guérir rien qu'en le touchant – c'était l'une des folies que je ressentais. Par ailleurs, j'étais bel et bien intéressée par la vie paysanne. “Le ver que coupe la charrue lui pardonne*”, je lui récitai du William Blake, il rougit un peu – il n'avait manifestement pas l'habitude qu'une fille lui cite de la poésie.

Ça fait un bout de temps que je n'ai rien labouré, dit-il. À part des femmes.

C'était une blague sexuelle, cela me fit rire.

Il me parla de son travail. Il parlait en regardant le plafond et puis il cessa de parler. Je vis saillir sa pomme d'Adam.

* *“The cut worm forgives the plough”*, vers de William Blake tiré des “Proverbes de l'Enfer”, dans *Le Mariage du Ciel et de l'Enfer* (traduit de l'anglais par André Gide, NRF, 1922). *(Toutes les notes sont de la traductrice.)*

J'ai toujours cru que j'atterrirais dans le Montana, ce genre d'endroit, ajouta-t-il. Un pays vaste. Je pensais pas que je vivrais un jour dans une boîte. J'ai été élevé au grand air, poursuivit-il. C'est plus difficile après de se contenter de petits espaces. J'ai toujours cru que je serais mon propre patron.

Il se retourna alors vers moi, et il avait les yeux pleins de larmes. Nos corps se rapprochèrent si simplement, *Mon cœur*, pensai-je. *Oh, mon cœur*. Ce second assaut fut empreint de tristesse, puis d'une sorte de désespoir. Du vide s'étirant par le milieu, comme s'il courait la mauvaise course. Après cela, j'eus l'impression que nous étions venus à bout d'une difficulté. Je restai là, allongée, sans le toucher ou presque, le haut de mon pied effleurant son tibia.

Quelque temps avant de s'endormir, il tendit le bras et dessina une spirale sur la peau de ma hanche. Il me raconta qu'ils avaient autrefois trouvé une pierre dans la terre – elle était dans un musée à présent, rangée dans une arrière-salle. Son arrière-grand-père l'avait découverte dans le champ lointain, elle était sculptée comme les pierres tombales de Newgrange, sauf que les spirales de Newgrange étaient triples alors que celle-ci était simple. Il était allé voir le maître d'école avec, et la pierre avait été emportée à Dublin. Ils ne l'avaient jamais revue.

Le champ lointain ? demandai-je.

Quoi ?

C'est comme ça que tu l'as appelé, non ?

C'est là qu'il se trouve, dit-il, et je trouvais que c'était assez joli comme nom.

Dans le comté de Meath.

À Louth en fait.

Je répétai le nom, en souriant et en lui caressant le visage.

À Louth *actually**.

Le lendemain matin, je répondais à sa proposition de café avec ce ton dont j'étais coutumière désormais et qui signifiait : Ne t'en fais pas pour moi, on a juste couché ensemble, avant d'enfiler mes vêtements à un rythme raisonnable pendant qu'il entamait sa matinée de l'autre côté de la porte de la chambre. Quand je sortis de la salle de bains, il était à son affaire dans le coin cuisine, occupé à casser un œuf dans une poêle. Je passai une tête, avec un grand sourire : Coucou c'est moi ! Pour l'entendre me dire, tout en élégance : C'était très chouette, on remet ça, d'accord ?

Bien sûr !

Éternel et atroce cliquetis du verrou, et ce besoin de prendre appui sur le bois une fois la clenche abaissée et la porte fermement close derrière moi.

Close.

À l'intérieur de l'appartement, sa vie continuait. Il sortait les tartines du grille-pain, plongeait un sachet de thé dans une tasse d'eau bouillante, déposait son œuf sur une assiette blanche. Assis à la petite table, il consultait son téléphone, perçait le jaune à l'aide d'une fourchette. Prenait une bouchée.

Arrivée en bas, dans le hall d'entrée et la cage d'escalier qui résonnait, je descendis les dernières

* En anglais, cette réplique *"Louth actually"* ("À Louth, en fait") est un clin d'œil à la célèbre comédie romantique *Love Actually*.

marches d'un pas sonore et franchis la porte vitrée, avant de tomber amoureuse.

Cela ne se produisit pas sous sa fenêtre, où m'effleura un instant l'idée qu'il pût être en train de m'observer. Non, cela se produisit au coin de la rue, à l'abri des regards. Bam. J'étais amoureuse. Je m'immobilisai, fixai le trottoir, puis poursuivis mon chemin, pleine de ma propre chaleur, étreinte par une joie secrète. L'amour ! Bam. Cela continua dans le bus, Bam ! en descendant du bus, en laissant derrière moi le sillon de mon odeur tandis que je me levai à mon arrêt, la sensation, le ravissement caché, la rue soudain chargée de sens, BAM, cela ne cessait d'enfler, la conscience, la beauté, l'espoir, mes pieds ne touchaient plus le sol, mes joues ne sentaient plus l'air, l'amour, vertige et pâmoison, le sang battant à mes oreilles, guettant le moment, d'une seconde à l'autre, de son appel, la beauté de ce jour, la beauté du ciel, le manque, saisissant tout à coup, avais-je manqué son appel ? M'avait-il envoyé un message ? Avais-je encore de la batterie ? Avais-je pris le téléphone de quelqu'un d'autre par erreur ? Si je vois cinq pies, trois Mini Cooper jaunes, si je lis tous les horoscopes, il m'enverra un message, tombera amoureux de moi, m'appellera. Rideaux tirés, pas d'appels, pas de textos, toujours pas toujours pas, l'amour, l'amour, l'amour.

Je passais des heures à reconstituer mentalement son appartement, à l'imaginer déambuler à l'intérieur ; sa chambre blanche avec son placard en bois blanc, une boule en papier blanc en guise d'abat-jour. Je l'avais observé se lever à deux heures du matin, se pencher vers le sol, ramasser le slip de la veille pour aller aux toilettes. Allongée là, je m'étais demandé si sa bite avait l'air petite du fait de sa musculature massive, ou si elle était bel et bien petite. Parce qu'à l'intérieur de moi, ce qui s'était passé était d'un tout autre ordre. À l'intérieur de moi, cela avait été un événement.

À l'extérieur, beaucoup moins.

Le sarcasme persistait. Dans les mois qui suivirent, cette voix dissonante railleuse et vaguement hystérique n'en finissait pas d'énumérer les défauts de cet homme. Sans la moindre nuance entre cet infect ton sarcastique et :

Raah !

Prostration.

Silence.

Nous nous promenions en ville. Il dit : J'adore la manière dont tu lis dans le ciel, ma mère n'a jamais rien compris à la météo, elle finissait toujours par courir comme une démente pour aller ôter le linge du fil, comme si elle avait été prise de court par l'averse. Combien de temps faut-il lever la tête et regarder pour la voir venir ? La pluie, putain, la pluie, ça stoppe net toute pensée, et ce n'est pas une mauvaise chose.

Il me toucha le visage et dit : Toi tu passes beaucoup de temps à regarder.

Il m'embrassa et nous restâmes là, à nous enlacer, pendant que les piétons s'amassaient, traversaient au feu vert, puis s'amassaient de nouveau.

Bonhomme rouge. Bonhomme vert. Rouge.

Voici ce qui arrive aux gens quand ils sont frappés par la foudre : *confusion, attaques, étourdissement, contractures musculaires, surdité, céphalées, amnésies partielles, déficit de l'attention, modifications de la personnalité et douleurs chroniques.*

Certaines personnes – des Américains la plupart du temps, originaires du Midwest – racontent qu'après avoir été frappées par la foudre, elles ont développé de nouvelles capacités. Un homme expliquait pouvoir ressentir l'arrivée de la neige dans ses os, il pouvait prédire la météo. Ou bien, parfois, lorsqu'il marchait dans un couloir, un néon explosait au-dessus de sa tête. Il avait appris à jouer du piano alors qu'il n'en avait jamais fait auparavant. Cet homme racontait également, qu'après avoir été frappé par la foudre, il pouvait parler aux animaux et entendre leurs réponses.

Ce n'est pas ce qui m'est arrivé quand je suis tombée amoureuse.

Pas si loin, mais pas à ce point.

Chiddick chiddick
Qwer-wer
Terue

Le week-end, je rentrai à la maison pour le dîner dominical avec Carmel pendant qu'il regagnait la ferme de Louth. Je pouvais presque les voir : sa pieuse mère inclinant la tête avant de prendre ses couverts en mains, le bétail broutant lentement l'herbe rase dans le champ devant la maison tandis qu'il mâchait son bœuf de supermarché. Pendant ce temps, j'étais assise dans un silence agréable avec Carmel à déguster un gratin de chou-fleur au curry et au fromage puis un pudding au caramel coulant. Ma mère pense que je mange ce genre de choses. Elle a raison : je mange ce genre de choses quand je suis avec elle. Quand je ne suis pas avec elle, je me nourris de coleslaw et de chips. Parce que je suis végétarienne.

Comment vas-tu ?

Bien, ouais.

Tu me sembles un peu pâle.

La majeure partie du temps, nous avons une relation apaisée, m'man et moi. Nous formons un cercle magique – et nous avons les bougies parfumées pour le prouver si besoin –, à l'extérieur du cercle, l'usure opère.

Ah bon ?

Tu vas bien ?

Moi ? Parfaitement bien.

(Je ne raconte jamais rien à ma mère. Je ne suis pas si stupide.)

Tu es sûre ?

Impossible de raconter à Carmel qu'il y a un problème sans qu'immédiatement elle se lève et aille tabasser celui qui vous ennuie. Ma mère est cette femme qui, avec une enfant de cinq ans, fonce sur le type qui fait du jet-ski à la plage en hurlant : Comment osez-vous effrayer ma fille avec votre horrible et stupide engin ? Elle est cette femme qui appelle le gouvernement pour se plaindre de ce que l'examen d'irlandais est trop dur (alors que pas vraiment), elle est, grâce lui soit rendue, une croisée, une combattante – si par malheur, vous vous faites peloter par un vieux pervers dans le bus, elle n'hésite pas : elle ira chercher l'enregistrement de la caméra de surveillance, poursuivra la compagnie de bus, appellera les flics, vous enverra en thérapie avant d'aller mettre le feu à la baraque du type.

Donc, vraiment, non, je ne parle pas du gros pervers du bus à Carmel – ou de quoi que ce soit d'autre –, je me contente de me lever et de changer de siège.

C'est délicieux. Mon Dieu, maman. C'est quoi le truc vert ? De la cébette ?

Devine.

Dis-moi.

Ah.

Est-ce que c'est du poireau ?

Nous sommes assises tranquillement un dimanche, à guetter la sonnerie du four qui signale la fin de la cuisson du pudding au caramel coulant, et je m'abstiens de lui raconter que, certains jours, dans ma maison partagée de Ballybough, je ne fais pas le ménage, ni même ma toilette, je n'arrose même pas les plantes. Je ne lui dis pas non plus que mon travail n'est pas un vrai travail (oh mon Dieu, le nombre de plantes que j'ai tuées) ou que j'écris des poèmes en fragments alcoolisés qui se terminent en bout de ligne par le trou de la mine dans le papier.

Je ne lui parle évidemment pas de Felim.

C'est tellement charmant.

Au centre de la table, il y a un vase peu profond avec des fleurs sauvages en pagaille.

Sens-les, vas-y.

Oh waouh.

Ce sont des pois de senteur.

Alors et toi, maman ? Comment ça se passe au travail ?

Carmel aime qu'on lui pose des questions. Elle ne répond pas vraiment – sa vie est juste une vie parmi d'autres, qui l'ennuie un peu. Mais dans nos périodes noires, quand j'étais adolescente et que nous étions à couteaux tirés, elle s'asseyait devant moi et me dévisageait une heure durant pour finalement lâcher, très calmement : *J'existe aussi, tu sais.*

(C'est de bonne guerre.)

Oh, Seigneur, le travail. Je n'en sais rien. Est-ce que tu voudrais aller à Heidelberg ?

Heidelberg ?

J'ai cinquante-six étudiants en médecine qui arrivent de Heidelberg.

Yo-del-ay-ee-hoo.

Nous nous mettons alors à parler de ses étudiants, puis de nouveau de la nourriture, tout, dans la pièce autour de nous, est charmant. Elle a jeté les vieilles serviettes en coton, en a acheté de nouvelles en lin dans une boutique de Wicklow où elle était allée voir des roses de jardin en fleur. Son vieil ami Brian a un cancer de la vessie.

Tu te souviens de Brian ?

Bien sûr.

En fait, je ne l'ai pas revu depuis des années, et maintenant voilà.

Nous bavardons, simplement. Et je me sens bien. Cela va sans dire évidemment – elle est ma mère.

J'envisage d'aller à Londres, dis-je.

Pour quoi faire ?

Lily est là-bas. Ce serait juste pour quelques semaines.

Sur quoi la sonnerie du four retentit, *ping.*

Carmel se lève, contourne le comptoir de la cuisine et sert les parts de pudding. Elle rapporte deux assiettes et se renfonce dans sa chaise.

Alors, raconte, dit-elle.

Quoi ?

Il y a quoi à Londres ?

Tu veux dire, à part Londres ?

Parfois j'ai l'impression que Carmel a une sorte de trouble de la permanence de l'objet, il faut toujours tout lui expliquer. Construire des phrases complètes et précises.

Il y a Lily, dis-je.

Lily ?

Elle est un peu triste.

De quoi est-elle triste ?

Chais pas. Enfin. Difficile à expliquer.

Dis-moi.

Elle a beaucoup d'angoisses, dis-je.

D'accord.

Ma mère laisse passer deux secondes entières.

Je ne sais jamais comment interpréter ses silences. Des angoisses – c'est-à-dire ? – elle regarde son gros orteil et se demande si elle n'a pas un cancer ? Pardon, je sais. Je sais que ça existe, c'est juste que je ne comprends pas ce que cela signifie. C'est-à-dire ?

Comment ça, *c'est-à-dire* ?

Carmel souffle sur son pudding au caramel. Elle sort la langue pour tester la température puis la rentre.

C'est chaud !

Seigneur Dieu, la langue de ma mère, veinée de rouge sur les côtés, si compacte, étrangement triangulaire. Une sorte de tige.

Explique-moi, répète-t-elle.

Eh bien, elle a failli faire une crise de panique dans l'avion parce que le type à côté d'elle continuait de se servir d'appareils électroniques pendant le décollage, elle a voulu appeler la steward à la rescousse mais elle n'y est pas arrivée, alors qu'elle était persuadée qu'ils allaient tous mourir.

L'hôtesse de l'air, corrige Carmel.

Peu importe.

Mais ils n'allaient pas mourir.

Elle le savait ! Elle savait *aussi* qu'ils n'allaient pas mourir.

Ce n'est pas une angoisse, c'est juste stupide. Pourquoi les gens sont-ils si ravis à l'idée d'être stupides ? Oh non. Oh Seigneur. Je suis navrée, vous voyez, j'ai ce problème – et tout le monde doit faire ce que je dis parce que je suis complètement débile.

Oui, j'imagine, que c'est une affaire de contrôle, en partie. Elle a besoin que les gens. Tu sais.

Ah le contrôle, reprend Carmel.

Une bouchée de pudding au caramel plus tard, elle essuie les miettes collantes de sa bouche avec une serviette en lin rayée blanc et crème.

Eh bien je te souhaite bonne chance, lance-t-elle.

En bas, assise sur les toilettes, mon regard s'arrête sur les marques noires de ses pouces à l'intérieur de mes cuisses, une vague de plaisir déferle soudain en moi. C'est la même sensation que me procurait l'automutilation – durant les trente secondes et quelques pendant lesquelles je me suis automutilée quand j'étais à l'école. Une sensation rampante qu'on peut résumer en un seul mot :

Possession.

C'est la même salle de bains qu'à l'époque. Des panneaux jointés peints en bleu océan, un placard miroir en bois au-dessus du lavabo contenant les shampooings L'Oréal de Carmel, sa crème pour le corps Aveeno, sa crème hydratante Clinique, son gommage éclat Ren, son dentifrice Euthymol, son démaquillant Lancôme, ses disques de coton, sa crème pour les mains Neutrogena. En dessous, une poubelle en osier avec un sac pour le compost froissé sous un coton-tige jauni, brillant à son extrémité. Sur le mur au-dessus de la baignoire, trois dessins botaniques encadrés, sous le verre, le papier porte des taches d'humidité. Sur le sol, le sempiternel tapis de bain, difficile à nettoyer, des fils bleus et verts tressés ensemble avec un fil corail. J'ai passé des heures à le scruter pendant que j'étais sur le trône. Je me lavais les mains et j'ouvrais le placard au-dessus du lavabo en me demandant s'il existait sur terre une femme plus barbante que ma mère ; elle a fait de l'ennui son premier amour, son premier emploi.

Je descends dans mon ancienne chambre, côté façade de la maison, j'ouvre la porte : une étagère de livres, plusieurs emballages usagés d'ombre à paupières, un tas de jouets en peluche.

Chaque année, quand j'étais petite, Carmel me demandait ce que je voulais que le père Noël m'apporte et, le matin de Noël, mes désirs se réalisaient. Un jouet quelconque, vu à la télévision. Tout ce que j'avais à faire, c'était d'en choisir un et de manifester bruyamment le besoin que j'en avais. *Oh, j'espère, j'espère tellement que j'aurais un cheval en plastique bleu avec une crinière rose*, jusqu'à ce que je puisse arracher le papier cadeau le jour venu. Cinq minutes plus tard, le cheval débile se retrouvait dans un coin de la chambre parce que ce que je voulais vraiment, je ne l'avais pas demandé, je ne pouvais même pas l'imaginer. Je voulais un cadeau que le père Noël aurait choisi, rien que pour moi.

Oh waouh ! (Il y avait toujours un appareil photo pointé sur vous à ce moment précis.) C'est exactement ce que je voulais !

Une année, j'avais huit ou neuf ans et quelques doutes sur l'affaire, j'avais écrit sur ma liste : *Et une surprise, s'il vous plaît.*

J'ai eu un nouveau manteau.

Je remonte à l'étage et prends dans mes bras cette mère capable de me donner tout ce que je désire, à condition que je lui dise de quoi il s'agit. Carmel est plus petite que moi. Elle serre les bras autour de ma taille. J'incline la tête et pose la joue sur le sommet de la sienne. Ses cheveux teints en noir sont chauds d'être restée assise au soleil. Oh mon bébé-bébé, dit-elle. Viens voir le jardin dehors avant de t'en aller.

Felim rapporta une petite bouteille de gin et un filet de citrons. À la porte de la maison de Ballybough, il me balança le sac en m'entraînant à l'intérieur : Viens, viens !

Il dit que j'étais brillante.

Assis au bout du lit, il regarda son téléphone un long moment.

Il me baisa vite, puis très lentement. En m'interrogeant : C'est comment ? C'est comment maintenant ?

Felim déclara que j'allais lui manquer pendant le week-end, il tira sur le V de mon pull et déposa un baiser sur ma clavicule.

Plus tard, un texto – *Hé, beauté.*

Comment l'expliquer, vous jetez un œil aux infos et apprenez qu'un petit avion s'est crashé sur l'autoroute, un immeuble, ou dans un lac. Les titres annoncent : “Trois morts dans le crash d'un vol privé” et cela devient une information importante juste parce que ces trois personnes étaient là-haut dans les airs, jusqu'à ce qu'ils n'y soient plus. Des gens meurent dans les avions, tout le temps, l'équipage les allonge par terre le long de la rangée du fond et sert une consommation gratuite aux autres passagers. Les gens meurent également dans les accidents de voiture, qui ont banalement lieu sur la terre ferme. Les gens meurent, ils n'arrêtent pas de mourir. Tous les jours, dans le moindre kilomètre carré de rues, quelqu'un meurt de ne pas avoir de toit, de ne pas avoir d'argent, de ne pas avoir de chance. Les journalistes sont si paresseux – les tragédies sont partout autour de nous et ils sont là à attendre que trois riches leur tombent littéralement du ciel.

Felim me raconta qu'avant il était sur les applications de rencontre, mais qu'en l'occurrence, ce n'était pas ce qu'il recherchait. Il voulait quelque chose d'inattendu, il voulait que la vie le favorise (c'est le mot qu'il a employé). Ou bien il aurait voulu tout avoir déjà, plonger la main dans sa poche et se rendre compte que l'argent était là depuis le début. Il voulait être chanceux.

Il manipula mon menton et m'observa.

Comme toi, dit-il.

Je suis chanceuse ?

Tu n'es même pas au courant que tu es née.

Nous étions sur la promenade le long du fleuve, des drogués étaient posés sur des planches de bois, des touristes sur les bancs. L'eau bleue de la Liffey glissait à nos pieds, se torsadait sur ses berges.

C'était l'une de ces expressions qui lorsqu'on les répète deviennent de plus en plus difficiles à comprendre.

Tu n'es même pas au courant que tu es née.

J'envoie mon papier sur le crash aérien à l'agence mais Meg ne l'apprécie pas. Ce n'est pas vraiment sa patte.

– Peut-on faire plus climatique ?

J'épie Meg. Je l'invente également. Je passe mon temps à cliquer sur ses publications en quête d'inspiration. Je scrute intensément ses photos. Son jardin de fleurs sauvages, sa terrasse en bois argenté, sa cuisine moderne entièrement repompée sur une demeure victorienne de Shepherd's Bush, avec une immense baie vitrée, les chaises de six couleurs différentes de part et d'autre de la table en bois.

– Ficelle ou lien en plastique pour les plantes en pots ?

– Oui ! Ficelle ficelle ficelle !

Je n'aurais jamais de chaises de six couleurs différentes. J'adorerais pourtant. Mais ce n'est pas le genre de chose susceptible de m'arriver.

En revanche, j'ai un homme magnifique dans mon lit. Et à côté de moi, quand je marche dans la rue parfois. Et peut-être, une ou deux fois, dans un bar.

Felim est si grand. Je vois les gens lever la tête pour le regarder, ils ont l'air contents de le trouver là-haut.

Ah, vous voilà enfin.

Felim dit qu'il ne va jamais sur les réseaux. Il omet de parler d'un compte à l'abandon que j'ai dû mettre deux minutes à trouver, et où il n'est question que de son équipe de foot locale. J'en ai lu chaque post publié depuis le premier en 2012, jusqu'à ce que le filet se tarisse peu à peu l'année dernière. Chacune des quatre cent trente-cinq publications. Plusieurs fois.

Victoire incroyable. Journée extraordinaire. Quelle chance. L'homme la légende. L'histoire peut-elle se répéter. Performance de qualité. Tombé comme un sac pour un petit coup d'épaule. Vous saviez que la somme des numéros de deux joueurs au marquage devait toujours faire dix-sept, première nouvelle pour moi aussi. Dernier souffle. Arraché in extremis. *Coup de pied courageux étant donné les circonstances. Ta mission si tu l'acceptes est de devenir meilleur.*

Je roulai dans son dos, me mis sur les genoux et dis : Lève-toi une minute. J'aime bien être nue quand tu es à moitié habillé, la sensation de la boucle de ta ceinture et des boutons de ton jean. Il répondit : Ah bon ?

Il m'embrassa sur le seuil du couloir, porte ouverte. Passa une main sous ma chemise de nuit, dit : Magnifique. La rue était juste derrière.

Il n'appela pas avant le jeudi.

– *Désolé, je me suis endormi, je te rappelle plus tard, d'accord ?*

Nous couchions ensemble pour la huitième fois sans doute de notre vie et je me disais : Cet homme immense, cet être gigantesque est au-dessus de moi, et si je ne voulais pas je ne pourrais rien faire pour l'arrêter.

Mais je le voulais. Donc c'était excitant.

Après l'amour, il consulta son téléphone et le posa sur la table de nuit où j'ai installé une lampe à plumes à la fois fabuleuse et pathétique, dans des nuances rose pâle.

Seigneur, cette horreur, a-t-il commenté.

Je recherche les mots "coup de foudre" dans les films, mais à part dans *La Petite Sirène*, apparemment cela n'arrive qu'aux garçons.

La voir
La connaître
La désirer
La posséder
Elle, seulement elle

Felim m'a raconté qu'il était tombé sur un ami et que le type lui avait dit que leur ancien instituteur s'était pendu dans l'enceinte de l'école. Dans les toilettes du personnel. Il était entré pendant le week-end, il avait une clé.

Putain, dis-je. Il était comment, comme enseignant ?

Mouais, c'était un peu un connard. Mais t'imagines quand même ? Bon sang. Le lendemain matin, Felim ne savait plus s'il n'avait pas rêvé toute l'histoire. Il était un peu énervé, pour être honnête.

Tu étais où ? ai-je demandé.

En ville.

Cet enseignant, il s'appelait Ballsy McKenna. Il avait une femme que personne ne connaissait, et trois enfants, que des garçons. Ce qui s'était passé, c'est qu'il était venu avec son chien. Quand le gardien avait ouvert la porte le lundi matin, le chien était en train de virer enragé, il avait chié par terre, bu l'eau des toilettes. Et les mômes avaient cherché leur chien tout le dimanche, partout, l'avaient appelé toute la journée. Enfin, pourquoi avoir fait un truc pareil ?

En guise d'avertissement ? Pour avertir les gens ?

Mouais. Nan.

Tu crois ?

Pas quand on connaît Ballsy.

C'était où en ville ? demandai-je.

Par pure méchanceté, si tu veux mon avis.

Tu faisais quoi en ville ?

Pardon ?

Plus tard dans la soirée, je lui fis remarquer qu'il avait l'air triste, puis j'eus l'impression d'avoir dit ce qu'il ne fallait pas.

Quand nous couchâmes ensemble, il eut du mal à terminer, il mit sa main sur mon cou pour se redresser. Il répétait : Dis-le, dis-le, alors que je ne pouvais rien dire, puisque je ne pouvais pas respirer. Mon sang refroidit et je jouis, d'un coup, brutalement. C'était le choc. J'avais l'impression d'avoir été avalée par mon propre corps. Submergée, emportée par une vague.

Après quoi, je lui demandai : Qu'est-ce que tu as dit ?

À quoi il répondit : Tu m'as entendu.

C'était toujours lui qui venait chez moi, c'était pourtant moins pratique, à cause de mes colocataires : Stuart qui se grattait le bas du dos en cherchant quelque chose à manger debout devant la porte du frigo, Beatriz qui monopolisait la salle de bains des heures durant sans jamais faire un bruit.

J'avais envie de lui dire : Retournons chez toi. Mais je ne pouvais pas m'y résoudre.

Il prenait son téléphone, l'allumait et plongeait dedans, ses pouces s'agitant, pointant ici et là.

Qui est-ce ? demandai-je.

Quoi ?

Il envoya le message.

Quelqu'un, c'est tout, répondit-il.

Felim raconta comment, chaque jour, il prenait son *latte* au même endroit, au coin de la rue de son bureau, et chaque jour la femme, seule derrière son comptoir, lui adressait ce regard ridé et charmant, elle était assez âgée et pourtant, elle était là à reproduire la même mimique chaque matin. Tu es là, et tu te dis : Voilà, maintenant je vais m'en aller avec mon café à la main, et au dernier moment elle te fait son sourire rien que pour toi. Cela le rendait réellement nerveux. Il n'en pouvait plus de se demander chaque jour : est-ce qu'elle va le faire, ou pas. Jusqu'au jour où, contrairement à ses habitudes, il était venu au café dans l'après-midi, pour un rendez-vous. Il l'avait observée et l'avait vue faire la même chose avec tout le monde, homme, femme, enfant, le même regard ridé, les mêmes yeux-dans-les-yeux. Sur le coup, il avait eu envie de lui lancer : Hé ! Par ici, salope ! Et puis au bout d'un moment, il n'avait plus su quoi penser, il l'admirait et la détestait tout à la fois. Comme si deux notes semblables résonnaient dans l'une ou l'autre de ses oreilles.

Il avait levé une main, puis la seconde.

Dinnnggggg. Dinnnggggg.

Oh, je te parle, tu m'écoutes ?

Je me rends compte alors que non, je ne l'écoute pas, je l'observe juste, en quête d'indices.

Felim déclara : La fille de Belfast, c'était une vraie cinglée. Il ne l'avait pas vue depuis quelque temps.

Il mit sur son téléphone la photo d'un tracteur de la taille d'une cuisine, un homme était debout à côté d'une des roues immenses.

Il commenta : Ouais, c'est mon vieux.

L'homme portait une casquette, il souriait. Je tendis la main pour prendre le téléphone mais il le rangea.

Montre-moi ? dis-je, mais il balaya l'écran vers les photos suivantes avant de le verrouiller.

Il me raconta l'histoire de voisins qui s'étaient noyés dans leur fosse à purin, en essayant de sauver leur chien. Morts, noyés, dans un mètre vingt de merde.

Tu meurs d'abord à cause des vapeurs. Vaut mieux en avoir une au-dessus du niveau de la terre. C'est une question de sulfure d'hydrogène.

Et tout ça s'est produit à *Louth actually*, avait-il ajouté.

Ensuite nous avions couché ensemble, sans que j'y prenne aucun plaisir.

Je compris alors que la moindre petite chose stupide que j'avais pu dire durant cette première nuit que nous avions passée ensemble avait résonné en lui avec un écho totalement faussé, et cela ressortait à présent sous forme de moquerie. En fait, il ne m'écoutait pas, il emmagasinait des informations. Malgré tout, je continuais à lui parler, je continuais à lui offrir sur un plateau les choses que j'aimais :

une blague, un mème, un rêve que j'avais eu. Je lui révélais les noms des gens susceptibles de me blesser, et tous mes espoirs. C'était comme une chanson :

Aime-moi ! Aime-moi !

Chiddick ! Chiddick !

Sur mon très sporadique fil Instagram, je publiai une paire d'yeux renversés :

Souviens-toi, cela peut arriver pendant une banale soirée pyjama, tu es sur ton lit, ton ami est allongé par terre, vous jouez à qui soutiendra le regard de l'autre le plus longtemps et peu à peu cela devient cet amour incroyable, carrément flippant. Puis elle cligne des yeux. *Vu d'en bas ?*

Nusa Lembongan est l'île située à mi-chemin entre la touristique Bali et le paradis pour hipsters de Gili Trawangan. Beaucoup de couleur locale et d'activités, idéale pour les familles avec de grands enfants. La plage du port héberge des fermes d'algues et de petits bateaux de pêcheurs qui seront ravis de vous emmener faire du snorkeling près du récif pour quelques billets. Les surfeurs apprécieront le break permanent, et le café sur le ponton dans la baie. De charmants restaurants de bord de mer servent la pêche du jour et les soirées sont rythmées par les chants du temple local. Le matin, vous pourrez aller nager avec les raies mantas.

À la fin du mois d'août, je n'épiais plus seulement Meg, mon influenceuse, mais aussi la supposée ex de Belfast. Je cliquais sur son profil et vérifiais ce qu'il s'y passait je ne sais combien de fois par jour. Je connaissais le montant du loyer de la maison qu'elle habitait à Drumcondra, j'avais vu, du dessus, ses meubles de jardin, dispersés autour d'une grande table ronde et de ce qui ressemblait à un parasol. Je connaissais son nom, le nom de son père, l'inscription de son frère au permis de planification d'une extension latérale à Cypress Downs, une rue proche de Stormont, là où elle avait grandi. Je savais qu'elle était capable de tenir dans la position du lotus, qu'elle s'était un jour mise en position de l'arbre au bord de la falaise du Grand Canyon, qu'elle avait un chat, un incroyable cul de yogi, qu'elle aimait prendre des photos de la mer.

(Qui n'aime pas ?)

Est-ce que tu vois quelqu'un ? demandai-je.

Parce qu'on est exclusifs maintenant ? répliqua-t-il.

Lily m'écrit :

– c'est vraiment une réponse de connard ce mec ne va jamais changer SORS DE LA MAISON IL EST DANS L'EXTENSION

La plage de Ngunwi, célèbre pour son sable fin comme du sucre et ses flots calmes et turquoise, se trouve à la pointe nord de la tropicale île de Zanzibar. Bordée de palmiers, villas de luxe et petits hôtels de poche, c'est la porte du paradis. Empruntez un boutre pour aller plonger dans ses eaux peu profondes, dégustez les poissons de votre pêcheur dans un des restaurants de plage au coucher du soleil. Promenez-vous pieds nus dans la fraîcheur du soir, d'une boîte de nuit à une autre, tandis que la lune se lève sur les sables.

Grâce à l'inébranlable foi de Carmel dans les plans de sauvegarde, j'ai toujours mon adorable thérapeute de l'époque de l'école. Je peux toujours revenir voir Paschal, avec ses chemises bien boutonnées, ses pantalons en velours larges, et sa manie de tirer une peluche dans le tissu sur son genou en disant "Pas cool, hein ?" parce que, oui, Paschal continue de parler comme un adolescent d'il y a vingt ans. Carmel m'avait donné Paschal comme on aurait donné un animal de compagnie à une enfant pour des raisons de santé mentale, et aussi parce qu'elle croyait que j'avais besoin d'une figure masculine dans ma vie. J'ai ce genre de mère prévenante et attentive. Paschal adorait me regarder grandir, il était toujours de mon côté, et parfois rien que de penser à son sourire, cela me donnait envie de me lever et d'aller marcher à l'aurore, aujourd'hui c'est la seule heure à laquelle je sors de la maison, je reviens avec le jour et une douleur croissante dans la poitrine, comme si j'essayais de m'ouvrir sans me fissurer. Comme si j'éprouvais intérieurement la tentative de commencer une nouvelle journée.

Je serais bien incapable de raconter à Paschal ce que je fais, ma petite incursion dans l'abjection. Que pourrais-je bien lui dire ?

Désolée Paschal, je me suis plantée sur toute la ligne. Tout ce dont on avait parlé.

Il me fait

Il me fait

Il

Il

Ce type, il est perpétuellement contrarié. Vous savez ?

Il prend

Il

Ce type, il est bâti comme un faux homme, un mannequin anatomique en plastique, ses pectoraux, on croirait qu'en appuyant dessus, on pourrait les rétracter, on dirait qu'il est sa propre armure, son propre exosquelette, il évolue comme un paysage modifié par la neige.

Vous savez quoi ?

Il ne m'a plus jamais laissée rentrer dans son appartement. Après cette première fois. Pas une seule fois.

Il a dit, Toi

TOI

Ici !

Et si j'ajoute que le sexe n'est pas génial, plus maintenant, pas au sens technique, si j'ajoute que l'arc de mon excitation n'est pas aussi bandé qu'il est humainement possible, quoi que cela signifie, enfin que ce n'est même pas raté dans le bon sens du terme, ou pénible dans le sens excitant. Alors que, pourtant, ça avait bien commencé. Au début, comme tous les amants, on passait des heures au lit. Je restai allongée à le toucher, je voyais les poils se dresser sur sa peau.

J'ai lu quelque part qu'après trop de sexe, des fluides chimiques noient le cerveau, c'est la raison pour laquelle on a tendance à pleurer.

Je pourrais raconter à Paschal le jeudi soir que j'ai passé agenouillée sur le sol de ma chambre, face à Felim assis devant moi, en train de se caresser. Il m'avait contournée, m'avait plaquée le visage sur le lit et avait essayé de me prendre par-derrière. Il avait dit que mes jambes étaient trop courtes, m'avait hissée plus haut sur le lit et avait réessayé. Je sentais bien que mon manque d'air, l'inutile contorsion de mes bras, la peur d'exploser de l'intérieur, tout cela venait achever une réflexion que j'avais tenté de cerner, toute ma vie.

C'était logique.

Si jamais je retournais un jour voir Paschal, je lui demanderais si c'était vraiment cela le sexe. Si les femmes étaient vraiment ainsi ? Les hommes ? Les hommes sont-ils sadiques par nature (vous Paschal, êtes-vous sadique par nature ?) et il répondrait :

Qu'en penses-tu ?

D'ailleurs, non, il dirait quelque chose de beaucoup plus gentil. Je ne sais juste pas quoi.

Après son départ, je reste allongée dans ma chambre, mon corps connaît l'horizon. Mon sang, ma lymphe, le fluide dans mon oreille interne ; tout mon corps penché dans une gravité réelle, immobile.

Il se plaint qu'il n'y ait pas de télévision dans ma chambre et je réponds : Qui a encore une télévision ? Je suis quoi, moi, un foyer ?

Il pose son téléphone sur l'oreiller et me retourne pour pouvoir regarder du porno, gonfler ses muscles, pousser un peu, sans aller nulle part, puis il fait pivoter ma tête vers l'écran pour m'obliger à regarder avec lui, ce petit rectangle de Ça là-dedans, ça ici, et Le plus Gros Ouh Aah ! butant et glissant dans son antre. Et malgré l'excitation désagréable que je ressens malgré moi, je pense : Ce n'est pas ce que je veux, non plus. C'est juste stupide.

Pas le genre de chose susceptible de panser la plaie.

J'avais oublié,
de réveiller
mon âme

livide
je voudrais que cela revienne d'un mouvement de sa tête,
son visage comme dans la vitrine d'un café
une goutte de sang chutant
d'un ciel lourd
mes mains crispées
sur la nappe

Felim, cet enfoiré, ne connaît pas mon secret. Mon secret est que je veux quelque chose de plus accidentel, de plus spontané. Je veux pire.

Sur les réseaux, l'algorithme me bombarde de gens morts en essayant de sauver leurs chiens. Je me dis que cela vaudrait bien une publication mais bute sur le ton à lui donner. Il y a là des gens qui abandonnent leur bébé dans sa poussette pour sauter dans l'eau après leur chien : le chien regagne la terre ferme indemne, tandis que le bébé se retrouve orphelin dans sa poussette.

La plupart du temps, ce type de sauveteur de chien compulsif se noie dans des fleuves, certains finissent aussi dans la mer et chaque année un nombre significatif d'entre eux va jusqu'à fendre la glace de lacs gelés. Au moins trois chiens, suivis d'humains, ont sauté dans des sources chaudes – peut-être en voulant rattraper un bâton. À Yellowstone Park, des badauds ont crié à un homme de ne pas sauter, il leur a répondu : Et comment que je vais y aller ! avant de plonger la tête la première. Le chien s'appelait Moosie, ce n'était même pas son chien. Quand l'homme a été hissé hors de la source chaude, il était devenu aveugle. Alors qu'on le transportait à l'écart, il a déclaré : C'était stupide. Est-ce que mes blessures sont graves ? C'était vraiment stupide. Le lendemain il était mort.

Moosie est sûrement mort lui aussi, quoique le récit n'en fasse pas mention. Sa mort sans doute a résolu la question de ce qu'il convient de faire avec un chien pareil. Est-ce qu'on attend tranquillement qu'il sèche avant de le ramener à la maison ? Et si on l'envoie dans un refuge, par exemple, est-ce qu'on accroche une pancarte sur sa cage indiquant : Ce golden retriever est à la recherche d'une maison pour la vie. Il aime qu'on lui frictionne le ventre et qu'on lui lance des bâtons sur la plage (il ne rapporte pas toujours !). Ah, au fait, ce chien est maudit.

Ma mère m'a bien dit de ne jamais plonger la tête la première dans l'eau, à moins d'être sûre de ce qu'il y avait au fond. Voilà ce qui arrive aux mères : elles perdent le goût de l'aventure. Carmel m'a eue toute seule, cela n'a pas dû être facile. Elle m'a donné toute sa vie, m'a-t-elle dit un jour, *toute sa vie*, à quoi j'ai répondu : Va te faire foutre, va te faire foutre, va te faire foutre, va te faire foutre, va te faire foutre.

Et pourtant. Il y avait toujours cette moitié inoccupée de l'autre côté de son grand lit, où je pouvais me glisser les matins de week-end et bavarder avec elle.

Et pourtant.

Nous avions toujours nos spirales d'amour – cette proximité triomphante, funeste et croissante –, Carmel glissant mes cheveux derrière mon oreille et disant : Non je t'écoute. Vraiment. Je ne sais juste pas quoi te répondre pour l'instant.

Une eau couleur de bain de bouche à la menthe et du sable fin comme du sucre glace, des hamacs suspendus entre les palmiers, un lagon intérieur aux eaux paisibles où volettent mille espèces d'oiseaux exotiques. Il y a encore cinq ans, cette plage secrète se trouvait dans une zone militaire, et bien qu'elle soit désormais totalement sécurisée, on y trouve encore de temps en temps des munitions égarées dans les dunes. Refuge pour les tortues, qui sont une espèce protégée ici, on peut aussi y observer des rorquals en migration croisant au large. Une utopie de paysage virginal, accessible à la plupart des portefeuilles, vous n'y croiserez pas un parasol sur des kilomètres à la ronde. Impressionnant !

Trois semaines sans un appel de Felim, puis, fin septembre, un texto.

– *Dimanche matin ? Fais-toi belle.*

À la porte, il me dévisagea et lança : Talons ?

Je remontai prendre une paire de talons, il eut l'air content. Tu t'es faite jolie, tu sais ça ? T'as de belles dents.

Il me dit de monter dans la voiture, que nous partions en vadrouille. Où ça ? demandai-je.

Pas de réponse.

Le trajet dura plus d'une heure, il agissait normalement, une normalité extravagante, décontractée, tranquille, changeant la musique sur l'autoradio, commentant les chansons, me parlant de son patron, me demandant des nouvelles de mon travail, de Mal. Il portait un costume bleu marine et une chemise rose pâle, avec une cravate rayée argent et bleu ciel, nous avions comme changé de décennie, peut-être même de siècle. Il avait du gel dans les cheveux, une odeur d'after-shave. Il tendit le bras et posa la main sur mon genou. Il observait le ciel d'automne et les nuées de corbeaux qui s'y amassaient dans le rétroviseur. Je me demandais quand l'atmosphère se dissiperait, quand je me retrouverais sur le carreau, à pleurer sur la bande d'arrêt d'urgence. Mais il continuait de me tapoter le genou, attirait mon regard à gauche, à droite de l'autoroute, freinait doucement aux passages piétons. Il tourna dans le parking d'une église, consulta sa montre et coupa le moteur. Mon frère a eu un bébé, déclara-t-il.

Durant un moment, rien ne se passa, nous étions juste assis dans la voiture.

Quelques personnes sortirent de l'église, puis toute une assemblée. La messe s'achevait, nous remontâmes le flot de gens jusqu'au porche. À l'intérieur, l'église lugubre résonnait des braillements furieux d'un bébé sur l'autel, attendant son tour pour être baptisé.

Felim se signa, inclina le buste puis se glissa sur un banc latéral. J'esquissai un geste vague devant mon visage et me faufilai derrière lui, me levai, m'agenouillai, me rassis, tandis qu'un bébé après l'autre se faisait oindre et asperger, et que les adultes qui les accompagnaient renonçaient à Satan et à ses œuvres. Les adultes s'exécutaient dans leurs robes imprimées et costumes chics, dans leurs sandales à brides et cravates pastel. Je ne suis pas une habituée des églises, j'avais l'impression d'assister à une cérémonie secrète et cependant publique, le diable arraché à ces nourrissons emmaillotés un dimanche à midi. Il n'y avait ni fumée, ni soufre, rien que ces braillements démoniaques que l'eau bénite échouait à exorciser. Cela ne faisait même que redoubler les hurlements du bébé hurleur. Son visage était si cramoisi qu'il eût été rassurant d'identifier un médecin dans la salle. J'observai la mère qui l'agitait en essayant de le faire taire, en me demandant comment tout cela finirait.

Après quelques éclaboussures supplémentaires, un des pères ôta sa veste et remonta ses manches avant de brandir l'enfant au-dessus des fonts baptismaux. L'homme avait un visage large, agréable, une barbe rousse, sa femme portait une robe portefeuille bleue. Elle était debout derrière son mari, une main sur sa taille, l'autre sur leur petite fille prise en étau entre eux, elle souriait par-dessus son épaule au bébé dans ses bras. C'était comme une peinture à l'huile : l'assemblée était d'une douceur si imposante, les parents si heureux. Je sortis mon téléphone pour prendre une photo, puis me ravisai.

Felim marmonna : Qu'est-ce que tu fais, putain ?

Rien, dis-je.

Cet homme joyeux était le frère aîné de Felim, Cathal. Je fis sa connaissance sur le parking de l'église, ainsi que celle des parents de Felim. Sa mère était une femme gironde moulée dans une veste rose foncé, son père déroula une casquette dans ses mains et la jucha sur son crâne chauve et blanc. Je ne sais pas à quoi je m'attendais.

Soyez la bienvenue, dit sa mère, elle avait l'air tout à fait normale.

Merci, dis-je. C'est un plaisir.

Felim aussi semblait parfaitement normal, quoiqu'un peu illuminé, sur le parking ensoleillé, à parler à ses parents.

Le modeste convoi s'engagea à travers un portail, devant une maison proprette, blanche, surplombée par deux granges obscures, dont l'une abritait le tracteur bleu si énorme qu'il fallait une échelle pour grimper dedans. Trois bennes à pelleteuses prenaient la rouille sur un tas de gravier. Il y avait un petit lac. Je ne vis pas de bétail.

Plus tard, je retournai sur Google Earth et découvris l'engin à bennes garé le long d'un mur face au champ, ainsi qu'une troisième grange que je n'avais pas remarquée sur place, trop distraite par une pyramide de balles d'enrubannage et une puanteur soudaine.

Nous ne nous garâmes pas dans la cour face à la maison propre et blanche, nous poursuivîmes dans l'allée, grimpâmes une côte jusqu'à une demeure plus imposante avec deux toits à double pente reliés par un balcon à balustrade qui enjambait la porte d'entrée principale.

Je pensais à Carmel contemplant tout ce terrain dépourvu de réel jardin – juste une sorte de conifère en façade, un araucaria du Chili sur une bande de terre faisant office de pelouse. À l'intérieur le décor était simple. Le rez-de-chaussée était entièrement recouvert de carrelage, les meubles, hors d'âge, étaient dispersés aux quatre coins comme s'ils avaient été déménagés d'une maison beaucoup plus vieille et plus petite. Il y avait un canapé en cuir couinant et moisissant dans le salon. La cuisine était en pin jaune.

Je remarquai ces éléments par touches. Ne m'attardai sur rien, bien que Felim semblât ne me prêter aucune attention. Aussitôt le seuil atteint, il s'éloigna de moi, les mains dans les poches. Après quoi, il passa l'après-midi appuyé au comptoir de la cuisine, à la table, à l'accoudoir du canapé, sans jamais s'asseoir. Exagérément décontracté.

Fais voir
Je te crois pas
Tu veux dire ?
Ah voilà
Mais oui ce type-là
D'accord, d'accord
Viens me voir un peu

Une femme d'une quarantaine d'années se présenta comme la sœur de Felim, Maeve. Je ne parus pas surprise, m'abstins de mentionner qu'il ne m'avait jamais parlé d'une sœur.

Oui, dis-je. Bonjour.

Des ballons étaient accrochés aux dossiers des chaises dans la cuisine, de jeunes enfants couraient autour de la table. Deux d'entre eux, au moins, étaient les enfants de Maeve, qui les réprimandait à la volée sans envisager une seconde être obéie. Elle me présenta à un autre frère qui picorait des saucisses sur un petit monticule en train de refroidir sur le comptoir.

Tu connais Fiachra bien sûr. Il vit à Dublin.

Je ne connaissais pas Fiachra. Nous acquiesçâmes. Il me détailla avec insistance : la robe, les chaussures.

Alors. Depuis combien de temps tu connais Felim ? demanda Maeve.

Quelques mois. Pas longtemps.

À la porte de la cuisine, leur père était en train d'enfiler une paire de bottes.

Si on me cherche, je suis sur les terres, dit-il.

D'accord, où est mam ?

Assise.

Après cela, je me contentai de sourire avec mes belles dents. Je restai non loin de Maeve, servis le thé, débarrassai, déambulai sur mes talons hauts. Nos discussions tournèrent autour de la météo agréable, de la couleur de ma robe, de l'endroit où j'habitais à Dublin, de mon absence remarquable de frères et sœurs (je n'eus pas à mentionner que je n'avais pas de père – personne ne pose jamais la question).

Je lui demandai quels enfants étaient les siens, quelle différence d'âge elle avait avec Felim, était-il gâté lorsqu'il était petit.

Oh ! dit-elle. Celui-là !

À quoi je répondis : Impayable.

Je ne crois pas avoir parlé à aucun des hommes présents, à part au père de l'enfant baptisé, avec ses manches de nouveau déroulées – Cathal, qui était venu à ma rencontre en disant : Sois la bienvenue, merci d'être venue, laisse-moi te présenter, dis-moi, est-ce que tu as rencontré ma grand-mère ? avait-il lancé en me devançant dans le salon et en me menant jusqu'à une très vieille dame assise dans l'un des grands fauteuils au cuir tassé.

Sur le repose-pieds attenant, ses pieds étaient comprimés dans des chaussettes blanches et des sandales orthopédiques beiges. Elle portait un tablier – quoique je ne l'aie pas vue faire le service – ainsi qu'un gilet marron sur une blouse à fleurs et un pantalon vert. Rien d'assorti ou de désassorti. Juste des vêtements.

McDaragh, releva-t-elle. Dites-moi, êtes-vous apparentée au poète ? Mais oui. Mais oui. C'est ce que Felim a dit.

Oui, répondis-je.

Vous êtes sa fille.

Non.

Oh, c'était un homme rare.

Ah non, je suis sa petite-fille.

Oui. C'est ça. Vous êtes sa petite-fille. L'avez-vous connu ?

Il est mort avant ma naissance, dis-je.

C'est vrai. Dieu le garde.

Elle leva la tête, et je vis qu'elle avait le même long visage étroit que Felim, alors, à travers ses dents qui se chevauchaient elle ajouta :

Pose ta tête sur mon cœur sombre,
le miel de ta bouche et son parfum de thym
donne-moi ta main avant qu'il soit l'heure,
*oh mon amour, ma tendre chérie**.

Durant cette épouvantable récitation, le frère garda la tête légèrement inclinée, je dis : Oui. C'était lui, effectivement.

Vous lui ressemblez.

Vous trouvez ?

Vous êtes la bienvenue ici, déclara-t-elle. Et je crus que j'allais partir en courant, en hurlant, en m'arrachant les cheveux et les vêtements. J'aurais détalé nue dans le grand champ, jusqu'au putain de champ lointain et je me serais posée là, accroupie et folle dans le fossé. Dans le même temps, j'avais l'impression d'être rentrée chez moi.

Merci, dis-je.

Vers seize heures, sur un signe de Felim, nous levâmes le camp. Nous montâmes en voiture en

* Traduction d'un poème de Philip McDaragh, dont voici la version originale : *Lay your head on my dark heart, / your honey mouth with scent of thyme / give me your hand before we part, / oh love, sweet love of mine.*

agitant la main de conserve, accrochâmes nos ceintures et roulâmes en silence dans l'allée, le long des imposantes silhouettes des granges et de la maison blanche, à travers le nuage infâme et épais que dégageait la mare brunâtre, qui était – il n'eut pas besoin de me le préciser alors – une fosse à purin. Il arrêta la voiture et se pencha par la fenêtre pour appuyer sur le bouton qui ouvrait le portail.

Ils ont l'air gentils, dis-je une fois que nous fûmes passés, et Felim confirma : Gentils.

Tandis que nous atteignions l'autoroute, il dit : Tu es contente, maintenant ?

Pardon ?

Tu es contente maintenant, non ?

Après quoi – je ne sais pas. Impossible de me souvenir du sujet de la dispute ou de son point de départ, car elle n'avait aucun sens. Encore aujourd'hui, je n'en comprends pas la majeure partie.

Mais je me rappelle m'être dit qu'ils ne m'avaient pas sauvée de lui, finalement. Alors qu'ils savaient quelle était sa nature. Maman et papa, Maeve, Cathal, Fiachra, et la vieille Grand-Mère Poème. Ces gens, qui le connaissaient mieux que personne, avaient observé la fille que Felim avait ramenée en se demandant combien de temps elle tiendrait.

Cette intruse.

Je fis ce rêve où ils m'installaient à la vaisselle dans le tablier de la grand-mère, et Fiachra me poussait contre l'évier et me violait sur mes talons hauts, pendant ce temps, leur père était dehors sur ses terres, leur mère dans la pièce d'à côté, Cathal, l'air navré, disait : Enfin tu sais bien, et Maeve : Oh, prends cette assiette de petits pains et sors-les, tu veux bien ? J'adore ta robe. C'étaient à peu près les mots qu'elle avait prononcés. Je fis ce rêve où la journée était globalement la même, en beaucoup plus explicite.

Et pendant tout ce temps, la grand-mère récitait des poèmes.

le miel de ta bouche et son parfum de thym

Après cet épisode, Felim avait dû m'envoyer des textos et passer me voir deux jours d'affilée, puis il n'avait plus donné signe de vie pendant des jours. Quand il était là, j'avais du mal à distinguer le sexe des autres blessures qu'il me causait. Ce qui ne changeait pas, ce qui ne changeait jamais, c'était l'attente. Ce flot d'expectative. Qui n'en finissait pas de refluer. Encore et encore.

Est-ce que c'est lui
Est-ce que c'est lui
Est-ce qu'il m'aime
Est-ce que c'est lui

Attendre cet homme était mieux qu'être avec lui, plus intense sans aucun doute, avec cette manière qu'a l'attente de se dévorer elle-même et se régénérer sans cesse. Et rien, rien de rien n'était plus fort que le premier shoot de son apparition.

Il m'aime
Le voilà

J'ai commencé un livre des merveilles, des miscellanées de murmures d'étourneaux, de montagnes flottant au-dessus des mers. De gens découvrant une cave sous leurs pieds, une pièce cachée, abandonnée derrière le miroir de la salle de bains. Un homme tire sur une façade qu'il prend pour une fausse porte de placard et tombe sur un lave-vaisselle. En Hollande, des chercheurs ont réussi à faire pousser des glandes lacrymales humaines – de petits ballons qui enflent jusqu'à la rupture et libèrent une eau salée contenant également des anticorps, des hormones de stress, des phéromones, des analgésiques naturels. Elles sont si bénéfiques à l'être humain, ces petites gouttes d'eau – à en croire la science, nos larmes valent mieux encore que tout le lait de la bonté humaine. Je voudrais que nous construisions une ferme de larmes ; des kilomètres et des kilomètres de boîtes de Petri en verre dans lesquelles des larmes solitaires pleureraient tout leur soûl, de sorte que l'humanité n'ait plus besoin de s'en charger.

Il dit : Je vais aller dormir. Je ne peux pas dormir ici.

Felim raconta que son père avait tué un chien malade en attachant le bout d'une corde au mur, l'autre au tracteur, et le cou du chien au milieu. Il avait démarré et ne s'était retourné qu'une fois que la corde avait lâché. Il ajouta que son père avait dit que c'était une mort rapide, et que, vu le prix du vétérinaire, cela valait le coup de perdre une corde.

Meg, mon influenceuse, veut que je rédige une publication sur les godemichés, elle veut qu'un de ses bichons maltais en rapporte un comme si c'était un bâton qu'il aurait trouvé par hasard, elle pense que ce serait hilarant. Toute cette histoire de godemiché, c'est juste un truc de filles qui friment, ce qui ne me dérange pas le moins du monde, mais j'ai envie de lui demander (comment je pourrais lui poser une question pareille ?) de quel style on est en train de parler ? Le genre gros et noueux, ou bien un bout de plastique granuleux et veiné dans un rose de prothèse, ou encore le modèle fin et discret, bleu ciel ? J'envoie un message à l'agence : *Est-ce qu'elle a une photo du gode du chien ?*

Le bichon est minuscule, blanc, pelucheux. Le gode dans sa petite gueule est noir, recourbé sur un côté. Énorme.

Et j'ai envie de lui demander : Pourquoi noir, Meg ?

Maintenant que c'est là, si je puis dire, maintenant que c'est dans la gueule de son petit chien, prêt à être visionné par des milliers et des milliers d'abonnés, j'ai envie de lui demander : Quel est l'intérêt de baiser avec un objet incapable de sensations ?

(Bien entendu, c'est *tout l'intérêt* – la chose me saute aux yeux à l'instant même où je tape la question sur mon clavier. Quelle idiote je fais.)

Mais justement, si c'est le cas, si cette chose n'est pas humaine, si c'est juste un bout de plastique jetable qu'on s'enfile alors… Pourquoi noir, Meg ?

Il m'envoie un texto :

– *Quoi de neuf ?*

– *Ça va*, je réponds, puis plus rien pendant plusieurs heures.

Le lendemain matin je tente ma chance :

– *Et toi ?* Il répond :

– *RAS*, ce qui peut signifier tout et son contraire. Plus tard :

– *Du neuf !!!!*

Il m'envoie une photo de son bureau. Je la regarde, l'agrandis. Le bureau est recourbé sur le devant, pile à la mesure du coin où il est installé. Il y a deux écrans, un clavier noir et massif branché à un long câble, une tasse à rayures, un carton de nouilles japonaises presque vide, des écouteurs filaires, une souris à câble, un téléphone fixe et son fil bigoudis tout entortillé, deux enceintes reliées elles aussi à des câbles, une grenouille en plastique vert fluo dont la gueule renversée distribue des stylos, des ciseaux, des surligneurs ; une pile de papier avec une agrafeuse au sommet, une tasse en verre au contenu liquide brun inachevé ; un accordéon bazardé dans un carton beige, un gobelet en plastique orange, un dossier vert d'où s'échappent des feuilles de papier.

Je suis saisie par la quantité de nourriture et de boissons commencées, abandonnées sur ce bureau. Tout est entamé et délaissé à peu près au même stade – presque fini, la dernière bouchée inachevée. Felim fait la même chose dans ma chambre, le matin, je retrouve toujours des restes à nettoyer.

De quoi s'agit-il ? Est-ce que c'est un jeu de pouvoir, de l'accumulation compulsive ? Un trouble de l'attention ? Une affirmation pseudo-virile ?

Je l'ai déjà vu essayer de terminer quelque chose, décider de ne pas aller au bout finalement, le reposer et s'en aller.

Deux post-it jaunes sont collés à un des écrans d'ordinateur, éteint, tandis que l'économiseur d'écran de l'autre représente deux renards. Probablement une photo qu'il a prise lui-même. Les renards sont cachés dans des buissons sombres, l'un des deux regarde la caméra droit dans les yeux, l'autre est blotti sous l'oreille de son comparse.

– *Foxy** ! écris-je.

Pas de réponse.

J'observe la photo encore et encore. Je me dis que je fais partie de ses restes. Je suis cette chose qu'il ne peut se résoudre ni à finir ni à jeter.

Jeudi soir à Dublin. Je sors et trouve quelqu'un à baiser, un mec pas très sûr de lui avec les mains super moites, je lui dis : Oh oui, oui, fais tout ce que tu veux, fais tout ce que tu veux, mais il est trop ivre pour faire grand-chose de plus, alors je me laisse tomber sur lui, je gifle ce pauvre type, une bonne baffe, à gauche, à droite, et une autre pour me porter chance. Et j'ajoute : Celle-là, c'est de la part de toutes les filles. Dans la salle de bains, je fouille dans son placard et trace une double traînée de sang le long de mon avant-bras avec son rasoir jetable. Les coupures sont peu profondes, peu satisfaisantes, mais elles piquent comme c'est pas permis. Le type se plante dans l'encadrement de la porte, dans un peignoir rayé, qui m'inspire un mépris instantané. Il travaille dans la tech, il est blanc comme un linge et riche comme Crésus. Je le bouscule en passant, retire une photo du mur en me dirigeant vers la sortie. Les chauffeurs de taxi refusent de me prendre : j'ai du sang qui coule sur mon bras nu et je suis complètement bourrée.

Tous les deux ou trois jours j'envoie une photo du ciel à Mal, qui me répond en m'envoyant une photo de son ombre sur un mur ou une route.

* Il s'agit d'un jeu de mots humoristique : *foxy* signifie "sexy", mais *fox* signifie aussi "renard".

Il est à Berlin ou à Leipzig, il est à Budapest. Je me souviens d'avoir lu Rilke à voix haute dans son appartement où tombait l'ombre tutélaire des arbres du musée, de leurs troncs massifs à l'écorce rouge. Je me rappelle un livre sur les anges qu'il aimait bien. Et qui disait des choses comme "Consulter le *Yi Jing*", "On ne peut pas marchander son chemin vers l'amour". Je travaille sur mon dialogue avec le bichon maltais. Je regarde des vidéos d'implants auditifs en mangeant des gâteaux secs à même la boîte, et en songeant qu'un autre niveau de conscience nous attend tous. Un jour, dans le futur, nous évoluerons à une vitesse impensable.

Carmel : Comment vas-tu, tu me sembles très pâle. Mais non, je vais bien, maman, vraiment. Nous nous prenons dans les bras, elle porte le même parfum que dans mon enfance. Je pose mes mains sur ses biceps et elle me dit : Je me suis mise à la boxe.

Bien entendu.

Je te le recommande.

Elle a fait un chili sin carne, avec du riz basmati, et une sauce au yaourt sur le côté. J'en prends une cuillérée, guettant quelque sensation – comme quand je rentrais de l'école, enfant, et que les mots jaillissaient soudain : et alors la fille a dit, le garçon a dit, mon genou écorché, la maîtresse, cet affreux camarade. Mais il n'y a rien à raconter. Rien à déverser.

En bas, je vais dans sa chambre et trouve le flacon de parfum sur sa table de chevet, j'en vole un échantillon pour l'emporter avec moi. C'est un peu trop floral à mon goût pour Carmel qui n'a pas mis une jupe, pas même pour aller travailler, depuis mes neuf ans.

Non, elle n'est pas gay, m'a-t-elle dit. Et non, elle n'est pas secrètement trans non plus. Et juste non, d'accord ?

Sur l'étagère du hall d'entrée, je récupère un recueil de poèmes de mon grand-père. Je n'ai pas ouvert ce livre depuis plus de dix ans, à présent j'ai l'impression d'en avoir été dépossédée. Par l'expérience, le temps passé. Par la vieille Grand-Mère Poème. Je le feuillette, essayant d'y retrouver ma place.

Le livre est plein d'oiseaux.

paon et héron, accenteur mouchet et roitelet,
le bouvreuil pivoine et sa poitrine couleur rouge à lèvres
teinte mousseline orange

Autrefois je lisais ces lignes tous les soirs, ou presque. Les poèmes étaient si délicats, si cristallins, je pouvais entendre le son de sa voix, qui ne parlait qu'à moi. Les autres filles avaient des pères, des oncles, moi j'avais ce bon vieux Phil, qui rendait tout ravissant avec ses mots.

Parfois je regarde ma mère et je me demande où tout cela s'est envolé, comment la famille a-t-elle ainsi décliné, de père en fille – de subtil à stupide en une seule génération. L'œuvre de Phil est, avant tout, pleine de tact. Une fille a besoin de tact – venant de Carmel, c'est la dernière chose que je pouvais espérer recevoir. Quand je n'allais pas bien, je me pelotonnais contre Phil comme un baume sur mes blessures.

Je ferme les yeux serrés, referme le livre et l'ouvre à une page au hasard.

Le titre du poème est “Perséphone”.
Merci Phil.
Après que sa fille a été emmenée de force jusqu'aux Enfers par Hadès, la mère de Perséphone plonge le monde dans son premier hiver. Avant cela, les saisons ne faisaient qu'un, de sorte que ce poème, étrangement, pourrait aussi bien parler des caprices du climat aujourd'hui.

la rose et le crocus fleurissant ensemble
le perce-neige côtoyant l'aster, le pied-d'alouette et le lys –
toutes les saisons dans chacune : baie, feuille
et bourgeon se bousculant sur la branche, avant
que naisse l'hiver du chagrin de sa mère.

Je prends une photo et la poste.
– Le changement climatique, d'après mon grand-père Phil McDaragh en… 1978.
Je me souviens de l'image de son évasion si nettement, Perséphone en aigrette blanche, battant des ailes pour s'échapper d'une caverne sombre.

comme un oiseau s'échappant de sa bouche, l'enfer la bailla à sa liberté

Je voudrais me faire tatouer ce vers, de l'aisselle à la hanche, avec un oiseau volant le long de l'inscription. Ou bien de mon pubis (mon enfer !!) jusqu'à ce relief à la base du cou qu'on appelle
(je regarde)
la fossette suprasternale
(je suis déçue)

Je voudrais écrire un livre sur les renards, mais du point de vue du renard. Il y aurait un peu d'humour, mais pas de l'humour avec les mots.

Sur Instagram, l'ex de Belfast fait du yoga dans un collant d'un blanc aveuglant. Je clique sur tout ce qu'elle poste. Elle est plus âgée que moi, beaucoup plus jolie aussi. Elle vit dans plusieurs pièces, pas juste une. Elle a une statue du Bouddha sur une étagère. Des bougeoirs en bois dessinés par Anders Nørgaard couleur lavande et rose intense. Elle a remplacé ses robinets chromés par des robinets en cuivre – il est possible qu'elle soit propriétaire de son appartement. Toutes les pièces sont peintes dans des nuances de crasse : rose pommade, mastic, marécage. Je suis incapable de détourner le regard. Sur une des photos, je suis sûre d'apercevoir le reflet de Felim dans un des carreaux de la porte de son placard de cuisine. C'est une photo d'un arrangement floral posé sur le comptoir ; il vient d'une boutique, mais il est tout ébouriffé, d'un goût exquis, dans des nuances de violet profond et vert acide. La légende indique :

– *Chanceuse*

Durant les longues journées qui précèdent l'hiver, en l'absence de coup de fil de Felim, j'écris une nouvelle à propos d'un homme qui mange un œuf au plat tandis que dehors, sous le soleil, une femme tombe amoureuse. Une fois l'œuf avalé et l'assiette abandonnée dans l'évier, l'homme prend sa douche, s'habille, fourre son linge sale dans le panier qui déborde, se brosse les dents et sort de son appartement tout blanc. La tasse abandonnée derrière lui refroidit. L'œuf inachevé glisse de quelques millimètres sur la porcelaine et, une heure et quelques plus tard, commence à brunir puis à craqueler. Dans les replis de sa couette, les plumes s'aplatissent, les ressorts du lit se déploient lentement au maximum et les draps nus exhalent leur humidité dans l'atmosphère. Un préservatif oublié attend sur le réservoir de la chasse d'eau, emballé dans du papier de plus en plus raide et friable. L'appartement est plongé dans le silence. Un compteur dissimulé dans un placard émet un claquement suivi d'un bref ronflement. Un nuage vient s'intercaler entre la terre et le soleil.

Dans une autre partie de la ville, la femme ressent comme une preuve et une justification les mouvements du soleil. Dans une autre partie de la ville, un homme se sent en déveine et lève la tête pour regarder s'il ne va pas pleuvoir.

Felim débarque avec un chapeau de père Noël. Il est carrément furieux. Fulmine : Cette façon que t'as de me fixer, j'ai l'impression de baiser une attardée, je veux t'entendre le dire, vas-y dis-le. Dis : Fais-moi jouir. Tu aimes ? Dis que tu aimes, dis Merci, Felim. Espèce de salope ingrate. Vas-y, dis-le : Fais-moi jouir, Felim. Tu veux que je te fasse mal ? Je t'entends pas, Nell. Dis-le : Fais-moi mal, Felim, s'il te plaît, fais-moi mal.

Alors je m'exécute.

Comment je m'appelle ?

Felim.

Je m'appelle Monsieur, espèce de petite merde.

Je dis : Monsieur.

Ce sont deux syllabes. Felim ne recherche pas ma sincérité. Il recherche le chaos. Sa bite est ramollie par l'alcool, l'idée qu'il va peut-être essayer de me faire mal d'une autre manière le rend effrayant.

Alors je cède un peu, je répète : Monsieur. Je lui donne un peu de théâtre, une surface fictionnelle qu'il puisse pénétrer. Le bonnet de père Noël est tombé par terre, je le vois du coin de l'œil. J'ai peur. Mon corps est pétrifié de froid. Et quelque part, au milieu de tout cela, je me demande :

Si je croyais que tout ceci pouvait marcher, est-ce que cela marcherait ?

Une autre fois, il m'aime. Il contrôle l'objet de son amour. Lui est précis, moi je suis le chaos. Je sens la pièce se découper en deux espaces devant mon regard bousculé, puis l'espace se reconstitue de lui-même. Voilà quel effet me fait son poignard cartilagineux, il me fend l'âme. Et il a beau m'écarteler, je demeure pleine et entière. Lorsque cela s'arrête, par je ne sais quelle magie, je suis encore là.

Ça semble un peu idiot, dans ces circonstances, de l'appeler Monsieur. Je devrais l'appeler Mort, je devrais l'appeler Et c'est reparti, ou encore Fin du Monde.

et tu lis

des millions de personnes vont se retrouver sur liste d'attente

et tu lis

des articles sur les drones

et tu lis

les vies inimaginables des autres autour

chez eux, dans leurs intérieurs

Sur internet, je scrute son reflet dans la vitre du placard de la cuisine de son ex de Belfast, c'est devenu ma photo préférée de Felim, et quand je pense à lui en train de parler, tout ce qu'il dit c'est des histoires de mecs, un mec, un autre mec, encore un autre mec, des mecs qui font des trucs de mec… Et quand je pense à ce que je lui répondrais, tout ce qui me vient c'est : Je t'en prie. Je t'en prie.

(traduit d'après *Ceann Dubh Dilis*, anonyme, XVIIIe siècle)

Pose ta tête sur mon cœur sombre,
le miel de ta bouche et son parfum de thym
quel homme pourrait ne pas t'aimer – si bienheureuse,
et douce, oh mon amour, ce doux amour qui est le mien.

Leurs cheveux libérés, les filles marchent sur moi ;
elles pleurent leur héros rebelle,
le plus vaillant des cinq clochers environnants, mais elles
n'auront pas mon amour, mon doux amour, que je garde pour toi.

Pose ta tête sur mon cœur sombre,
le miel de ta bouche et son parfum de thym
donne-moi ta main avant qu'il soit l'heure,
oh mon amour, ma tendre chérie.

CARMEL

Le problème n'était pas tant qu'il l'ait quittée lorsqu'elle était tombée malade, le problème c'était la manière dont il était revenu en mettant les lieux sens dessus dessous à la recherche, disait-il, de sa montre perdue ou égarée, ou que leur mère avait peut-être cachée pour l'énerver ; ou même gardée en souvenir. Il passa le salon au peigne fin, ouvrit les portes de la commode, tâtonna sur le manteau de la cheminée, fouilla le canapé, délogeant au passage tous les coussins qu'il laissa en désordre et éventrés, sans plus la moindre possibilité de s'asseoir.

"Tu l'as vue ?"

La montre avait un cadran crème et un bracelet en cuir marron. Carmel l'avait vue si souvent au large poignet de son père, elle en connaissait l'aspect chaleureux, cet objet petit et lourd à la fois ; fin et massif, comme une médaille qui ferait tic-tac. Il ôtait ses boutons de manchette, défaisait le bracelet, et abandonnait la montre ici ou là – à côté du cendrier, sur l'étagère de la salle de bains, dans la chambre, d'où leur mère l'écoutait à présent tempêter dans la maison, vider le contenu du placard sous l'évier, où jamais aucune montre n'avait été rangée.

“Tu l’as prise ?”

La réalité, c’est que son père n’avait jamais été capable de retrouver quoi que ce soit, même quand il avait le nez dessus. Autrefois c’était un sujet de plaisanterie entre eux, l’idiotie de papou à cet égard. Qui faisait dire à leur mère : “S’il était un chien, il se mordrait lui-même.” Il faudrait de nombreuses années à Carmel pour comprendre cette phrase.

Chaque fois qu’un objet se perdait sous ce toit, la voix de sa mère chantonnait au loin où le trouver : “Sur le palier, dans la bibliothèque”, elle était la gardienne des objets. Elle avait tout en tête.

Cette fois-ci, elle ne lui dit pas où était la montre, et cela agaça leur père. Il éructait dans tous les sens, jusqu’à ce que le silence qu’elle lui opposait s’érige en un mur infranchissable, l’empêchant de monter à l’étage.

Du moins, c’était la perception des événements qu’avait eue Carmel cet après-midi-là. Elle avait douze ans : sa mémoire était une succession de béances, de fossés qui s’ouvraient soudain, au moment même où les choses se produisaient. Ses propres agissements atterrissaient fréquemment dans ces failles d’oubli. Avait-elle aidé son père à chercher sa montre ? Sans doute s’était-elle contentée de rester plantée là. Ou bien avaient-elles juste assisté à la scène, elle et sa sœur Imelda, depuis le seuil du salon. Pourtant elle se représentait parfaitement son père allant d’une pièce à l’autre de la maison : c’était comme une histoire qu’elle observait de tous les angles, à part le sien. Elle le revoyait se poster au bas de l’escalier, poser la main sur la balustrade et lever les yeux. Carmel ne se souvenait pas non plus de l’avoir poursuivi, mais c’était vraisemblablement ce qu'elle avait fait, parce qu'elle avait une image bien réelle de lui dans la chambre où sa mère était allongée. Elle le voyait ainsi qu'on perçoit les inconnus – à une certaine distance. Tout en le distinguant dans ses moindres détails.

Son père avait alors quarante-sept ans. Il portait une veste en tweed d'un brun verdâtre, aux poches déformées à force d'y fourrer des livres et des paquets de cigarettes, des mouchoirs en tissu et des trousseaux de clés. Sur son crâne rose, ses cheveux luisaient. Le plastique mâchonné de ses lunettes ressortait derrière son oreille et sa nuque était d'un rouge gras et profond.

C'était l'été où sa mère avait eu un sein coupé pour une raison qu'on ne put jamais nommer. Leur père fourrageait dans les vêtements de la penderie, il pleurait. Il tira le petit tiroir de sa table de chevet si violemment que tout le tiroir jaillit du meuble tandis que son contenu se déversait au sol. Il baissa les yeux sur les objets disséminés, les perles, les reliefs de sa femme : son carnet de rendez-vous, un tube d'un baume rose pour la cicatrisation de sa plaie à la poitrine.

Leur mère était alitée, le dos en appui sur plusieurs oreillers. Redressée pour favoriser le drainage. Carmel n'avait pas vu la cicatrice, est-ce que c'était une entaille vers le haut, ou bien un pli horizontal sur lequel sa peau aveugle se refermait. Vraisemblablement une cicatrice en biais sous son aisselle, parce que les bandages faisaient le tour de son buste comme un holster à l'épaule, et qu'elle ne pouvait plus lever le bras pour enfiler sa chemise de nuit ; il avait fallu en ouvrir l'encolure de ce côté-là.

Constatant l'inutilité de ce tiroir vide dans sa main, son père l'abandonna derrière lui tandis qu'il se penchait en avant et l'empoignait par les épaules.

"Où est-elle ?" serina-t-il.

Elle le regarda. Il était plié en deux, il suppliait, pourtant lorsqu'elle lui répondit, sa voix était particulièrement froide et intransigeante.

"Comment je le saurais ?" dit-elle.

D'après sa sœur Imelda, il avait fouillé le lit de fond en comble alors qu'elle était encore allongée dessus. Fourrageant jusque sous son corps en répétant : "Où est-ce que tu l'as mise ? Où ?" Mais d'après les souvenirs de Carmel, leur père avait juste fait le lit. Rien de plus. Redonné leur forme aux oreillers en les tapotant, passé les mains sur les draps pour les lisser. Pour que leur mère malade soit mieux installée. Et bien sûr, peut-être qu'au passage, il avait un peu cherché sa montre, ses intentions étaient sans doute mélangées.

Debout au pied du lit, il souleva la couette, un duvet doux d'un rose fané, qui laissa échapper un son étouffé en atterrissant au sol. Il fit de même avec une couverture beige en boule dans un coin. Sous le drap de coton fin, on devinait les contours du genou et de la hanche de sa mère, il grogna en fouettant le drap en l'air. Le drap flotta un moment ; se souleva telle une chape de coton, révélant le corps nu et vulnérable au-dessous. Carmel ne distinguait pas le visage sombre de sa mère, mais sa chemise de nuit était retroussée et une petite jambe nue s'en échappait qui frémit dans la lumière soudaine. Leur père laissa retomber le drap comme une flaque autour d'elle et Imelda se jeta en avant pour remettre la chemise de nuit en place.

Imelda avait eu dix-sept ans cet été-là, cinq ans de plus que Carmel ; elle avait déjà sa taille d'adulte. Plus tard, elle prétendrait que leur père avait bu, mais sur le moment elle hocha la tête dans sa direction, d'une façon si simple qu'il se pencha pour remettre le drap qu'elle lui avait lancé et en recouvrir le corps de sa mère. Il rentra les bords du drap sous le matelas, avant de se rendre compte, brutalement, qu'il était totalement incapable de faire un lit.

"T'as qu'à le faire", lâcha-t-il, avant de faire demi-tour et de quitter la chambre.

Elles l'entendirent descendre l'escalier, ses pas résonnèrent dans le hall d'entrée. La porte s'ouvrit, ne se referma pas. Une brise monta du jardin jusqu'à elles, leur signifiant qu'il était parti. Ce fut la dernière fois qu'elles virent leur père dans la chambre, ou dans cet état. À sa visite suivante, tout avait déjà changé.

Ce souvenir remontait des limbes de sa mémoire, au hasard des années : lorsqu'elle tombait sur une publicité pour de la lessive, durant les étés où elle travaillait comme femme de chambre pour gagner un peu d'argent, ou bien juste en faisant son lit d'étudiante. Le souffle du drap qui s'envole, la difficulté à en border les pans. À l'âge de douze ans, Carmel avait senti une vague se soulever en elle avec le drap : un mélange d'air et d'asphyxie dans sa poitrine, sans qu'elle puisse, l'espace d'un moment, choisir entre les deux. Le tissu suspendu dans les airs, si beau, la jambe nue, si pathétique. La douleur qui claque – et le drap qui claque, simultanément. Son père, debout, bras écartés, et Carmel consciente, bien sûr, de son indécence, du caractère totalement déplacé de sa colère au sujet de sa montre. Et cependant l'affront infligé à la poitrine de sa mère la jetait dans la confusion. Carmel éprouvait la tendresse de ses chairs comme s'il s'agissait de sa propre poitrine encore bourgeonnante et sensible. Parfois ce n'était pas tant l'absence de relief à la surface de sa cage thoracique qui la dérangeait, ni même l'entaille secrète qui la déformait, mais bien l'aspect bombé de son autre sein, cette masse de l'autre côté de son torse – ce renflement bancal. Et il n'y avait rien à faire à ce propos maintenant que le sein restant était solitaire.

Sa mère semblait distraite par sa perte, comme si sa maladie était venue lui rappeler quelque chose qu'elle avait oublié. Du moins c'était l'expression qu'elle avait au fond de l'œil : *Oh, j'avais oublié. Comment j'ai pu oublier une chose pareille ?* Elle était si délicate.

Même à l'époque où elle allait encore bien, Terry passait ses journées plongée dans les livres. Le matin, elle restait un peu au lit, descendait, s'asseyait au comptoir en posant son livre face contre terre à côté de la bouilloire, puis elle allait s'installer sur une chaise longue au jardin, les jambes en l'air, un bras derrière la tête. Si on s'aventurait à lui adresser la parole pendant qu'elle lisait, elle nous considérait d'un regard adorable et lointain.

On aurait pu penser qu'elle était bien occupée avec deux filles et un mari à la maison, mais ce n'était pas vraiment le cas. Cuisiner, par exemple, ne l'avait jamais vraiment intéressée, elle s'abstenait donc la plupart du temps. Quant à l'aspirateur, il prenait la poussière en haut de l'escalier.

Son sourire recelait une forme de sécheresse qu'on aurait pu prendre pour de la discrétion, ou de la mansuétude, pardonnant d'avance aux gens pour ce qui les rendait triste. "Bénis soient les artisans de paix", proclamait une prière inscrite sur une assiette décorative accrochée au mur de la cuisine. Durant sa convalescence alitée, ses filles s'étaient disputé le privilège de lui brosser les cheveux.

La sœur de Carmel, Imelda, connaissait l'aspect de la cicatrice : depuis que l'infirmière lui avait montré comment faire, c'était elle qui administrait les soins à leur mère le soir. Imelda était montée dans la chambre avec une bassine en émail blanche et un linge plié, lorsqu'elle s'était retournée pour refermer la porte derrière, elle arborait une expression sacrée sur le visage. Pour tout commentaire, elle avait ordonné à Carmel de fermer son clapet.

"T'as compris ?"

Carmel n'était pas sûre que sa bouche fût un clapet. Par ailleurs, juste avant, Imelda l'avait giflée. Et la gifle avait rendu sa voix à peine audible.

"Hein ?

— Hein quoi ?

— Me la fais pas, OK ?

— Quoi ?

— Je t'ai prévenue, c'est tout."

Sur quoi Imelda l'avait giflée de nouveau. Carmel avait donc copieusement boudé : à qui aurait-elle bien pu parler ? Et pour dire quoi ? Elle ne savait même pas prononcer correctement le mot "sein". Elle avait essayé plusieurs fois dans la salle de bains : *sein, sein,* cela sonnait toujours bizarrement dans sa bouche.

La maison était plongée dans le silence. Les filles murmuraient leurs querelles. De temps en temps elles entendaient leur mère se retourner en soupirant sur son matelas, avec cette vibration intérieure bien à elle, et totalement imprévisible. Ou bien elle appelait Imelda, répétait son nom, encore et encore. Et le ton de sa voix demeurait parfaitement égal, ni plus haut, ni plus bas d'une fois sur l'autre.

"Imelda."

"Imelda."

"Imelda."

"Imelda."

Jusqu'à ce qu'Imelda se matérialise à ses côtés.

Elles l'aidaient à se redresser sur les oreillers accumulés contre la tête de lit en placage de noisetier avec ses deux pommeaux dorés sculptés de chaque côté. Quand le matelas s'affaissait, une fente périlleuse bâillait en dessous du placage, en y glissant le bras, on y dénichait parfois des livres ou d'autres objets égarés – service qu'il arrivait à Carmel de rendre à sa mère. Ou bien elle refermait la fenêtre et tirait le lourd rideau vert foncé pour empêcher le soleil de l'éblouir. Puis, quand elle avait le droit de rester, elle s'asseyait dans le fauteuil capitonné à côté de l'armoire. Elle s'installait là, aussi calme et silencieuse que possible, blottie dans les vêtements oubliés et la robe de chambre abandonnée de sa mère.

Après le départ de leur père ce jour-là, Imelda était descendue, elle avait refermé la porte de l'entrée et était remontée avec du thé. Penchée sur leur mère, elle portait à ses lèvres une tasse en porcelaine blanche translucide. Toute sa vie, Carmel se souviendrait de la ligne dorée que dessinait le thé à l'intérieur de la tasse, du cercle blanc du rebord en porcelaine. Juste au-dessus de la tasse, l'air était trouble et, au-dessus encore, un brouillard de vapeur s'enrubannait.

"Merci ma chérie. Merci Imelda."

Le soleil donnait de ce côté de la maison tout l'après-midi. Et se couchait en grande pompe dans le dernier carreau en bas à gauche de la fenêtre.

Elles avaient forcément dû remettre la pièce en ordre, pourtant Carmel ne se rappelait pas cette partie de la journée. Peut-être n'avaient-elles rien touché pendant un moment ; les coussins du canapé sens dessus dessous, toutes les portes de placard ouvertes. En partant leur père avait cassé une chaise. Il avait donné un grand coup de pied dedans. La chaise en question avait appartenu à la défunte tante de leur mère, dont c'était également la maison. Une petite chose décorative, pour laquelle la tante avait brodé une assise, un bouquet de fleurs sur un fond cramoisi. Phil s'était souvent moqué de son côté chichiteux. "Qui aurait envie de s'asseoir là-dessus ?" disait-il.

Plus tard, il avouerait des problèmes préexistants dans son mariage. Plus tard encore, il dirait – comme s'il ne s'entendait pas parler – que sa femme était tombée malade et que le mariage n'y avait pas survécu. Prononçant ces mots comme si c'était une chose évidente pour tous ses auditeurs : lorsqu'une femme tombe malade, le mariage se détériore, et la relation ne peut plus être maintenue en vie. Carmel le verrait répéter la même chose des années plus tard, à la télévision, dans une interview enregistrée, mais elle n'arriverait pas, en le regardant, à penser autre chose que : *C'est lui. C'est lui. C'est lui.*

Ce soir-là, Carmel était dans un pub de Suffolk Street. L'entretien avait été diffusé durant sa dernière année à l'université de Trinity, elle était tombée dessus par accident, tandis qu'elle buvait un verre avec des amis. D'après ses informations, Phil enseignait en Amérique. Il s'était taillé une petite réputation comme poète, Carmel n'avait jamais compris ce que cela recouvrait exactement. Bien sûr que son père était un homme important, cela allait sans dire. Sa mère avait épousé un poète. C'était ainsi qu'elle le désignait lorsqu'elle parlait de lui dans les soirées mondaines, pendant que les invités hésitaient devant le plateau des alcools, envisageant le Campari après avoir vidé la bouteille de gin. Elle l'appelait "mon poète".

"Comment va le poète ?" demandait le boucher, ou même le prêtre, et Terry buvait du petit-lait.

"Comment va le poète ?" répétait-elle une fois rentrée à la maison, en racontant sa dernière rencontre aux filles.

"Oh, vous savez !" rétorquait-elle, comme si la vie avec un tel homme vous maintenait les yeux en toupie dans leurs orbites.

Leur mère connaissait si peu de choses du monde. Terry était allée en pension à Dublin, elle avait passé une année à s'occuper de jeunes enfants en Espagne. Durant sa première année d'université, l'équipe d'aviron lui avait fait descendre Grafton Street en bateau. Un poète l'avait invitée à une promenade, après quoi un poème avait paru dans une revue littéraire, avec son nom dedans.

SUR LA COLLINE DE KILLINEY
pour Terry

Au milieu des ajoncs et des angéliques,
dans les arômes puissants et doux des prés montant,

leur cortège de parfums, noix de coco, amande
cardamome, une note au-delà
du périmètre de mon cœur,
elle fait tinter son carillon aromatique,
ma petite jacinthe protestante,
dans son jupon du dimanche

Trois mois d'une cour assidue s'ensuivirent. Terry était issue des milieux commerçants du sud du comté de Dublin et Phil, qui se fichait du qu'en-dira-t-on, la suivait en déclamant, d'une rue à l'autre. La ville tout entière était sous le charme. Un soir elle trouva un poème posé sur son oreiller et lorsqu'elle regarda dehors, Phil se tenait sous le réverbère. Elle sortit en chemise de nuit dans la rue pour l'embrasser et ne rentra plus jamais, racontait-elle.

Il l'avait conquise à force de rimes.

Tous les deux, ils vivaient comme des adolescents. Terry avait de l'argent de famille, pas assez cependant, et lorsqu'elle arriva au bout de ses réserves, elle se sentit perdue. Ils mangeaient des côtelettes de porc, puis n'en mangèrent plus. Elle ne pouvait rien y faire.

À l'âge de vingt-cinq ans, Terry toucha un héritage et ils déménagèrent leur jeune famille dans une maison de Dun Laoghaire, ville portuaire de la baie de Dublin. Là, ils entamèrent une vie de banlieusards, qui s'avéra pour Phil de moins en moins productive. Il passait ses samedis matin à planter des légumes dans leur potager tout en longueur : tel était le souvenir que Carmel préférait garder de lui, à genoux dans ses rangées de patates, un rouge-gorge pour toute compagnie, sa veste balancée sur le manche d'une fourche non loin.

La plupart du temps, il se tenait près de la porte, sur le départ, tâtant ses poches et tournant les talons pour revenir chercher un objet oublié. Quand il faisait beau, il allait marcher. Il s'immobilisait sur le seuil de la maison, levait les yeux vers le ciel et volait une fleur dans le parterre de ses voisins, juste pour les agacer, puis la mettait à sa boutonnière en cheminant vers l'arrêt de bus.

On ne le voyait jamais écrire. Carmel considérait sa poésie comme un domaine absolument privé. Elle n'ouvrait les fins recueils de son père qu'avec un plaisir furtif et aussitôt censuré, comme si elle ouvrait son tiroir à chaussettes.

Tel était donc le genre de magie qui donnait envie aux jeunes femmes de sortir en chemise de nuit dans la rue, pour vous embrasser.

Phil, le poète, avait des cils endormis, fichés tout droits sur ses yeux gonflés, marron, il avait une bouche fine, taquinant en permanence la possibilité de plaisanter. Il mâchonnait volontiers une tige d'herbe contre sa lèvre inférieure. Il s'amusait à observer les gens. "Quand on passe du temps auprès des animaux, disait-il, on n'est plus surpris par grand-chose", quelque chose dans le ton de sa voix attribuait aux vaches l'aura de créatures authentiquement mystérieuses et brutales.

Le soir, de retour à la maison, il la hissait sur sa cuisse épaisse et faisait miroiter sa montre dans sa petite main.

"Comment vas-tu, ma vieille copine ?" demandait-il, et quelqu'un – impossible de se souvenir qui – avait dit un jour : "C'est ton portrait craché, Phil. J'ai l'impression de te voir en double."

Carmel avait vingt ans le jour où elle leva la tête dans un pub de Dublin et aperçut une figure étrangement familière sur la télévision murale ; un homme avec les mêmes cils bovins qu'elle, qui parlait, avec désolation, de la fin de son mariage avec la femme qui lui avait inspiré ses œuvres les plus lyriques. Sans doute était-elle déjà vaguement ivre, mais elle se sentait encore très bien.

"Chut, tout le monde. *Chut.*"

Plusieurs heures plus tard, sur Capel Street, elle s'effondrait sur le palier d'une amie ; pour se réveiller le lendemain matin sur son canapé, du vomi dans les cheveux. Mais sur le moment, au pub, lorsqu'elle avait levé les yeux et vu son papa à l'écran, elle avait éprouvé un sentiment dévastateur de légitimation. Et brandi sa pinte bien haut, triomphale, comme si tous les draps du monde se soulevaient en même temps.

"La FERME, tout le monde ! lança-t-elle. Mon putain de père passe à la télé."

Ils levèrent les yeux.

"C'est lequel ?"

— Celui-là", dit-elle.

Peut-être était-ce son accent. Ou bien cette vieille veste élimée qu'il portait. Mais Carmel comprit, à leurs yeux discrètement écarquillés, qu'un poète de Tullamore était, pour ses amis de l'université de Trinity, un personnage vaguement comique.

"Ah, d'accord."

À une heure du matin, Carmel n'était déjà plus belle à voir, et il y avait comme une hypocrisie à sa tristesse. Elle s'en repaissait ; n'en finissait pas de gémir, de pleurer, tandis qu'elle se laissait tomber dans les bras de l'amie qui essayait de la hisser sur le canapé d'où elle avait glissé, "Mon papou. Mon papa". Trahison majeure : sa bouche produisait des sons que son cerveau condamnait absolument – et le lendemain matin, elle sut que plus jamais elle ne parlerait de son père. Le monde était rempli de gens qui ignoraient tout de lui, à part son existence publique. Et les gens qui le connaissaient bel et bien – elle-même et sa sœur, en particulier – étaient en désaccord profond sur le sujet.

Elles se disputaient au moindre prétexte. Parfois c'était Imelda qui prétendait qu'il avait juste voulu faire le lit et Carmel qui disait qu'il fouillait sous le corps de leur mère, persuadé qu'elle lui avait volé cette stupide montre de pacotille parce que – comme chacun sait – c'est le genre de choses que font les femmes clouées au lit.

Cette nuit-là à Capel Street, il avait également été question de sexe. Non que Carmel ait couché avec quiconque, mais l'amie qui l'avait soulevée du sol, Aedemar Grant, en avait eu marre brusquement d'être ainsi mise en retard pour son petit ami qui l'attendait dans la chambre d'à côté. Carmel s'écroula sur le canapé du salon. La lumière de l'éclairage public colorait le mur à côté d'elle d'un grand bloc orange, le coin de ciel qu'elle apercevait par la fenêtre était d'un noir d'encre, insondable et électrique. Une voiture passa qui projeta des rayons blancs au plafond, au bout d'un moment, une autre voiture repassa, produisant les mêmes surprenants effets.

Quand les ressorts du lit se mirent à grincer de l'autre côté du mur, le bruit lui causa une douleur aiguë et répétée au pubis, synchronisée sur le rythme des amants, puis heureusement dépassée.

Elle disparut, comme si son corps s'en était désintéressé. Probablement qu'elle s'endormit. Un peu avant le matin, elle se leva, alla à la salle de bains et se fit vomir un geyser de bière acide et fluorescent.

Lorsque leur père remit les pieds à la maison, l'été était terminé. Les bandages de sa mère, avec leurs taches affreuses et effrayantes, partis eux aussi. Difficile de dire combien de semaines s'étaient écoulées – peut-être deux ou trois seulement. Elles avaient mis les bandages à la poubelle, jusqu'à ce que la poubelle soit trop pleine et qu'il faille se souvenir du jour de ramassage pour s'y mettre à deux et la tirer jusque sur le trottoir. Le lendemain matin, un cri de leur mère les réveilla – elles n'avaient pas scellé le couvercle ! Les filles sortirent en trombe et en chemises de nuit, et allèrent ramasser les gazes souillées, les moutons de coton éparpillés partout dans les haies des voisins. Quelques heures plus tard, la poubelle était soulevée bien haut par un homme qui plastronnait derrière son camion et reposée quelques mètres plus loin. Cet homme avait les avant-bras bronzés, et des gants épais et sales de travailleur.

Carmel traîna la poubelle vide le long du chemin. Lorsqu'elle constata que l'intérieur était encore incrusté de détritus, Imelda se vengea sur sa sœur. Imelda la frappait en permanence et Carmel ne pouvait pas pleurer, pour ne pas alerter sa mère. Imelda la frappait, sans bruit, à l'heure du thé. Ou bien elle la frappait, sans bruit, pendant qu'elles rangeaient la maison en prévision des visites de Deirdre, la femme de leur oncle, qui venait de temps en temps vérifier qu'elles allaient bien, toquait vivement à la porte, entrait, se retournait pour secouer son parapluie avant de déambuler dans le hall d'entrée. Tante Deirdre s'était fait une spécialité de commenter l'état des plâtres, manifestement en train de s'écailler, les palettes de couleurs choisies, *chacun ses goûts*, et la cuisine qui donnait *du mauvais côté*, quoi que cela signifiât. Plus tard, Carmel comprit qu'elle était jalouse de la taille de la maison. Et aussi qu'elle avait déjà la charge de cinq enfants. Mais à l'époque, Imelda et Carmel détestaient tante Deirdre de toutes leurs forces. C'était une des rares choses sur lesquelles les deux sœurs s'accordaient. La fois où elle avait serré la tête de Carmel contre elle, elles en avaient ri toute une semaine.

Carmel était assise à la table de la cuisine quand Deirdre lui avait saisi le crâne tout entier et l'avait attiré contre son ventre. Elle l'avait appuyé là si fort que Carmel pouvait pratiquement sentir son odeur, sous la jupe, et n'entendait plus que le craquement de sa gaine et son corps rempli d'eau :

"Là, là."

"Là, là."

"Là, là."

"Là, là."

Il fallut quelque temps avant que tante Deirdre remarque que leur père avait mis les voiles – si tant est qu'elle l'eût jamais réellement remarqué –, elles n'évoquaient jamais le sujet. Leur mère était trop malade pour ce genre de conversation. Par ailleurs, à cette époque, les hommes n'étaient pas censés gérer les affaires domestiques : la différence entre un homme marié et un homme ayant déserté le foyer se résumait parfois aux sept heures qu'il passait ou non à dormir dans son lit. Du moins c'est ce que

Carmel pensa plus tard, lorsqu'elle se demanda à quel moment l'évidence de la situation leur était apparue à chacun.

Et qu'on nous donne un sou pour enterrer le roitelet.

En matière de repas, les filles se nourrissaient de biscuits, tranches de lard et sandwiches au sucre. Un jour, alors que leur mère s'était redressée dans son lit et faisait semblant d'avoir faim, elle envoya Carmel chez le boucher acheter des côtelettes. Debout sur le sol plein de sciure, pendant que le boucher détachait le gras de la viande, Carmel leva les yeux sur une affiche représentant une vache, dont les sections étaient distinctement découpées en vue d'un dépeçage en règle.

"Mais, elle est passée où la ligne de découpage ?" demanda-t-elle. Le boucher, qui avait des sourcils foncés et intenses, une tignasse blanche et drue, dégagea ses cheveux de ses yeux du dos de sa main rougie par le froid ou le sang.

Il lui décocha un regard bleu d'acier.

"D'après toi ?" répliqua-t-il, et elle ne comprit pas pourquoi il riait ou ce qui était drôle.

Lorsqu'Imelda la giflait trop fort, Carmel allumait la lumière extérieure du perron et descendait sur le front de mer où elle se promenait le long de la route, guettant le passage d'un train. Elle regardait en face, de l'autre côté de la baie de Dublin, en bas, sur la ligne de chemin de fer, émaillée de rochers gris où s'écorcherait quiconque basculerait par-dessus le mur et chuterait malencontreusement. Les nuages obliquaient dans les miroitements de l'eau et elle pariait avec elle-même que si le train arrivait avant la pluie, alors sa mère guérirait. Si la pluie arrivait en premier, alors sa mère mourrait.

Après le vacarme et le soulagement du passage du train, elle allait chez Orla Hughes, et elles traînaient ensemble dans sa chambre. Carmel sentait bien qu'Orla Hughes en avait un peu marre d'elle, mais sa mère lui donnait des petits pains à rapporter à la maison, petits pains qui, le temps qu'elle ait l'occasion de les manger, étaient épaissis et humides à cause du tupperware. Une fois, alors qu'il n'y avait personne d'autre chez eux, le petit frère d'Orla avait fait entrer Carmel, et ils avaient fait frire des bananes dans du beurre juste pour voir ce que cela donnait. Ensuite ils avaient tout englouti.

Ces jours-là, Carmel rentrait à reculons, elle savait qu'elle s'était absentée trop longtemps et qu'elle ne tarderait pas à en payer le prix. Habituellement une claque sur les épaules, ou sur le côté de la tête. Si fort parfois que l'espace autour mettait un moment à revenir à la normale. Quoiqu'elle en exècre l'injustice, elle n'était pas en position de reprocher à Imelda ces accès de rage, il fallait bien que quelqu'un la prenne en charge. La rage était ainsi toujours palpable, à attendre que l'une d'entre elles l'endosse. Lorsqu'Imelda frappait Carmel, elle redistribuait la douleur.

Mais c'était une sorte de révélation, également. Après cela, le monde lui semblait beaucoup plus éclatant.

Bien entendu, Imelda refusait de se rappeler le moindre "coup". Tout ce qu'elle avait à dire de cette époque, c'était que Carmel était *tellement* difficile. C'était le mot qu'elle employait. "Difficile."

Cela passa. Il fallait le dire aussi. Les filles s'en sortirent très bien. Elles s'en sortirent incroyablement bien. Elles étaient remarquables. Leur mère était rentrée de l'hôpital à la fin du mois de juin, à la mi-août elle était d'aplomb, habillée tous les jours de la tête aux pieds. Elle s'allongeait sur le canapé, ou bien s'asseyait dans le fauteuil en bas, où Imelda déposait un coussin sur ses genoux pour qu'elle puisse lever son livre à la hauteur de ses yeux. Elle réussissait à se relever de sa chaise sans aide.

Imelda obtint neuf points à son brevet de fin d'études, elle en visait vingt-trois et, pour la première fois dans les souvenirs de Carmel, elle pleura. Claqua la porte de sa chambre et mugit.

Quelques jours plus tard, elle accompagna Carmel jusqu'à un magasin de Dun Laoghaire pour récupérer ses manuels scolaires. Après avoir fait la queue dans tout l'escalier, elles tendirent la liste par-dessus un comptoir. Dans la pièce attenante au comptoir, les assistantes allaient de rayonnage en rayonnage pour rapporter les livres et cocher la liste, jusqu'à ce qu'elles aient réuni la pile complète d'ouvrages disparates en taille, odeur et couleur. Avant de pouvoir repartir avec, Imelda devait en inscrire le montant total sur un chèque qu'elle avait pris dans une cachette sous les vêtements, mais cette dernière formalité causa plus d'allées et venues encore, tandis que la queue derrière elles n'avançait plus.

Un homme vint et désigna la signature au bas du chèque.

“À qui est cette signature ?

— À ma mère.

— Est-ce que c'est sa signature ? Je veux dire, s'agit-il de son nom de jeune fille ?

— Pardon ?”

En redescendant l’escalier, Carmel était mortifiée, elle n’était plus sûre, après coup, de devoir détester les nouveaux livres ou de les aimer malgré tout. Puis leur père entra dans la maison : il se contenta de glisser sa clé dans la serrure et entra. Plusieurs jours après cet épisode. Il venait “pour un chèque”, du moins c’est ce qu’elles distinguèrent de leur conversation après s’être fait jeter hors de la pièce pour le laisser s’entretenir en tête à tête avec leur mère. Soudain l’idée traversa l’esprit de Carmel qu’elle risquait de perdre ses nouveaux livres à cause de la stupidité de sa mère. Ce ne pouvait être que cela : il était venu récupérer les livres pour aller les rendre au magasin.

L’autre sentiment qu’elle éprouvait était plus douloureux. Elle rêvait que son père passe le bras autour de sa mère pour l’aider à monter l’escalier ainsi qu’Imelda était désormais tenue de le faire. Carmel voyait l’image si clairement qu’elle avait presque l’impression que cela s’était produit. Sa mère, une main sur la balustrade, son père, le bras passé autour de sa taille svelte. Et leur progression lente, tandis que le corps de son père protégeait le côté abîmé de sa mère, la soutenait, d’une marche laborieuse à la suivante.

On disait souvent à Carmel qu’elle n’avait aucune imagination *(Seigneur, Carmel, tu n’as aucune imagination)* pourtant c’est en se représentant cette scène – qui lui parut particulièrement réelle – qu’elle comprit qu’il les avait quittées pour de bon. Ou bien comprit-elle alors qu’un tel départ était possible. Son père, l’homme qui avait ouvert la porte et l’avait trouvée, tandis que la cigogne s’envolait à tire-d'aile, son père, à qui elle avait été *confiée* bébé, pouvait donc simplement descendre les marches du perron, aller se poster à l'arrêt du bus 46a et héler le chauffeur pour qu'il s'arrête et l'emporte à jamais. Et que devenait-elle alors ?

Personne d'autre n'avait perdu son père. Ce n'était pas le genre de choses qui arrivaient aux filles de l'école.

Après une conversation à voix basses et gémissantes dans le salon, il ressortit, son manteau toujours sur le dos. Il se retourna pour refermer la porte derrière lui, d'un geste simple, pragmatique – comme un homme qui ressort du cabinet du médecin. Et effectivement, il marcha lentement jusqu'à la porte du hall d'entrée, avec un léger boitillement.

Carmel et Imelda étaient postées sur le premier palier, et bien qu'Imelda tentât de la retenir, Carmel courut après lui dans l'escalier.

"Papou. Papou !"

Le ciel était lancé dans un de ses couchers de soleil spectaculaires par-dessus les maisons d'en face.

"Où es-tu ?" demanda-t-elle, c'était une drôle de question. Que voulait-elle dire ?

Il baissa les yeux sur elle.

"Mon petit oiseau. Viens que je te donne un bécot."

Carmel était un peu grande pour un bécot, c'est-à-dire un baiser, ou une tentative de baiser de papa. Enfant, le jeu consistait à tenter d'y échapper, cela commençait en bagarre et se terminait en reddition, avec des cris perçants cédant au bécot de papou. Mais cette fois-ci, Carmel ne put faire mieux que de courber vaguement les hanches. Ses pieds étaient cloués au sol tandis qu'elle se penchait pour lui échapper, et lorsqu'il réussit à lui planter un baiser sur la joue, la sensation la parcourut en arc, tout le long de son corps.

"Sois sage maintenant", dit-il.

Après cela, Carmel recouvrit ses livres avec du papier brun. Et il ne fallut pas longtemps avant qu'elle en ait assez de sa mère et d'Imelda, des journées qu'elles passaient à geindre du matin au soir. Cela va sans dire également : lorsque Carmel eut son propre enfant, des années après, elle ne le confia à aucun homme. Ç'aurait été comme de le tenir à bout de bras et le lâcher là, sur le béton. Quand Carmel avait accouché, le bébé était sorti en silence, l'avait regardée en silence, et lorsqu'ils le lui avaient enlevé pour s'en occuper à l'autre bout de la salle, elle avait dit : "Ramenez-le." Sans doute assez fort. Parce que ce bébé était à elle, à elle seule.

LE ROITELET, LE ROITELET
(pour Carmel)

mûre
regard
feuille
torsadée
en oiseau
à la queue haute
de la haie
à la main
elle était mienne

le roitelet
sortit le bec
de ma main
en coupe
immobile

son œil, éclatant d'honneur
dans l'espace immense de mon œil
le ronflement
de son pouls
extatique

le roitelet, le roitelet
une panique
de plumes dans l'air
déployée dans ma main ouverte
si furieuse et légère
que je ne sentis pas
l'impulsion
de son élévation
loin de moi

dans un brouillard d'amour, d'amour
pour l'indiscernable,
ma paume piquée par son bec,
mon cœur relié à la terre
par le poids de son amour
soulagé. Et, oh,
ma vie, ma fille,
le ciel au loin est froid
et très bleu.

Au début du printemps 1985, quelques mois avant les examens de fin d'année de Carmel, un samedi matin, un homme remonta l'allée et frappa à la porte. À l'intérieur, les femmes étaient toutes habillées – personne, à cette époque, ne se promenait chez soi en chemise de nuit. Cet individu fut donc accueilli dans le hall d'entrée par Imelda en chaussures à talons moyens, ainsi qu'on pouvait s'y attendre un samedi matin à onze heures, dans l'Irlande de 1985. Le visiteur était un petit poète dans un grand pardessus. Ses pupilles si immenses qu'elles lui avalaient les iris. Ce poète avait été délégué par d'autres poètes d'Irlande et d'Amérique ; ils l'avaient envoyé sonner chez elles parce qu'il était le bon poète pour cette mission. Harvey, s'appelait-il – prénom *a priori* peu poétique, mais "Phil" non plus si l'on voulait bien y réfléchir. Carmel rejoignit Imelda dans le hall d'entrée tandis qu'Harvey se présentait comme un ami de leur père, et disait d'une voix irrésistible de douceur qu'il était venu s'entretenir avec leur mère et était porteur de la plus triste des nouvelles. Elle était bel et bien présente, debout sur le seuil de la cuisine. Harvey se faufila vers elle et bien que Carmel ne pût entendre les mots qu'il prononça, elle perçut en revanche le bref et intense cri que sa mère lui offrit en guise de réponse.

Après de nombreuses semaines, et d'interminables et coûteux appels téléphoniques, elles se rendirent à la chapelle mortuaire de l'aéroport de Dublin pour assister à la prise en charge du cercueil et le suivre jusqu'à Tullamore. Le corbillard avança au pas un moment, puis, soudain, sans crier gare, accéléra. Il prenait les virages si vite que Carmel ne quittait plus des yeux le coin du cercueil qui disparaissait à travers la vitre arrière. Cette course-poursuite dura trois heures, puis le corbillard freina brutalement et elles se retrouvèrent juste derrière son pare-chocs. Les gens se retournèrent, les dévisagèrent. Un homme ôta son chapeau et hocha la tête en la regardant droit dans les yeux à travers la vitre. Une femme, debout devant le mur d'un jardin, et ses enfants, rangés en ligne à côté d'elle, se signèrent l'un après l'autre au passage du convoi. Dans le centre de Tullamore, les commerçants se tenaient devant leurs rideaux de fer à moitié baissés, les piétons se signaient, et lorsqu'elle tourna la tête, Carmel vit ces gens descendre des trottoirs pour suivre le cortège à pied, tels des zombies. C'est ce qu'elle raconta plus tard à Aedemar Grant, on aurait dit la nuit des morts-vivants de Culchie. Ces gens, dans leurs anoraks et leurs casquettes en tweed, étaient les habitants d'un lieu que Phil McDaragh avait bafoué en vers – qu'il avait excorié –, une ville où il avait refusé de mettre le pied après la mort de sa mère. Et cependant les locaux étaient venus, ainsi que le prêtre l'entonna plus tard, pour accueillir leur poète de retour chez lui.

Lorsqu'elles s'installèrent à l'avant de l'église, il y avait un homme en uniforme militaire sur l'autre banc du premier rang ; une allure absurde de beauté et des galons torsadés sur son épaule. Dépêché sur place par le président d'Irlande, apparemment. Il s'approcha d'elles pour leur serrer la main et les saluer d'une manière écœurante de solennité, et Carmel eut envie de lui demander s'il trouvait que Phil était un bon poète. Car dans sa génération à elle, personne ne pensait qu'il vaille un clou, il n'était, au mieux, que l'illustration d'une époque, d'un courant. Quelques femmes s'étaient présentées, leurs têtes coiffées de foulards, et près de quatre cents hommes d'un certain âge, dont la plupart échangeaient des accolades enthousiastes au milieu de l'église.

Sa mère et Imelda étaient dissimulées sous des mantilles noires identiques, sous lesquelles elles appliquaient leurs petits mouchoirs aux coins brodés, tandis que Carmel s'en tenait à un paquet de kleenex et à la vérité. Elle était cernée par les hypocrites ; à commencer par sa mère et sa sœur, mais aussi par le menteur qui discourait là-haut sur l'autel et les autres menteurs qui se présentèrent pour leur serrer la main avant d'aller au pub s'échauffer en prévision de l'enterrement du lendemain. Ils formaient une file d'attente lente et compacte, un homme après l'autre, prenant puis relâchant sa petite main. Carmel éprouvait la texture de leurs peaux tandis qu'ils retiraient leurs mains de la sienne ; commerçants et représentants ; la paume d'un fermier, froide et aussi cornée que les plantes de ses pieds.

Son père, Phil, avait les mains calleuses lui aussi. Il passait des heures dans le potager, avec sa grande pelle à la main, elle retrouva furtivement la sensation de ce labeur qui l'effleurait à travers la compassion d'un homme allant de Carmel à Imelda, à Terry, murmurant et tapotant leurs mains tout en continuant d'avancer. Le froissement d'une femme en pardessus de nylon couleur de jade s'arrêta un moment devant leur mère, l'obligeant à lever les yeux. Terry se leva du banc pour saluer et étreindre cette personne, l'église tout entière remarqua cet élan. Une vieille amie, aux chevilles désormais crochues par-dessus ses bottines à lacets.

La femme était – ainsi que Carmel l'apprit devant une assiette de sandwiches à l'hôtel – la première petite amie de Phil, sujet de l'un de ses poèmes de jeunesse, "La Volubile". Elle réapparut le lendemain matin, pour l'enterrement, dans le même vieil imperméable. Une campagnarde ordinaire avec ses cheveux gris solidement fixés sous son foulard de messe. C'était "le labour vierge" de Phil. La moitié du comté avait accès à ce récit à la bibliothèque locale, le livre, à force, s'ouvrait à cette page précise, à peine saisi. Et ils pouvaient aussi y lire, à condition d'avoir assez d'imagination pour l'y voir, que ses mamelons avaient la couleur des bourgeons du chèvrefeuille. Carmel n'arrivait pas à s'ôter ce vers de la mémoire. Il lui revenait chaque fois qu'elle croisait une haie. Et lui posait problème : le chèvrefeuille recèle toutes les nuances possibles, chacun était libre de faire son choix. Carmel observait les reliefs de l'épouvantable poitrine de cette femme, saucissonnée sous son manteau léger. Elle devait avoir dans les cinquante-six ou sept ans, aux yeux de Carmel, elle avait l'air à moitié morte. Imbaisable de vieillerie.

Et elle n'était pas la seule. Carmel en repéra d'autres dans la foule de l'église tandis que les affaires de la mort poursuivaient leur progression ; un grand chapeau noir sophistiqué, une jolie femme, les yeux rouges de larmes ; des éclairs ici et là de glamour et de chagrin totalement incongrus dans cette pitoyable congrégation. La présence de ces femmes lui causait une vrille intense au creux de la poitrine, qui traduisait peut-être une forme de fierté. Son père était un homme séduisant. Ce vieux Phil, courtaud, avec sa toux grasse et son haleine de cigarette ; ses beaux cils droits, désormais totalement immobiles.

Il avait creusé un sillon.

Il avait quand même poussé une femme à descendre dans la rue en sous-vêtements, une nuit, ou bien l'avait-il "troussée" là, dans la rue. De retour à l'hôtel, un homme lui raconta cette anecdote. L'homme avait un whisky dans une main et un sandwich triangle dans l'autre, il ne savait pas à qui il s'adressait.

"Désespérant", commenta-t-il.

Ce devait être l'histoire de sa mère sortant en chemise de nuit pour embrasser Phil, se dit Carmel. Avec le temps, les contorsions de la rumeur avaient corrompu l'anecdote.

"Pourquoi faire une chose pareille ?" demanda-t-elle, et l'homme laissa échapper un son bref et occlusif, une sorte de rire.

"Pwouh !"

Quelques années plus tôt, une femme était allée jusqu'à venir frapper à la porte de leur maison. Cela s'était produit un soir d'hiver, à l'heure où le laitier vient chercher son argent. Mais ce n'était pas le laitier. Terry avait ouvert la porte sur la voix d'une femme dans l'obscurité de la rue. Il y eut d'abord un dialogue de murmures qui se transforma en altercation. La femme voulait entrer dans le hall.

"Nous ne voulons pas de gens comme vous, dit Terry. Les gens comme vous ne nous intéressent absolument pas ici." Puis elle avait poussé la porte sur cette personne, qui qu'elle soit, jusqu'à ce que la clenche vienne enfin se loger dans le trou.

"C'était qui ?

— Personne", répondit Terry, ce qui signifiait tout le contraire.

Les filles étaient très impressionnées par la manière dont leur mère, si douce d'ordinaire, s'était soudain transformée en bête féroce au moment opportun. Les avait toutes protégées.

Elles avaient surveillé la rue cachées derrière les rideaux et vu la femme devant le portail, se retourner vers la maison. Se cramponner aux barreaux avec ses gants en laine rouge.

À présent, Carmel se disait que sans doute elle était quelque part dans la congrégation assemblée dans leur dos. *Personne* défilait peut-être derrière le corbillard de Phil avec tous les autres. Rien ne pouvait l'en empêcher. Elle pouvait bien suivre son cadavre à travers la ville jusqu'au cimetière, et jusqu'au rebord de sa tombe.

Que ferait-elle alors ? Se jetterait-elle sur le cercueil tandis qu'ils le descendraient en terre ? Se tournerait-elle vers le ciel en attendant que la poussière la recouvre ?

Pendant deux ans environ, étrangement, les femmes de Dun Laoghaire semblèrent ne pas avoir remarqué l'absence de Phil. Son courrier continuait d'arriver dans la boîte aux lettres. Une pile d'enveloppes s'étaient accumulées au fil des mois sur la table de l'entrée, jusqu'à ce que Terry perde patience et les balance toutes à la poubelle.

Carmel était rentrée de l'école un jour et avait trouvé une carte postale à son nom. La carte représentait un nu fait de segments bleus. Un message de l'écriture de Phil disait : "Je viens d'aller voir ce tableau. Matisse est si gai, et le meilleur des [mot illisible], les couleurs dansent !!!! Baisers, papou." Elle scruta la carte un long moment. Ses yeux interrogeaient la longue courbe de la cuisse et le torse svelte. Les seins étaient comme coincés sous les aisselles du nu et Carmel ne pensait pas naturel, ni même pratique, d'avoir les seins plantés aussi haut sur la poitrine. Mais la silhouette était très fluide, très élégante. Le cachet de la poste indiquait "Cannes". Sa mère – sans doute de dépit – suggéra qu'elle aille passer du temps avec lui en France, si jamais il finissait par envoyer son adresse, et cela ne fit que renforcer l'état de confusion où se trouvait Carmel. Comment se rendrait-elle en France ?

Une autre carte arriva plus tard la même année. Elle représentait un moulin à vent blanc et l'ossature d'une voile, "Mykonos", était-il écrit sous l'illustration en lettres cursives. Celle-ci était adressée à la famille McDaragh et répondait à une question qu'aucune d'entre elles n'avait pourtant posée : "Je deviens meilleur chaque jour ici, les clochers surplombent la mer, la vigne vierge déborde sur le toit du petit café. Le raisin ! Hic !" Le tout était accompagné d'un joyeux dessin d'une coupe de martini avec une olive cocktail à l'intérieur. "À vous, pour toujours. Papou."

Aucune d'entre elles n'en conçut le moindre enthousiasme.

Deux ans plus tard, venue de nulle part, une lettre d'anniversaire.

Chère Carmel, Tu as seize ans. J'ai du mal à y croire, c'est trop adorable pour être vrai. Tu as seize ans et tu as beau avoir hérité de mes traits, je suis sûr que tu es belle parce que tu l'es. Envoie une photographie à ton vieux papou, sur la dernière qui me reste, tu es encore mon petit oiseau.

Carmel se décala sur le banc en bois. Elle portait des collants noirs qu'elle avait empruntés à Imelda, dont la garde-robe était toujours prête à parer aux funérailles, mais les collants étaient trop petits et son corps lui procurait une sensation d'étouffement, un trop-plein de sang, comme une tique gorgée.

"Ne pleurez plus, plaintifs bergers ! ne pleurez plus, / Car Lycidas, l'objet de vos pleurs, n'est pas mort*." Un poète de Cork était debout en chaire, déclamant une élégie. Il donna une claque sur le pupitre en bois, courba la tête et ferma les yeux.

"Il est né dernier de cinq enfants, dans une cabane en bois de la commune rurale de Killiskea. Il est né dans une pièce, ainsi que le poème le raconte, tandis que de l'autre côté du mur la journée de la famille suivait son cours. Du toit le chaume s'est flétri, les murs se sont écroulés sur les débris, mais ses mots demeurent en nous, toujours."

* *Lycidas* est un poème de John Milton, datant de 1637, écrit comme une élégie pastorale (traduction lyrique d'Émile Lebrun, 1917).

Il ouvrit les yeux et se pencha vers l'assemblée en souriant, comme s'il n'en pensait pas un mot. À tout moment, il allait faire un clin d'œil.

"Phil McDaragh était le poète de l'amour le plus délicat de sa génération. Son premier recueil, *La Volubile*, fut une fleur de lyrisme cueillie dans un fossé, le suivant, *La Nuit avec l'ennemi*, une dispute avec la langue anglaise elle-même. *Migrations*, son troisième, était une ode aux errances de l'âme humaine."

À l'écouter, on avait l'impression que Phil n'avait pas tant quitté sa famille que pris la route pour voyager au service de son œuvre. Phil était parti pour débattre avec Dante et Ovide, après tout c'était là sa mission. Si son père avait cessé d'écrire de la poésie, quelque chose d'épouvantable se serait forcément produit. Le voile de la réalité se serait déchiré.

Le dernier de ses ouvrages était le plus doux. Écrites en exil, ses *Versions* relevaient du livre de colportage et contenaient des poèmes traduits de l'irlandais. Ils tendaient un miroir modeste aux cœurs idiots des amoureux du monde entier. Ils marqueraient les esprits pour leur tendresse, leurs richesses simples et leur humble générosité.

Pose ta tête sur mon cœur sombre,
le miel de ta bouche et son parfum de thym

"Toute ville a besoin de son poète, ajouta le poète de Cork. Pour avoir l'impression d'exister. Pour accéder au sentiment de son éternité."

Parvenue à ce point de son élégie, elle n'y tenait plus. Alors Carmel se retourna pour regarder l'épouse américaine, trois rangs derrière elles, feuilletant le livret spécialement imprimé pour l'occasion. Car, comme le savaient tous ceux présents dans l'église sans que personne sache comment l'évoquer, le divorce depuis l'étranger de Phil avait été suivi en l'espace de quelques semaines par un mariage à l'étranger à la mairie de New York.

Fait que nul ne mentionna sur l'autel, certainement pas le poète de Cork, quoique le prêtre prît une voix "spéciale" pour prononcer l'adresse à "tous ceux que Phil avait aimés, y compris ses chers amis de l'autre côté de l'océan".

L'épouse américaine portait une jupe noire en drap de laine et une veste – bien plus chic que celle de Terry –, on aurait dit Jackie Kennedy. Elle était arrivée accompagnée de deux grands mâles américains en trench-coats couleur chamois dignes d'agents de la CIA (bien qu'ils fussent en réalité poètes eux aussi). Elle était très pâle, elle n'avait pas pleuré. Cette femme existait et n'existait pas. La seconde épouse de Phil – sa veuve légitime et actuelle – gardait la tête baissée, car son instinct était juste, c'était l'Irlande, un pays où le divorce n'était pas légal, trop peu poétique. C'était déjà un miracle qu'ils l'aient laissée descendre de l'avion.

HÉRITAGE

Je suis de Tullamore, le fils
D'un usurier, je sais donc
L'utilité d'un bon notaire,
La valeur des choses tues,
Le prix de l'amour perdu
Ou gagné. Auquel s'ajoute
Le coût d'un mariage moderne,
Le compte journalier du coursier
Et du prêtre ; dix Je vous salue Marie
Vingt-deux Gloria.
Je connais le fracas du marteau
Sur la pierre de l'autel, le vent à la porte,
La cendre dans l'âtre,
Un corps étranger dans le lit,
Le talus de son ventre,
Le coffre verrouillé de son cœur.

Chère Carmel,

Tu as seize ans. J'ai du mal à y croire, c'est trop adorable pour être vrai. Tu as seize ans et tu as beau avoir hérité de mes traits, je suis sûr que tu es belle parce que tu l'es. Envoie une photographie à ton vieux papou, sur la dernière qui me reste, tu es encore mon petit oiseau. Pas un jour ne passe sans que vous me manquiez, ta sœur et toi, les choses que j'amasse en moi ici, je les collecte pour vous, la joie de Matisse, ce papier peint écarlate, les coins de bleu. En Italie, j'errais dans un musée lorsque j'ai croisé deux petites filles en admiration devant la beauté déployée sous leurs yeux, leurs visages menus ainsi baignés, une pointe d'anxiété chez l'une (mais cela m'évoquait davantage ta sœur), tu as toujours été une enfant pleine de bon sens, chère Carmel, et je crois que tu saurais très justement ce que tu regardes en le voyant. C'est dans tes yeux que j'ai vu l'infinité de mes failles (vraiment oui) et je voudrais que tu diriges ce regard infini vers les chefs-d'œuvre de la galerie des Offices que j'ai vus aujourd'hui, les Bronzino en particulier. Je suis une âme errante encore ancrée en toi pourtant. Vis une belle vie. Vis une bonne vie. Tu as seize ans à présent, et même si tu ne le sens pas, le monde t'appartient aujourd'hui comme il ne t'appartiendra plus jamais. Ta jeunesse t'appartient ainsi que tout ce qu'elle charrie. Cela n'appartient qu'à toi. Rien qu'à toi. Veille sur ta mère, elle connaît mon cœur. Ne sois pas sage, elle te dira d'être sage, mais ce n'est pas nécessaire. Chère enfant, très chère enfant. Il est tard à présent, je contemple une mer noire et scintillante, à l'ouest de toi.

éternel amour

Papou

Après son certificat de fin d'études, Carmel suivit une session de formation à l'enseignement de l'anglais durant six semaines dans le centre de Dublin, puis elle monta dans un avion et partit en Italie. Elle commença par Pise, début septembre, quelques mois plus tard, elle alla à Milan, après que Pise l'eut déçue à plusieurs égards. Mais Milan était institutionnel et ennuyeux, et au bout de trois mois, elle prit un nouveau travail à Florence et comprit, tout en regardant une volée de pigeons s'élever au-dessus de la statue de David sur la piazza della Signoria, que les Italiens la rendaient folle. Ils la dévisageaient comme si elle n'était pas normale. Pourquoi était-elle si balourde ? Pourquoi était-elle si sûre d'elle et si maladroite à la fois ? Allez, semblaient-ils dire. Allez. Un effort.

Elle traînait avec d'autres enseignants d'anglais de Nottingham, Waterford et Londres : une bande éclectique de jeunes gens qui faisaient la tournée des bars de la via Fiesolana, s'aimaient et se désaimaient alternativement. Le week-end, ils atterrissaient dans un endroit appelé le Bluebird qui semblait ne jamais fermer, ils buvaient du vin rouge aigre dans des petits gobelets en verre épais, jusqu'à ce que le bruit des volets s'ouvrant sur un nouveau jour les disperse dans leurs lits. Une ou deux fois, elle raconta les quelques détails supportables de la fin de son enfance et s'étonna de découvrir, lorsqu'elle recroisait ses interlocuteurs au grand jour, que leurs regards sur elle n'avaient pas changé – malgré l'énormité de son histoire. Peut-être qu'ils s'en fichaient.

Une fille cependant passa son bras autour de ses épaules sur les coups de deux heures du matin, dans la nuit italienne, et se mit à sangloter. Elle s'appelait Vittoria. Le lendemain, au déjeuner, elle déposa un bourgeon sur le rebord de l'assiette de Carmel et le cœur de Carmel se vida littéralement comme un seau renversé. Elles restèrent longuement assises ensemble autour d'expressos et de cigarettes fortes, Carmel avait beau porter et porter encore sa tasse de café italien à ses lèvres, il semblait qu'il en restât toujours.

Vittoria savait manger, elle savait s'habiller, elle savait vivre. Elle avait des gestes si gracieux, que Carmel trouvait difficile de cerner ce qu'elle ressentait vraiment à l'égard de sa nouvelle amie. En tout cas, cela lui échappa un soir sur l'île d'Elbe où la petite bande était allée pour le grand week-end de Pâques.

"Je ne te fais pas confiance, dit-elle.

— *Cosa ?*"

Ils séjournaient au nord de l'île, dans une grande maison qui appartenait à la famille de Vittoria. Personne ne vivait là pendant l'hiver : il y avait de vieux draps dans les placards, des sandales en cuir raidies dans un coin, les images accrochées aux murs représentaient des paniers de fleurs, les sols étaient en pierre froide érodée. Des bestioles quelconques s'accouplaient dans les combles et personne n'arrivait à dormir. L'après-midi, quatre d'entre eux marchaient jusqu'au village dépourvu de plage, ils avalaient des tartelettes à la crème parsemées de pignons de pin, avant d'aller acheter des provisions et du vin qu'ils remontaient sur la colline. Le dernier soir, Vittoria prépara un grand ragoût plein de haricots blancs avec les mauvais morceaux du porc. Ils burent du brandy et dansèrent sur une cassette de Johnny Hallyday : c'était la seule qu'ils avaient trouvée. À un moment, Vittoria s'écroula sur le canapé en rotin à côté de Carmel et se tourna vers elle avec un grand sourire. Elle tendit la main vers les cheveux de son amie, et Carmel tressaillit et recula.

"Cosa c'è ?"

Il fallut un moment à Carmel pour rassembler dans sa bouche les mots qu'elle avait besoin de prononcer.

"Je ne sais pas si je peux te faire confiance, voilà, dit-elle. Je ne te fais pas *confiance*, tu vois ?"

Vittoria lui retourna un regard perplexe.

"Oh Carmel", dit-elle en appuyant sur chaque sérieuse syllabe de son prénom d'Irlandaise. Puis elle sourit.

De retour à Florence, les expressos se firent plus rares. Tous les jours, après les cours, Vittoria allait à la piscine publique, endroit où Carmel n'aurait jamais envisagé de la suivre.

"Viens à la piscine !" lança-t-elle, comme si elle ignorait que Carmel était irlandaise et préférerait mourir plutôt que d'avoir une conversation en maillot de bain mouillé. En revanche elle était capable de faire la fête jusque tard dans la nuit, et début juin, il y eut un enchaînement maladroit d'événements avec le petit ami de Vittoria – quoiqu'il ne fût pas, techniquement parlant, son petit ami à l'époque. Et quoique le sexe ne fût, techniquement parlant, que du sexe, c'était étrangement vide – Vittoria n'était pas "présente", ainsi qu'elle avait été "présente" durant la triste et adorable cour qui avait précédé leur passage à l'acte. Cela se produisit dans la chambre sous les combles de Carmel, où il faisait chaud et où stagnait dans l'air une odeur de pizza, de vague moisissure et d'une fleur blanche qui avait poussé dans la gouttière juste dehors.

"Tu ne bouges pas beaucoup", dit-il après coup, convoquant le fantôme de Vittoria – qui devait, elle, se débattre, pareille à un cygne mourant – tandis que Carmel, après son départ, guettait le bruit de ses pas émergeant dans la rue étroite en bas.

Le sexe n'était pas aussi intéressant que les gens qui le faisaient, décida-t-elle. C'était presque le contraire d'une relation. C'était certainement, souvent, la fin d'une relation.

Puis Vittoria l'apprit.

"C'est toi, siffla-t-elle. C'est toi qui n'es pas digne de confiance."

Sa colère était si théâtrale et grande, Carmel en eut le vertige. Vittoria avait largué le type juste avant le voyage à Elbe. À présent elle pleurait parce qu'une autre le désirait. Elle pleurait de vraies larmes. Elle tourna le visage vers la lumière pour qu'on voie ses larmes.

"Oh fous-moi la paix, Vittoria, lâcha Carmel. Il ne valait pas un clou."

Tandis qu'elle déambulait dans le magnifique four qu'était Florence en juin, la solitude cuisait en elle. Suite au non-crime qu'elle avait commis : voler quelque chose à Vittoria – même si Vittoria s'en était déjà débarrassée, les regards de ses amis semblaient avoir changé.

L'après-midi avant son départ définitif, Carmel alla voir la galerie des Offices pour la première fois. Ses bagages étaient presque prêts, elle passerait, plus tard dans la soirée, au Bluebird pour faire des adieux aussi tonitruants qu'insincères. En attendant elle se perdait dans le chaos magnifique du Quattrocento. Tant de couleurs : corail et cobalt, ocre et outremer. C'était son dernier jour et cette fois – pour de bon, enfin – elle était arrivée en Italie.

Il lui fallut un moment pour remarquer les statues, car elles étaient blanches. Elle parcourut un long corridor ponctué de bustes de grands hommes dans la force de l'âge, qui ressemblaient à s'y méprendre à leurs semblables modernes. Une petite galerie était remplie de silhouettes fantomatiques et imposantes, certaines sereines et austères, d'autres tendant les bras dans un geste de peur ou de supplication. Il y avait des drames, des poursuites, des captures, des nymphes suspendant leurs lèvres dans une éternelle pause avant le baiser. Au milieu de la pièce qui lui était dédiée, les fesses en forme de pêche à jamais immobiles d'une femme s'arrondissaient en tombant sur un bloc de marbre. Un touriste solitaire était penché sur l'inscription de cette œuvre et lorsque Carmel à son tour regarda, elle aperçut, par-dessous la silhouette, un unique sein qui dépassait, ainsi qu'une queue et une paire de couilles.

Dehors, elle s'efforça de respirer malgré l'air chaud et immobile, qui ne lui laissait aucun répit. Elle s'assit sous l'auvent d'un luxueux café et songea que cette ombre lui manquerait, pas ce soleil. Les galeries et les cours, les places, ces pénombres précieuses où les gens vivaient leurs vies. L'Italie était un mélange amusant de lieux sublimes et de *trucs* tape-à-l'œil. Les œuvres accrochées aux murs de la galerie des Offices n'étaient pas laides, mais elles avaient inspiré une quantité astronomique de laideur, qui, elle, ne lui manquerait pas.

Plus tard, dans sa chambre sous les combles, elle essaya d'écrire une dernière lettre à Vittoria. La première page qu'elle arracha lui causa une petite angoisse, mais lorsqu'elle déchira le deuxième brouillon en mille morceaux, elle reconnut le bruit de son indifférence. En fait, elle avait du mal à s'en soucier.

En fin de compte, l'épisode n'était pas tant une histoire d'amour qu'une brouille avec une femme qui lui avait donné l'impression d'être désirée puis plus – et il faudrait des années et plusieurs accrochages avant qu'elle arrive à établir cette vérité sur elle-même : Carmel aimait les hommes – on pourrait même dire qu'elle les préférait – mais apparemment elle avait du mal à coucher avec eux, et sa vie émotionnelle était remplie de femmes avec qui elle ne s'entendait pas.

Après une année à l'étranger, elle débarqua à la maison ; le sac à dos bourré de robes d'été sentant le renfermé, claquettes désossées et foulards mal assortis. Si elle entendait encore un seul mot d'italien, dit-elle, elle exploserait.

La maison de Dun Laoghaire était sinistrement égale à elle-même. Elles burent le thé toutes ensemble dans la cuisine, puis Carmel monta à l'étage prendre un bain. Elle tira une serviette qu'elle avait oubliée de la presse à chaud et lorsqu'elle descendit dans le salon, propre et réchauffée, elle trouva sa mère et sa sœur dans les mêmes chaises qu'une heure plus tôt lorsqu'elle était montée – et qu'un an plus tôt lorsqu'elle était partie. Sa mère et sa sœur : une femme et une femme similaire, assises ensemble, assez proches pour se tenir la main. La télévision était allumée. Le grand tapis dessinait un labyrinthe chinois de taupe et de rose pastel, les fauteuils étaient en chintz fleuri, les rideaux en velours de polyester dans un bleu à la Gainsborough. Elles trônaient au milieu de ce chaos : gilet vert et gilet brun, jupe et jupe, chaussures marron, chaussures noires.

Pourquoi vous ne vous tenez pas la main ?

Leur immobilité lui sauta au visage : sa mère et sa sœur n'avaient pas du tout bougé, durant cette année où Carmel, elle, avait tant bougé : tant d'embrassades et de brouilles, tant de visages et d'adieux. Ces deux-là, pendant ce temps, semblaient se suffire à elles-mêmes. Imelda terminait son doctorat à l'université de Dublin. Elle rentrait à bicyclette, elle était de retour à cinq heures pour un thé léger. L'une comme l'autre mangeaient peu, et, pour une raison mystérieuse, le peu qu'elles ingurgitaient était mauvais – jambon industriel, pain en tranches, tubes de coleslaw. Le tout servi par Imelda sur des sets de table blancs, dans des assiettes en porcelaine, comme si c'était une occasion spéciale. Elles s'asseyaient ensemble dans une pièce, puis dans l'autre. Elles mangeaient, se levaient, faisaient la vaisselle, la séchaient, allumaient la télévision, se plaignaient des programmes, éteignaient la télévision, et se déplaçaient d'un interrupteur à l'autre, jusqu'à l'étage et à leurs lits. Elles dormaient d'un bon sommeil – quoique personne ne pût en attester – et se réveillaient pour tout recommencer à zéro.

Imelda veillait sur sa mère comme si déjà elle n'était plus qu'un souvenir, ou quelque ouvrage en préparation. Quand le cancer récidiva, ce qu'elles attendaient se matérialisa enfin. Il fallut dix-huit mois à leur mère pour mourir, dont l'essentiel était indescriptible pour Carmel, même sur le moment.

Elle avait trouvé, alors, un travail dans une école de langues dans le centre de Dublin. Les cours s'achevaient à quatre heures et demie, après quoi Carmel prenait le train pour Dun Laoghaire, guettant le moment où les rails s'échappaient loin des maisons et des jardins pour se jeter le long de la baie de Dublin. Certains jours les vagues venaient heurter le mur qui bordait la voie ferrée. D'autres fois, le sable s'étendait jusqu'à l'horizon délimité par un filament luisant de mer.

Carmel parcourait à pied le kilomètre qui séparait la gare de la maison, où elle s'engouffrait pour prendre son tour de garde. Elle rangeait ce qui avait besoin de l'être, s'installait avec sa mère, en bas d'abord, puis au bout de quelques mois, là-haut dans sa chambre. Elle l'aidait à se lever de sa chaise, puis de son lit, l'empoignait sous les aisselles, la déplaçait jusqu'aux cabinets, la soulevait de la lunette des toilettes dans une étreinte chancelante, s'efforçant de ne pas laisser tomber la femme gémissante tandis qu'elles titubaient ensemble jusqu'au lit.

Lorsqu'Imelda arrivait à son tour, Carmel descendait et allait s'occuper de la lessive, elle lavait, pliait le linge ou bien ramassait les serviettes et les draps de sa mère, avant de reprendre le train vers la ville, en regardant au loin la marée qui s'était alternativement rapprochée ou incroyablement éloignée ; les eaux courant vers elle sur les sables plats, ou bien glissant dans le lointain.

Un après-midi, à l'hospice, Terry se redressa – dans un mouvement absolument improbable. Son regard alla de l'une à l'autre de ses filles, comme si elle s'étonnait de les voir si adultes, elle posa des questions auxquelles elles répondirent avec une précipitation stupéfaite. Elle était redevenue elle-même. Même sa voix avait retrouvé sa force.

"Oh !" s'exclama Terry ; elle avait rêvé de l'Espagne ; de l'époque où elle était jeune fille au pair à Palma de Majorque, tout juste sortie de l'école.

"Cela n'avait rien à voir avec l'Espagne touristique – vous n'imaginez pas –, toutes ces règles, ces usages, on ne savait jamais à quoi cela correspondait. Tout le monde, de la vieille comtesse à la cuisinière, quel que soit le titre qu'on lui accolait alors, vous tenait dans la plus haute réprobation, même les enfants me considéraient comme totalement incongrue, et pour cause, je l'étais. Un après-midi, j'étais sortie, l'endroit était plongé dans le sommeil, je voulais aller à la mer, et je m'étais perdue, évidemment que je m'étais perdue, comment aurait-il pu en être autrement. Avec toutes ces rues étroites. Pourtant je continuais de descendre encore et encore. Je pensais que j'allais mourir si je n'arrivais pas à atteindre l'eau, et tout à coup, elle était là."

C'était une vieille antienne. Avec un méchant homme qui avait gloussé sur son passage et lui avait bloqué le chemin en faisant des gestes obscènes. Pourtant, dans cette version – forcément définitive –, l'homme ne fit pas son apparition habituelle dans la ruelle obscure. Au lieu de cela, Terry fixa le regard droit devant elle, comme si elle revoyait la trouée entre les vieilles maisons et la mer scintillante entre elles.

“Votre père comprenait tout cela, ajouta-t-elle.

— Oui”, dit Imelda.

Carmel restait silencieuse. C’était trop douloureux, sa mère et ce discours sans queue ni tête. Surtout maintenant.

“Bien sûr il y a eu des répercussions, poursuivit-elle, comme si elle reprenait conscience de leur présence, ses filles, dans la pièce.

— Non, la rassura Imelda. Non.”

À ces mots, le visage de sa mère s’éclaira et elle jeta un œil vers la porte.

“Est-ce que je pourrais avoir une tasse de thé peut-être ?” Et sa digestion avait beau ne plus opérer depuis des semaines, sa bouche n’avoir rien ingéré directement depuis des jours, elles eurent le sentiment que le moment était parfaitement choisi pour un thé. Oui c’était exactement ce qu’il lui fallait.

Imelda fit mine de s’en aller le quérir, mais elle n’arrivait pas à se détacher de cette vision, de ce miracle : le cadeau de leur mère, de nouveau présente dans la pièce avec elles. Le regard de Terry alla d’une fille à l’autre.

“Quoi ?” dit-elle gentiment.

Elle se rallongea sur les oreillers de l’hospice et lorsqu’Imelda lui dit “Et si j’allais te chercher ce thé ?” c’était comme si elle avait posé la question à quelqu’un qui déjà n’était plus là.

À peine quatre semaines plus tard, les sœurs se retrouvèrent dans l’étude du notaire sur George

Street et découvrirent que leur père avait laissé à son épouse délaissée des dettes contractées après l'avoir quittée. D'après l'impeccable Mr Ledwidge, la responsabilité de Terry avait pris fin avec le divorce américain. Néanmoins, selon la loi irlandaise, elle était malheureusement considérée comme domiciliée avec Phil pour les années précédant ce que l'on pourrait appeler des limbes conjugaux. Il était difficile d'évaluer l'étendue des difficultés, mais il avait cru bon avant toute chose de leur signaler la situation.

"Merci", dit Imelda – assez sincèrement.

Il marqua une pause.

Ouvrit le testament et le lut.

Les sœurs, recroquevillées de l'autre côté du bureau, fixaient les documents qu'il tenait à la main en pensant à leur mère assise dans cette même pièce, peu de temps auparavant – dans son joli tailleur crème sans doute, avec son sac à main chic, blanc cassé, et ses belles chaussures. Elle savait forcément que le cancer avait récidivé. Elle était seule sans doute.

Il était difficile de se concentrer sur le sens de ses mots.

Elle laissait la maison à Imelda. À Carmel, elle léguait un portefeuille d'actions et de bons au trésor ; des investissements de premier ordre qui lui rapporteraient plus de deux mille par an. Malheureusement, reprit Mr Ledwidge, les créances devaient être soldées pour que la succession puisse intervenir, en attendant il leur tendit des documents à signer. Les filles le remercièrent, pour n'accomplir, ensuite, aucune des démarches qu'il leur avait indiquées, et ce pendant un bon moment.

Il apparut – très progressivement en fait – que les actions de Carmel seraient utilisées pour payer les créances. Car la dette était en argent, et que les actions étaient *comme* de l'argent, alors que la maison, elle, demeurait irrémédiablement une maison. Carmel n'arrivait pas à comprendre ce qui se passait exactement car d'autres personnes – leur tante Deirdre par exemple – semblaient également s'attendre à ce que les choses se déroulent de cette manière. Tout le monde partait du principe que Carmel allait laisser tout l'héritage à sa sœur puisqu'Imelda avait été si dévouée à leur mère, et que ce serait un beau geste de sa part. Par ailleurs, Carmel gagnait sa vie désormais. Imelda n'en finissait pas de terminer de valider son doctorat, elle avait donc *besoin* de la maison : une demeure victorienne avec quatre chambres non loin de la mer.

Ce n'était pas une question d'argent, sur ce point ils étaient tous d'accord. Il s'agissait surtout d'honorer la volonté de leur mère qu'Imelda puisse continuer de mener la vie tranquille qu'elles avaient menée ensemble jusqu'à la fin dans cette maison, et dont Carmel, elle, était partie de son propre chef.

Carmel dut téléphoner au notaire sur un autre sujet, lorsqu'il décrocha de sa voix coûteuse, elle lâcha : "Est-ce que ce n'est pas censé être équitable ?"

Il y eut un silence.

Carmel lui expliqua ce qui était en train de se passer, et que cela lui paraissait injuste. Le notaire, qui connaissait Terry depuis l'université, répondit que, d'après lui, leur mère avait voulu consacrer autant à chacune de ses filles. Sa réponse lui parut vaguement familière. Carmel ne s'était pas attendue à autant de gentillesse.

“Est-il possible qu’elle n’ait pas toujours ouvert son courrier ?” demanda-t-il.

Carmel roula jusqu’à la maison en tremblant. Comment avait-elle réussi à se garer, avait-elle refermé la portière derrière elle ou non, elle aurait été incapable de le dire, elle fourrageait dans son sac pour chercher la clé de la maison et y entrer. De même qu’elle ne se rappellerait absolument pas ce qu’elle avait dit exactement à Imelda, assise à sa place habituelle dans la salle à manger, face à une chaise désormais vide. Ce fut une dispute terrible. Terrible.

Selon Imelda, Carmel avait empoigné sa sœur ; la version de Carmel différait – quoique de peu. Dans son souvenir, Carmel s’était postée debout à côté d’Imelda et avait envoyé valser son épouvantable repas de la table vers le sol. Pour le geste, ce n’était pas un assaut. Mais Imelda s’était jetée sur Carmel, en faisant basculer la chaise derrière elle, un son qui ressemblait à un cri de mouette s’était échappé de sa gorge. Carmel avait repoussé Imelda dans les pieds de la chaise renversée, l’avait poussée de nouveau tandis que sa sœur titubait en slalomant entre les pieds. Une fois stabilisée, elle avait continué de la pousser, des deux mains, encore et encore. Un soupir étouffé avait jailli de la bouche d’Imelda tandis que son dos heurtait le mur et que Carmel se rétablissait. Les contours de la pièce se brouillaient, ou bien était-ce l’enchaînement des événements qui semblait confus. Elle avait l’impression que son crâne se remplissait de lumière. En dépit de quoi les gestes des deux femmes demeuraient dépourvus d’héroïsme, comiques, et parfaitement silencieux.

Imelda se dégagea du mur, vacillante. Ce qui obligea Carmel à reculer vers les doubles portes du salon, entre les fauteuils jumeaux aux tapisseries fleuries pour aller atterrir contre les rideaux qu'elle attrapa et agita en les tordant entre elles, l'une des deux – probablement Imelda d'ailleurs – piétina alors l'ourlet de sorte que plusieurs crochets s'arrachèrent de la tringle en plastique. Une nouvelle fois, Carmel bouscula la silhouette qui se débattait derrière le tissu et par chance toucha Imelda en pleine poitrine, et l'envoya valser sur le tapis à fleurs, les quatre fers en l'air. L'expression hébétée sur son visage fit sourire Carmel, qui fondit sur Imelda prête à distribuer des gifles, voire quelques coups de pied plus efficaces encore, tandis que l'autre se roulait en boule au sol. À mi-chemin vers le hall d'entrée, Imelda se retourna à quatre pattes, le visage transformé en masque couleur pourpre et crachat. Tout ce temps, elles étaient demeurées silencieuses. Carmel se redressa silencieusement et conforta son ascendant en poussant sa sœur, les doigts enfoncés dans le creux entre les omoplates, jusqu'à ce qu'Imelda se retrouve acculée contre la balustrade. Les genoux d'Imelda se soulevèrent alors dans une série de coups manqués, sa main agrippa la tête de Carmel sur le côté, elle réussit à se faufiler et à courir à la cuisine, d'où s'échappa le bruit du tiroir à couverts qu'on ouvrait violemment. Carmel déboula avant qu'elle mette la main sur un couteau, à la place, Imelda se saisit du pot à sucre, tournoyant dans la pièce pour tenter de frapper sa sœur dans un tourbillon blanc. C'était une arme si étonnante qu'elles s'interrompirent un instant. Carmel mit la main sur son visage et sentit les gros grains collés à sa peau.

Elle secoua le col de sa chemise et perçut le grésillement du sucre qui tombait au sol.

Imelda avait toujours le pot à la main : un objet en verre lourd, à trois pieds, que Phil avait volé autrefois dans un café en ville, il était vide à présent et recouvert d'une croûte blanche. Imelda ne l'avait pas lancé sur Carmel, qui leva les yeux pour s'en assurer, puis fixa son regard sur le visage de sa sœur.

Toute la scène s'était déroulée sans bruit, elles n'avaient pourtant plus aucun besoin d'être discrètes – cela les frappa toutes deux au même moment. Leur mère n'était pas à l'étage.

Elle était morte.

“Comment oses-tu, commença Imelda, la voix s'élevant, stridente. Comment oses-tu entrer dans ma maison ainsi.”

Et Carmel hurla en retour : “Elle m'aimait au moins autant qu'elle t'a jamais aimée.”

Quoique ce ne fût pas, à proprement parler, exact. C'était leur père qui préférait Carmel. Le poème du roitelet avait été écrit pour elle. Son nom était là pour en attester, noir sur blanc : “Pour Carmel.”

Et, oh, / ma vie, ma fille.

Carmel ne s'attarda pas dans le vide qui suivit cette scène. Cela ne l'intéressait pas. Elle rentra chez elle, du sucre plein les cheveux, les mains collantes sur le volant. Impossible de s'en débarrasser complètement ; les granules continuèrent de craquer sous ses pieds dans la cuisine de son appartement, des jours durant.

Dans le silence qui s'ensuivit, il n'y avait rien d'autre que Carmel puisse faire sinon attendre que sa part de l'héritage lui revienne. Une assez grosse somme, en fin de compte, si elle voulait le considérer ainsi, et c'était bien son intention, alors elle contracta un prêt pour s'acheter un appartement – beaucoup plus petit évidemment, et trop proche d'un carrefour animé, mais qui lui appartenait bel et bien.

Durant cette année-là, les sœurs n'échangèrent pas un mot, sinon par l'intermédiaire du coûteux et patient Mr Ledwidge qui raconterait plus tard qu'il n'avait jamais rien vu de tel, et pourtant il en avait vu d'autres.

MIGRATIONS

Octobre. Les oies au front blanc
sont de retour dans le North Slob,
palmes roses, plumes cendrées, cygnes chanteurs,
battant l'air de Donegal à
Carlingford Lough. Survolant toute l'Irlande,
les oiseaux hibernant vers l'ailleurs.

Dans le tombeau familial à Killiskea,
ma mère froide et sa sœur froide
continuent de se quereller dans la mort, comme elles
aimaient se quereller dans la vie.
Je suis le dernier d'entre eux, leur serviteur,
je garde leurs oiseaux. Je ramasse une plume
sur la promenade d'Omey
et cherche dans la mer l'encre nécessaire.

La plupart du temps, quand Carmel couchait avec quelqu'un, c'était la veille de ses règles. Un matin où elle s'était réveillée avec un homme dans son lit, lorsqu'elle était ressortie de la salle de bains, le sang était là, comme s'il l'avait fait jaillir hors d'elle. Le plus souvent d'ailleurs, cela lui inspirait un sentiment de reconnaissance.

C'est donc ce qui était en train de se dérouler.

"Bien le bonjour !"

Ses ex-amants : un drôle d'échantillon au fil des années. Pas le genre qu'on inviterait à la même soirée – ou à n'importe quelle soirée, pour certains – quoiqu'elle-même se rendît compte qu'elle aussi était plutôt du genre marginal. Elle regardait les filles de l'école qui s'étaient dégoté un homme ou un autre à épouser et s'écriaient : "Oh, il est charmant !", et elle ne pouvait s'empêcher de trouver toutes ces voix un peu trop haut perchées.

Peu de temps après l'université, Aedemar Grant annonça ses fiançailles – c'est bien le mot qu'elle employa – et Carmel était contente qu'elle ne lui demande pas d'être demoiselle d'honneur. Orla Hughes eut les honneurs de cette position, et sa robe bouffante abricot fut la seule source de soulagement comique de cette journée par ailleurs harassante. Le marié n'était pas le pourfendeur de sommier de Capel Street, mais une autre version du même symptôme : stable, cordial, sain : bon garçon, mais oui c'est bien, attention maintenant, voilà. "Tout compte fait", dit-il dans son discours. Six fois. Carmel ne pouvait imaginer ce que devait être une vie avec un type pareil. Aedemar s'apprêtait, *tout compte fait*, à passer une partie de sa vie à étendre ses vêtements sur le fil à linge.

"Je leur donne six mois", déclara-t-elle à Orla Hughes, mais deux ans plus tard, Aedemar était toujours solidement mariée, avec un bébé en route. Et ce furent de nouvelles exclamations : de ses refus effarouchés quand on lui proposait un verre à l'annonce effarouchée de sa grossesse, en passant par des hecto-quintaux d'égoïsme obsessionnel. Aedemar semblait ne pas se rendre compte que cette chose se produirait dans son corps, peu importe qu'elle fût stupide, intelligente ou dans le coma. Elle semblait croire, en un sens, que cela n'arrivait qu'à elle.

Le bébé eut tôt fait de lui rappeler qu'il s'agissait surtout, du bébé : de la péridurale de dernière minute aux pleurs de catégorie quatre, en passant par les six semaines de coliques, sans parler de tout l'amour qu'il fallait mobiliser, souvent dans des proportions hystériques. Un mélange similaire d'exclamations attendries et de cris stridents accueillit le berceau ainsi qu'il avait accueilli le mariage ; tout ce sucre et ce miel faisaient grincer les dents de Carmel. Ces sons que les femmes produisaient lorsqu'elles exposaient leurs vies à une lente destruction. Et elles *aimaient* cela. Elles le faisaient par *amour*. Elles étaient même navrées pour les gens qui traversaient la vie sans cet *amour*-là, parce que Dieu sait qu'elles avaient touché le gros lot. Le succès dans toute sa splendeur. La seule chose qui valût d'être vécue.

Un soir où ils étaient tous très ivres, Brian, le copain gay de Carmel, lui demanda si elle accepterait de faire un bébé avec lui. Ou même de se faire inséminer sa semence mélangée à la semence de son partenaire, partenaire dont la réplique ne se fit pas attendre : "Il ne veut pas vraiment de bébé, il n'arrive même pas à s'occuper d'un chien.

— Je veux un chien, figure-toi.

— Sérieusement ?

— J'ai toujours voulu un chien.

— Non c'est faux.

— Je sais y faire avec les chiens", affirma Brian.

Carmel, elle, aurait voulu ramener la conversation à son point de départ ; à cette plaisanterie qui n'était pas exactement drôle et qui ne serait plus jamais évoquée.

Car tout le monde, en un sens, savait que Carmel ne pourrait jamais avoir d'homme dans sa vie. Comment était-ce arrivé ? Elle n'avait que vingt-sept ans. Cependant les gens savaient quel genre de femme elle était, quelles étaient ses perspectives, ses limites, qu'ils avaient eux-mêmes établies pour la plupart. "Tu es tellement indépendante !" disaient-ils, ou "Je ne sais pas comment tu fais !" Le pire était : "Oh, tu n'aimerais pas ça." C'était quelque chose qu'Aedemar s'était mise à dire à propos des événements humains les plus ordinaires ; l'anniversaire d'un enfant, une randonnée dans les montagnes. Et c'était vrai, Carmel n'aimerait pas ça.

Quand bien même.

Le soir de la conversation sur la semence gay, Carmel rentra dans sa nouvelle maison et ôta ses vêtements devant le grand miroir de l'entrée. De près, il n'était pas difficile de voir pourquoi les gens préféraient rester à bonne distance. La nacre de ses seins était grainée d'une texture qui inéluctablement se relâcherait, le mamelon était gonflé de renflements roses superflus. Carmel passa les mains sur son bas-ventre et releva les yeux vers le miroir avec une expression triste sur le visage. Tout cela était inutile : son image n'avait rien à voir avec ce qu'elle ressentait, ou qu'elle s'efforçait de ressentir. Tout cela était indifférent au drame de son reflet.

Cela dit, en reculant de deux mètres, elle n'était pas si mal. À cette distance – debout dans la pénombre, éclairée d'un seul côté – elle paraissait picturale, humaine, une femme pleine d'espoir et de solitude. À condition de maintenir cette distance exacte avec l'objet de ses désirs, elle pourrait bien connaître une grande histoire d'amour.

En réalité Carmel n'avait aucune patience pour ce genre de postures. Son corps n'était pas son ennemi, c'était un outil. Dans sa nouvelle maison, lorsqu'elle y pénétra, les pièces s'ouvrirent en grand, les unes après les autres.

Orla Hughes annonça qu'elle arrêtait les pubs, elle s'était trouvé un bar à vins.

"Pourquoi tu ne m'as pas proposé ? s'étonna Carmel.

— Oh, dit Orla. Je ne pensais pas que ça te plairait."

Elle avait raison. Ce que Carmel aimait – et qui lui manquait depuis que ses camarades de l'université avaient évolué puis déménagé – c'étaient les trois ou quatre pubs de Dublin, une table couverte de pintes, autour de laquelle fusaient des opinions à l'emporte-pièce. Et voilà qu'Orla préférait caler les talons de ses escarpins sur la barre d'un tabouret de comptoir en minijupe, elle avait donc demandé à Carmel de venir s'asseoir à côté d'elle sous une blouse de soie et des paquets de mascara, pour tenter d'attirer des regards que Carmel n'avait aucune envie de voir se poser sur elle.

Cette pathétique phase du bar à vins dura environ trois mois, après quoi Orla fut engloutie dans une liaison avec son patron – liaison qui en fait durait depuis tout ce temps. Dans un accès d'irritabilité, Carmel ramena un type à la maison après la fête de Noël du bureau, et n'en retira absolument aucun plaisir. Le lendemain, étendue à côté de l'espace qu'il avait laissé vacant, elle découvrit une fêlure dans le plâtre du plafond et songea : Peut-être que je devrais m'occuper de ma maison, plutôt. Peut-être que ce serait une bonne idée.

C'était une maison très correcte, avec un perron victorien et quelques marches de granit qui montaient jusqu'à la porte d'entrée. Les voisins avaient installé la cuisine au rez-de-chaussée, Carmel, elle, avait décidé de placer les chambres au niveau du jardin pour pouvoir sortir le matin, pieds nus dans l'herbe. Un jour, elle abattrait le mur du dernier étage pour le transformer en une seule longue pièce, avec une grande fenêtre donnant au sud côté cuisine. Elle pourrait aussi installer sous la fenêtre à guillotine surplombant la rue, un banc capitonné d'où elle pourrait s'asseoir et regarder le monde suivre son cours. Partout où son œil se posait, elle entrevoyait des améliorations possibles.

Une fois sa décision prise de cesser de coucher avec des hommes, les hommes semblèrent soudain l'apprécier davantage. Ils s'entendaient pour de bon avec elle. C'était une collègue tellement géniale, elle fut même promue, à des postes toujours plus élevés. À trente ans, elle dirigeait une école de langues concurrente de celle où elle avait commencé sa carrière – ils pouvaient bien grignoter ses miettes – et faisait mordre la poussière à ses anciens employeurs. En trois ans, Carmel n'avait couché avec personne, et cela ne lui posait absolument aucun problème. Certains jours, elle avait l'impression que le monde entier ne parlait que de sexe, elle entendait des gens manifester leur désir en public, s'exposer de cette manière étrange, quarante ou cinquante fois par jour.

"Moins vous le faites, avait-elle envie de leur dire, non, vraiment, croyez-moi – moins vous vous en soucierez."

Un jour, un étudiant débarqua dans son bureau avec des crampes d'estomac telles qu'il était plié en deux de douleur. Carmel le mit dans sa voiture et le conduisit aux urgences mais, une fois le parking des ambulances en vue, le type déclara qu'il n'avait plus mal.

"Pas l'hôpital, dit-il. Pas l'hôpital !" Il avait l'air de quelqu'un qui a un problème de visa, pourtant Carmel savait que ses papiers étaient en règle.

"Sérieusement. Vous feriez mieux d'aller vous faire examiner.

— Non.”

Et il lui fit signe, d’un geste ample et furieusement autoritaire, de faire demi-tour. Il lui ordonna ensuite de le raccompagner chez lui, elle s’exécuta. Elle le soutint jusqu’à l’intérieur de son appartement plutôt cossu, et lorsqu’elle s’arrêta devant la porte pour prendre congé, il laissa tomber son visage contre son épaule, puis le reste de son corps. Il s’effondra le long de son corps avec un soupir frissonnant qui peut-être augurait d’une crise de larmes. Carmel tapota son large dos et, après s’être encore attardée un peu trop longtemps, leva le visage tandis qu’avec sa main il lui appuyait dans le creux de la colonne.

“Merci”, souffla-t-il. Et c’était un mot si brisé, si vulnérable que Carmel se laissa embrasser et continua de le cajoler tandis qu’ils progressaient sur le tapis et franchissaient le seuil de la chambre à coucher. Il paraissait très expérimenté. Edgardo, s’appelait-il. Un étudiant plus âgé que la moyenne, vingt et un ans peut-être.

Passé le premier élan – sa cuisse poussant entre ses jambes, sa langue glissant dans sa bouche – Carmel remarqua les déplacements de sa main, ici et là. La réaction de sa peau. Son corps aigre au toucher. Ce moment si désagréable où le désir soudain se transforme en absence de désir. Elle regrettait de ne pas avoir quelques verres dans le nez pour l’aider à surmonter son dégoût.

Il jouit presque immédiatement – le genre de soulagement dont Carmel se serait bien passée – mais au lieu de se retirer, il fourragea encore en elle, mollement, durant quelques instants, il continua. Et ce nouveau tempo la prit au dépourvu. Étonnamment,

Carmel en conçut une brève euphorie. Elle se surprit à avoir envie qu'il poursuive et lorsque son rythme s'amplifia, bascula dans un état encore différent. Comme si on avait actionné un interrupteur. Après coup, elle se demanda s'il s'agissait là de ce dont tous ces gens parlaient avec ferveur quand ils parlaient de sexe. Sans doute pas, se dit-elle. Ce n'était pas de la perversion ou du plaisir, c'était une immensité, une vacuité, et, à la lisière lumineuse et lointaine de ce gouffre, une sensation voisine de l'agonie. Elle songeait que si cela devait se reproduire, elle pourrait bien ne pas y survivre. Et durant les quatre semaines qu'Edgardo devait rester à Dublin, elle coucha avec lui cinq fois encore. Chaque fois était différente de la précédente, toutes vaguement agaçantes. D'abord il y avait cette vérité persistante : Edgardo était cet arrogant jeune homme qui deviendrait un jour un idiot puissant. Puis des préliminaires plus ou moins ordinaires ; excitation, aversion, dégoût ; parfois un sentiment d'achèvement, plus souvent, un sentiment de dépossession. Ce ne fut que le dernier soir, au milieu de tous ses bagages en cours de préparation dispersés dans la pièce, qu'elle s'absenta de nouveau, ou bien comprit qu'en fait, elle était déjà partie. Ce n'était pas un envol, c'était comme franchir une trappe et guetter l'écrasement. Qui ne se faisait pas prier. Et lorsqu'elle revint à elle, elle retrouva la chaleur d'Edgardo, les dimensions de son corps à côté d'elle. Edgardo, qui ne s'embarrassa pas d'une caresse ou d'un Merci murmuré, avant de repousser le drap de son corps ; avec une sorte de colère propulsant sa nudité dans l'atmosphère obscure de la chambre. Le lendemain matin, il était parti.

“J’ai une femme chez moi, déclara-t-il.

— Je n’en doute pas.”

C’était une liaison déraisonnable. Pas professionnelle pour un sou. Et dont elle ressortit enceinte – fait qu’elle décida d’ignorer pendant quelques semaines, le temps d’égarer son dossier d’étudiant.

Carmel était une personne inhabituelle. Tout le monde s’accordait là-dessus. “Bon sang, tu es géniale, disait-on. Je ne sais pas comment tu fais.” Quand son ventre commença à sortir, autour du quatrième mois, tous les commentaires cessèrent, et Carmel découvrit avec joie qu’elle commençait à détester tout le monde, tous autant qu’ils étaient.

L'OISEAU DE LAGAN LOUGH
(traduit d'après *Int én bec*, anonyme, IXe siècle)

le petit oiseau,
au bec jaune,
susurrant
sa douce mélodie
sur les eaux grises
est un merle
caché entre les ajoncs
(jaunes bien sûr)

Ses pleurs du matin étaient si ténus, si pathétiques qu'en réveillant Carmel, ils la sortirent d'un rêve de lune. C'était l'été, elles passaient le plus clair de leur temps nues ou presque, le bébé reposant sur la peau relâchée de son ventre dégonflé. Petite chose moite, transpirante, se tortillant, comme étonnée par le vide de tout cet air autour d'elle.

Finalement il avait bien fallu se résoudre à aller racheter du lait en poudre – même si Carmel avait encore trois jours de stock devant elle dans le placard. La faim était devenue d'un autre ordre. Désormais lorsque Carmel avait faim pour son enfant, cela confinait à l'envie de meurtre, au religieux, c'était un sentiment terrifiant.

Il fallut deux heures pour préparer le bébé et l'installer dans l'incompréhensible et dangereuse écharpe (ce bouton-là ? cette encoche-ci ?) afin que Carmel puisse enfin mettre un pied dans le vaste monde avec un craquement dans les fesses, et les seins durs comme deux pierres de chaque côté de sa petite tête dodelinant. Le bébé avait beau être nourri au biberon, le phénomène s'était quand même mis en branle. Le corps de Carmel ne se laissait pas arrêter sans protester. Il essayait à toute force de nourrir le petit animal à vif et miaulant qu'elle portait devant elle. Car la naissance n'était pas la fin de la grossesse, pensait-elle, c'était juste une externalisation de la grossesse.

Ses chaussures ne lui allaient plus, elles sortaient donc en claquettes dans la rue, pas le choix. La marche n'était pas évidente non plus. La douleur était difficile à localiser ces derniers temps, trop abondante – une telle explosion d'agonies que Carmel, après coup, n'arriverait plus à se souvenir de toutes.

Mais ses pensées étaient toutes de douceur et d'abstraction, et cela la distrayait. Le bleu du ciel ce jour d'août était inoubliable.

"Regarde, Nell ! Le ciel !"

Un bleu céruléen. Une masse de couleur vierge et insondable. Debout sous ce bleu, Carmel, avec son bébé devant elle, dessinait deux âmes nues.

Pour quelque raison ayant à voir avec son pelvis, la sage-femme l'avait installée sur le côté pendant le travail et quelqu'un – peut-être Carmel elle-même – avait dû soulever sa jambe du dessus pour ménager un passage au bébé. Cette jambe était lourde, engourdie et la sage-femme était une harpie qui avait l'air de penser que Carmel méritait tout ce qui lui arrivait.

"Brave femme", dit-elle d'une voix guindée qui donna envie à Carmel de lui envoyer un coup de tout le poids de sa jambe suspendue, pied ballant, dans les airs. Ce fut le moment où Aedemar Grant entra dans la pièce avec un petit enfant dans les bras, et tous deux regardèrent (impossible de faire autrement) droit entre ses jambes.

"Oh bravo", dit-elle d'une voix claire. Et, comme si elle avait voulu rester là mais s'était fait chasser, elle continua à répéter de derrière la porte close : "C'est super ce que tu fais, Carmel ! C'est super, vraiment !"

Carmel n'avait aucun besoin qu'on commente sa performance. Elle avait survécu à pire. Et cette pensée se ficha sous son crâne pour ne plus la quitter. Le chaos et la douleur avaient un sens pour elle car elle était, simultanément, en silence, ailleurs dans la pièce. Elle se tenait aplatie contre la lumière qui se répandait de la fenêtre, nichée dans les froissements de l'uniforme de la sage-femme. Là où elle n'était pas, en revanche, c'était dans ce grand corps qu'on faisait rouler sur le dos tandis que le bébé jaillissait à travers un anneau de feu lointain.

C'était une tempête. Et l'œil qui la fixait de l'intérieur du cyclone avait tout compris. Carmel avait été seule toute sa vie. *Est-ce que je l'ai mentionné déjà ?* Elle était seule depuis ses douze ans. Le bébé le savait. Le bébé portait en lui, dans la pupille de son œil, la noirceur de l'univers tout entier. Il le charria depuis une faille que la vie elle-même avait enfoncée dans le corps de Carmel. Lorsque mère et fille se regardèrent, le temps s'unifia. Le bébé savait l'immensité de la solitude de sa mère.

Aedemar les ramena de l'hôpital en voiture. Dans son coffre, se trouvait un carton de vêtements de bébé à peine utilisés, lavés, pliés, triés par tailles. Puis un deuxième carton sur lequel était écrit "1 an – 2 ans" et un troisième portant l'inscription "Jouets". Ces affaires furent transportées en grande pompe à travers la maison, jusqu'à la pièce attenante au jardin, pendant que Carmel, assise sur le canapé à l'étage, étalait sur le parquet le lange d'emmaillotage. Elle procédait ainsi car, emmailloté au sol, le bébé ne pouvait pas tomber plus bas.

“Mais qu’est-ce qu’elle fait par terre, Carmel ?”

Quand Aedemar éclata de rire, Carmel envisagea qu’on pût peut-être faire autrement. Et son amie ramassa le bébé et le mit dans les bras de Carmel.

“Bonjour Nell. Bonjour toi.”

Trois jours plus tard, à court de provisions, Carmel se retrouva dans le magasin, plantée devant un paquet de flocons d’avoine, une boîte de haricots. Elle tendit le bras pour attraper un pot de beurre de cacahuètes et eut un mouvement de recul si brusque qu’elle faillit tomber à la renverse et tuer son bébé au passage. Pouvait-on devenir allergique rien qu’en regardant un pot ? Elles repartirent avec trois boîtes de lait en poudre, une barquette de fromage crémeux et du mauvais pain en tranches. Que des choses blanches, remarqua-t-elle, tandis que les articles avançaient sur le tapis roulant en direction de la caisse. Carmel fourra le tout dans son sac, après quoi elle n’avait pas la moindre idée de ce qu’elle pourrait bien faire à part rentrer chez elle se mettre à l’abri.

Regarde Nell, le monde ! Elles passèrent devant un étal de fruits chez le maraîcher : des pyramides d’oranges, de l’ananas en voie de dessèchement, une cascade chaotique de raisins jaunes. Le vendeur interpella Carmel d’un mademoiselle.

“Je peux vous aider, mademoiselle ?

— Tout va bien, merci.

— Ah, regardez-moi comme elles sont belles.”

Dans le goût retrouvé de l’extérieur, Carmel avait oublié que la maison qu’elles avaient laissée derrière elles était pleine de fleurs, la plupart roses. Rose pâle, rose fuchsia, rose rouge : dahlia, astéracée, lys, rose. Les plus gros bouquets venaient des gens qui, quelques mois auparavant, jetaient des regards en coin à son gros ventre (une femme enceinte est une chose honteuse, alors qu'un bébé est toujours une merveille). Même Imelda lui avait apporté des fleurs. Elle s'était présentée dans la chambre d'hôpital de Carmel le lendemain de la naissance et avait balancé une poignée de chrysanthèmes sur son lit, ils venaient probablement de la boutique du rez-de-chaussée. Ils étaient teints en magenta vif et bleu chimique.

"Charmant !" avait lancé Carmel, dont le corps bouillait encore de la douleur et des pulsions nouvelles et liquides qui la propulsaient vers cette créature dans le berceau. Lorsqu'Imelda demanda : "Comment vas-tu ?" elle ne sut pas quoi répondre.

Je suis une vague.

"Bien", dit-elle.

Imelda lui servit une longue histoire de manœuvres pour se garer, qui l'avait mise en retard. Carmel n'avait aucune idée de l'heure, pas plus que de la raison qui empêchait sa sœur de regarder son bébé. Elle ouvrit la bouche dans l'intention de lui poser la question mais se plaignit d'autre chose finalement.

"L'infirmière de nuit était un peu dingue, je crois qu'elle avait peut-être forcé sur le gin. Elle a traité le bébé de pute.

— De pute ?

— Elle est entrée et elle a dit : « Elle va s'arrêter de pleurer, celle-là ? Petite pute. »

— Je ne te crois pas.

— Et si pourtant.

— Elle n'oserait pas."

Imelda n'était pas convaincue. Elle marcha jusqu'à la fenêtre, qui donnait sur un petit jardin, plaqua les pans de son gilet sur elle et baissa les yeux.

“Tu as un nom ?

— Nell.

— *Nell ?*”

Carmel demeura silencieuse. Certaines choses de sa vie, songea-t-elle, demeuraient donc hors de portée de *l'opinion* de sa sœur.

Imelda avait fini par achever son doctorat. Elle avait une petite chaire à l'université, où elle enseignait le français médiéval, et continuait de vivre dans la maison de Dun Laoghaire, comme une sorte de fantôme. Elle était incapable d'effectuer la moindre réparation, les moindres travaux. Elle avait peint un mur, mais n'avait pas terminé la pièce. Elle avait conservé les rideaux en velours atroce.

“Qu'est-ce que tu en penses ?”

Elle persistait à demander à Carmel la permission de changer des choses dans une maison qui ne lui appartenait pourtant clairement plus.

“Peu importe. Vas-y.”

Sa sœur toute maigre reboutonna son cardigan, alla lentement de la fenêtre au berceau, une fois, puis deux. Son regard glissait sur le bébé jusqu'à ce qu'il s'accroche quelque part.

Elle marqua une pause intentionnelle.

“Regardez-moi ce beau bébé”, dit-elle.

Les affreuses fleurs d'Imelda étaient désormais en bonne place au milieu du chaos de rose qui s'abattait sur le salon et menaçait de tourner dans la chaleur estivale. Lorsqu'elle rentra de cette première escapade, Carmel posa Nell au milieu de ce vertige floral et prit, jugeant que c'était là son devoir, une série de photographies.

Il fallut cinq bons mois avant qu'elle ait le temps de se rendre au laboratoire faire développer les pellicules, et un temps infini avant qu'elle arrive à y retourner chercher les tirages. Carmel feuilleta rapidement les photographies du haut de la pile. Nell, allongée parmi les fleurs flétries, ressemblait à un petit cadavre emmailloté dans une chambre mortuaire, un lieu chaud et tragique.

On ne peut pas jeter une photo de son propre bébé, ce serait comme jeter une personne tout entière à la poubelle, un bébé change tellement vite, la version mise au rebut ne reviendra jamais. Carmel ramassa les photos. Les reposa. Et quitta la pièce.

Vingt minutes plus tard, elle les saisit vivement sur la table et les déchira en tout petits morceaux. Elle balaya les pétales de papier dans la poubelle et se retourna pour regarder sa fille replète et robuste, assise dans un parc en maille grillagée. Sa petite souriante. En constante transformation. Toujours nouvelle.

Durant les longs mois qui avaient suivi sa naissance, elles avaient usé trois jeunes filles au pair et deux secrétaires, dont l'une déclara que Carmel était un vrai monstre. Non, d'ailleurs :

"Un vrai putain de monstre."

Et Carmel avait pensé : *Je ne suis pas un monstre, je suis une femme amoureuse.*

C'était comme mener une guerre : cuiseur vapeur, stérilisateur, micro-siestes, listes, numéros d'urgence, les autres mères, un super généraliste, puis lors d'une journée effrénée, tout en fourrant des provisions dans un caddie au magasin, une petite annonce sur le tableau d'une nourrice à trois rues de là, une dénommée Debbie, naturellement calme et ravie de faire "tout ce dont vous aurez besoin". Carmel avait envie de se glisser sous sa porte et d'aller dormir sur son perron. Elle avait envie que Debbie s'occupe d'*elle*, dit-elle en plaisantant, et Debbie lâcha un rire.

Elle passait des semaines en pilotage automatique, des mois entiers disparaissaient de sa mémoire. Faute d'avoir le temps de les couper, Carmel laissa ses cheveux pousser, un soir, elle fut elle-même la victime de sa négligence, tandis qu'une otite non soignée virait à l'agonie au moment même où les cris de son bébé atteignaient leur paroxysme.

"Ce n'est pas un endroit pour un bébé", commenta l'infirmière qui vit Carmel tenter d'éviter la file d'attente pour pouvoir rentrer chez elle nourrir sa fille.

Elle avait raison. Trois des patients étaient ivres. Les autres étaient contagieux, ou défigurés par une blessure. Comment avait-elle pu emmener un être si pur et si fragile dans ce repaire d'os cassés et de vies ratées ?

"Je suis désolée, dit Carmel. Je suis vraiment désolée, j'avais tellement mal que je me suis évanouie dans ma cuisine", sur quoi l'infirmière leva les yeux au ciel. Dix minutes plus tard, on appela son nom mais elle ne l'entendit pas, car il sonna du côté de sa tête qui bourdonnait littéralement de douleur.

Le médecin aussi s'offusqua de la présence du bébé, que Carmel dut garder sur ses genoux pendant qu'il l'examinait. Il prit une pince à épiler, plongea un long morceau de gaze dans un baume et en obstrua délicatement l'oreille de Carmel. Elle parvint à l'entendre, par l'autre côté de son crâne, siffler d'incrédulité devant Nell qui remplissait sa couche en regardant sa mère avec insistance.

"Bravo !" articula silencieusement Carmel.

Dehors, lorsqu'elle trouva sa voiture, elle envisagea un instant l'idée que peut-être elle n'était plus elle-même, qu'elle était devenue folle. Elle découvrit également que la fourrière avait posé un sabot sur sa voiture.

Le bébé se tut. Ce qui était nouveau.

Lorsque la dépanneuse arriva, Carmel lui expliqua : "Le parking était plein." Elle s'abstint de le traiter de connard, songeant que ce serait sans doute répréhensible.

"Vous avez choisi votre place, rétorqua-t-il.

— C'est un hôpital. Le parking était plein.

— Pas mes oignons, dit-il.

— La classe. Changez rien. Non vraiment. Quelle honte. Vous devriez avoir honte."

Sur le chemin du retour, elle frappait le volant en criant : "Va voir à la morgue, espèce de trou du cul. Il y a des tas de voitures mal garées devant la morgue", pendant ce temps, le bébé dormait, d'un sommeil de plomb, jusqu'à ce qu'elles s'immobilisent devant la maison. Carmel coupa le moteur. Sur la banquette arrière, Nell ouvrit la bouche pour reprendre de l'air.

Au milieu de tout ce chaos qu'elle avait provoqué, le bébé irradiait. Parfois, même à la fin des pires nuits blanches, la béatitude inaltérable de Nell la surprenait. À travers toutes ces différentes versions d'elle-même, Nell demeurait pleinement. Son humour désabusé, sa ferveur insouciante et brouillonne : tout ceci était déjà là, à deux mois, cinq mois, un an. Quand Nell demanda plus tard quels avaient été ses premiers mots, Carmel eut envie de répondre : "Ah ouais, merde" car ç'aurait aussi bien pu être vrai. Et il va sans dire que jamais elle ne fit ce qu'on lui disait de faire.

"Est-ce qu'elle a aimé mon cadeau ?" demandait parfois Imelda, ignorante de l'indifférence de cette enfant – sans doute de n'importe quel enfant – à toutes ses dévotions. Nell se soustrayait à toutes les cartes de remerciement et autres appels suivant ses anniversaires et Noël. Elle était un miracle de distraction. Carmel pouvait bien se planter devant elle, la dominer de toute son autorité en disant : "Voilà le putain de crayon. Fais un joli dessin pour ta tante. Juste ça. N'importe quoi. Un oiseau. Une fleur." L'année suivante, le même manège recommençait. Sans succès.

AUPRÈS DU PUITS SACRÉ DE MARIE

Une carcasse de côtes sur la dune de Carna
tournée vers le ciel, tel un bracelet se refermant
entrelacé d'oyats,
de campanules et de trèfle violet parfumé.
La pointe de flèche rose d'une orchidée
frémit à la place du cœur absent,
au lieu des poumons, des silènes tremblent dans le vent.
Rien ne distingue la brise
du souffle dans le squelette évidé du renard,
l'agneau avalé par la mer, un nourrisson
mort, sa faim rongée par les herbes.

NELL

En ce moment, je suis obsédée par la lumière. C'est le genre d'obsession qui ne rapporte pas grand-chose. Difficilement monétisable.

Début février, mon appli menstruelle indique un jour gris dans le calendrier : ce qui signifie que je n'ovule pas, ne saigne pas, ne suis pas mon rythme habituel. Juste gris. Ce devrait être le premier jour de mes règles, mais rien ne se passe.

L'appli m'interroge sur mon humeur : *heureuse, fringante* ? Je coche *sautes d'humeur*.

Je passe les questions en lien avec le sexe, je coche systématiquement la case : *pas de sexe aujourd'hui ?*, l'icône représente un cœur triste barré d'un trait. Tentée de vous débrouiller toute seule ? N'oubliez pas de sélectionner le cœur caressant *masturbation*, une fois que vous avez fini.

Mouais, peut-être.

Je suis si prémenstruelle que c'en est improbable.

Un message m'indique que je n'ai pas eu de rapports sexuels non protégés durant mon dernier cycle. Merci, l'appli ! La dernière fois que j'ai eu des rapports non protégés, il y a deux ans environ, j'ai pris la pilule du lendemain et je suis allée voir le médecin pour faire des tests de dépistage aux différentes MST, j'y suis allée deux fois d'ailleurs, j'ai eu six plaques de démangeaisons successives sur le sexe, et mon niveau d'anxiété a explosé les compteurs.

Désormais, j'ai des préservatifs pour la chlamydia, ainsi qu'un stérilet bien caché. Ma mère m'a traînée à la clinique pour le faire poser, elle m'attendait dehors dans la voiture.

Et oui. Parfois, quand je me crois sexuellement dérangée, je me remémore tout ceci.

Je vais bien. Deux semaines se sont écoulées depuis mes derniers rapports, le 14 janvier dernier – un petit cœur rouge marque la date, entouré d'un écusson rouge. Rapport protégé.

Je remonte le fil de mon existence sur l'appli et dénombre sept petits cœurs rouges ponctuant le calendrier, délicieusement précis. Nous avons couché ensemble à sept reprises durant les quatre derniers mois, toujours en milieu de semaine.

Je me dis : Ce n'est pas ce que j'appellerais une vraie relation.

Et cependant, ils sont bien là.

Les cœurs.

Jour 34 : toujours gris. Je rentre les symptômes *acné*, *crampes* et *poitrine ramollie*. Je traverse un cycle fantôme. J'entre les mots pertes vaginales, *blanc d'œuf*, par opposition à *crème*. Je ne sais pas ce que *blanc d'œuf* signifie. J'appuie trois fois, arrête et relance l'appli.

blanc d'œuf
blanc d'œuf
blanc d'œuf
Puis l'icône humeur

colère
colère
colère
colère

L'appli m'envoie un message pour m'informer qu'elle *s'inquiète de mon bien-être*.

En bas, dans la cuisine en médium merdique, je mets une casserole d'eau à chauffer et casse un œuf dedans pour le pocher. J'envisage un instant de prélever un peu du blanc entre mon pouce et mon index, mais me ravise.

L'œuf bascule dans un pot en silicone, appartenant à un service à pocher bleu et vert, que m'avait offert ma mère. Elle m'a également offert des pinces de cuisine orange, un économe en spirale mauve pour faire des spaghettis de courgettes et quatre planches à découper de différentes couleurs. Ces objets raffinés trônent dans la cuisine nauséabonde de ma colocation, on croirait les éclats d'une ambition de classe moyenne déchue. Pour paraphraser Lily : Comment se fait-il que je puisse me permettre de porter une robe de créateur alors que je n'ai même pas d'endroit où la suspendre ? Que s'est-il donc passé ?

Nous sommes la génération redondante, d'après moi. De la chair à canon.

Un tuyau cogne sous le mur. Beatriz, ma colocataire silencieuse, a ouvert le robinet d'eau froide en bas. Elle passe des heures aux toilettes, sans que jamais on ne l'entende tirer la chasse d'eau, c'est un grand mystère. Beatriz travaille comme auxiliaire de vie pour personnes âgées et la dame dont elle s'occupe est "très difficile, *très* difficile".

Je crois que l'odeur vient de la machine à laver. Stuart, mon autre colocataire, oublie son linge dans le tambour si longtemps qu'on est parfois obligé de laver la machine avant de laver ses vêtements. Stuart est responsable de salle dans le restaurant d'un hôtel où il gagne que dalle, c'est-à-dire bien plus que ce qu'il vaut, si vous voulez mon avis. L'hôtel appartient à des mecs de son ancienne école, que Stuart appelle "les mecs" comme s'ils n'étaient pas à la tête d'un hôtel entier. Tout ce que j'entends lorsqu'il parle d'eux c'est un homme qui parle d'argent.

L'argent et l'argent ont une mère adorable. L'argent et l'argent ne croient pas aux montres de luxe, ils prétendent qu'à ce prix-là on a aussi vite fait de payer quelqu'un pour vous suivre partout et vous dire l'heure. L'argent et l'argent ont perdu cinq kilos grâce à un régime sans féculents, mais ils faisaient surtout de la rétention d'eau. L'argent et l'argent lui ont offert l'un de ces super bracelets de manche pour Noël, tu sais, ces bracelets élastiques que les distributeurs de journaux portaient autrefois, ceux qui avaient encore des visières vertes.

Ah ouais, cool.

Le week-end, Stuart sort et passe la meilleure soirée de tous les temps, finit sur le super canapé de quelqu'un, rentre à la maison avec une odeur de rance, repart au travail en traînant les pieds, boit quelques verres encore avec l'argent et l'argent, ou bien des gens de leur entourage tandis qu'eux sont à Lisbonne en train d'acheter un immeuble. Et tout cela pendant que ses vêtements continuent de moisir dans la machine. Stuart s'inquiète de ne pas pouvoir se permettre d'aller au grand mariage en Italie, puis il "trouve" le fric. Et rentre ravagé. Il n'y avait pas de place dans l'avion privé, dit-il (mon œil). Je lui réponds que ses vêtements sont dans un sac en plastique noir devant la porte du jardin dehors, et il s'exclame : Je ne te crois pas. Sérieux ?

J'aurais dû coucher avec Stuart, comme ça, j'aurais pu travailler avec l'argent et l'argent sur leurs réseaux sociaux. Tout ce dont j'ai besoin, ce sont des sourcils épilés, et un léger hâle de faux bronzage. Mais Stuart ne couche pas avec les femmes dans mon genre. Il a essayé avec des filles que je connaissais à l'école, mais pas avec moi, parce que je ne suis pas l'argent, quoi que cela signifie. De plus, je refuse de faire sa lessive, alors qu'il a l'air de penser que je pourrais quand même.

Et cela le frustre énormément.

C'est quoi déjà ce truc avec les œufs ? On les plonge dans l'eau : soit ils flottent soit ils coulent, et cela permet de savoir s'ils sont bons ou pas, je n'arrive jamais à me souvenir si c'est l'un ou l'autre.

Un jour que je cuisinais avec Carmel j'ai eu un double jaune. C'était fou. Carmel s'était exclamée : C'est ton jour de chance.

Je me demande si j'en aurais un autre un jour. Un double jaune, c'est comme un conte de fées – où l'on vous demande de choisir entre deux choses pour finalement vous donner les deux.

Je prends l'œuf frais dans ma paume, j'espère, j'espère.

Par la fenêtre de la cuisine, j'aperçois un mur brise-vent, et au sommet, une fine et oblongue lame de ciel bleu.

Je voudrais pouvoir être enceinte ou pas enceinte.

Je voudrais avoir un petit ami ou pas de petit ami.

Je voudrais avoir une relation qui existe puis s'achève.

Pas cette bataille rangée avec un homme qui n'est pas le mien, mais ne me quitte pas pour autant.

L'œuf à la main, je formule des vœux de possession.

Je le craque sur le rebord du comptoir et vide son contenu dans le pot vert.

Pas de double jaune.

Je mets quelques tartines à griller, vérifie l'appli pour voir si j'ai déjà mes règles.

Sérieusement. Je suis réellement convaincue que mon téléphone sera au courant avant moi. Je le repose sur le comptoir en me disant : *Je viens vraiment de faire ça.*

Je le reprends, j'appuie sur l'icône stress et l'icône alcool. Je reviens trois semaines en arrière et ajoute les deux icônes stress et alcool à chaque deuxième jour du cycle : *stress stress stress alcool alcool.* Lâche-moi un peu, salope d'appli. Je vais tout te dire ! Laisse-moi juste le temps d'évacuer.

pas de sexe
pas de sexe
pas de sexe

Je coche le cœur *masturbation*, puis le décoche. Seigneur. Qu'est-ce qu'on s'en fiche ?

Dans l'eau bouillante, les œufs pochés forment un nuage et se solidifient en blanchissant.

L'appli émet une alerte, *buvez plus d'eau, ping ! faites plus d'exercice, ping ! attendez jusqu'à demain.*

Je soulève la casserole et éteins le feu en tournant le gros bouton en plastique foireux de la plaque. Une paire d'yeux jaunes et globuleux me dévisagent depuis leurs pots bicolores.

Je me dirige vers la table de la cuisine et me cogne l'utérus assez fort contre le tranchant du plateau.

J'essaie de recommencer mais l'effet de surprise a disparu et mon corps est trop prudent. Je saute sur place. Il n'y a rien de plus bloquant que des règles bloquées. Je suis un nuage qui refuse de pleuvoir.

ping !

L'appli m'offre un *chat* privé.

La tartine saute du grille-pain.

En ouvrant le frigo à la volée, je tonne : Et, merde ! Il me faut du beurre, putain !

Je lève les yeux vers le frère, Fiach, qui vit à Baldoyle. Il est plus mince, plus sec que Felim. Sur son profil LinkedIn, figure le mot “cadre”, pas de sourire sur sa photo. Felim arbore parfois une expression blessée, mais ce type-là semble dire : Te fatigue pas.

Si j'étais enceinte de l'enfant de Felim, il ressemblerait peut-être à cela. Visage long, petites oreilles, assez beau. Un jour il se retournerait vers moi et me dirait : Maman, tu es juste pathétique.

Et en grandissant, il vivrait sa vie.

Toute la journée, je porte un bébé fantôme. Qui gigote et me fait mal.

Dans la soirée, je peaufine une publication sur le sperme : *poisseux, mais pas méchant pour autant. Le foutre ne veut de mal à personne, il suffit de bien se laver après. On n'a jamais vu un têtard violer qui que ce soit.*

J'envisage d'écrire une histoire sur un monde où ce truc serait considéré comme sacré, tous les fils du monde descendraient un jour de leurs chambres en disant : Maman, papa, j'ai eu ma première éjaculation, les draps seraient mis à sécher à la fenêtre, tout le monde serait invité à la fête, on ferait sauter des bouchons de champagne (bien entendu) avec la mousse qui va avec.

Mais peut-être que cela existe déjà.

Non, je ne parle pas là de bar-mitsvah, je parle de compléments alimentaires au zinc, de visites médicales annuelles, de conversations de vestiaires sur la motilité, la consistance (Hé, gros, blanc d'œuf ou crème ?), d'hommes pleurant dans des documentaires à cause de détournement cognitif médical, ces médecins qui prétendent imaginer la douleur de l'outil chirurgical placé à l'intérieur de leurs pénis pour augmenter les performances de leurs spermatozoïdes, tout le discours autour de cet acte, parce qu'il nous faut comprendre que c'est un problème réel et pas juste le fruit d'un esprit viril idiot et orgueilleux.

Dans la soirée, ma publication sur le têtard devient virale. En quelque sorte. Je clique, regarde, clique, compte, et cela me fait un bien fou.

Au milieu d'un rêve sur une tempête tropicale, avec palmiers recourbés par le vent et mouettes ballottées dans l'humidité de l'atmosphère, Carmel – sous les traits de sa sœur Imelda – me crie de continuer à écoper le bateau, continue à écoper, et je me réveille avec l'entrejambe endormi et pourtant gluant du sang qui s'en écoule à flots. Pyjama, draps. Le désastre complet.

L'appli suggère de l'ibuprofène.

– merci d'indiquer votre flux menstruel.

Je me douche et me change. Je descends, sors les vêtements humides de Stuart et les dépose sur le sol de la cuisine pour mettre en route une machine à froid, ainsi que ma mère me l'a appris. Je refais le lit avec des draps frais, d'un blanc impeccable, puis je m'allonge là, sentant poindre une rage et un dégoût contre moi-même, qui se transforment en auto-apitoiement et refluent finalement.

Comme si je perdais un amour.

Je me retourne et tape mon oreiller pour qu'il reprenne sa forme rebondie ; on dirait une fille dans une comédie romantique.

Nouveau mois, me dis-je, nouvel homme.

Six jours plus tard, Felim débarque directement en sortant du travail. C'est une journée froide de février, le monde semble mort, et le voilà qui déboule, devant ma porte. Il a bu quelques verres, mais pas au point d'être ivre ; il est en pleine forme. Il porte un maillot de corps sous sa chemise de bureau et cela me donne envie de me moquer de lui, ou au moins de me fendre d'un commentaire – eh bien regardez-moi ce beau *maillot*. De l'extérieur, il a l'air super, mais la couche inférieure est vintage, elle date de 1973.

Un maillot de corps ! dis-je, incapable de m'en empêcher.

Il marque une pause, tend la main derrière lui pour chercher son téléphone et le tourne vers moi tandis que je me carapate sous la couette, nue.

Je t'ai eue !

Va-t'en !

Allez, fais pas ta timide.

Non.

Vraiment ?

Vraiment.

Tu es sublime.

Nos mouvements à tous les deux ont été si rapides que je ne sais pas ce qu'il a pu saisir ou manquer.

Allez !

Non !

Il essaie de tirer sur la couette qui me recouvre, il a la bouche ouverte, un air d'adolescent, pas un soupçon d'érotisme.

Non ! J'ai dit. Dégage, putain !

C'est quoi ton problème ?

Sérieux ?

Dans les profondeurs du mur d'en bas, la plomberie cogne et le tuyau tremble en réverbération. Beatriz est dans la salle de bains de l'autre côté du mur de ma chambre, elle a refermé le robinet d'eau froide. Un bruit de toux, puis, une inédite chasse d'eau. Jamais on n'entend Beatriz tirer la chasse d'eau. Selon moi, elle attend qu'il n'y ait plus personne à la maison.

Je pose le doigt sur mes lèvres.

Mignon, commente-t-il.

Felim capture cette position, passe ses doigts dans mes cheveux jusqu'à ma nuque.

Éteins ton téléphone, dis-je.

Qu'est-ce qui ne va pas ?

Repose-le. Je suis affreuse.

Ce n'est pas complètement vrai. Durant les sept mois qui se sont écoulés depuis la fois où je l'ai vu au kiosque, feuilletant les magazines, j'ai perdu plus de quatre kilos. Certains jours, je ne sors même pas m'acheter à manger. Je n'ai jamais été mieux fichue.

Alors envoie-m'en une bien.

Merci. Oui. Oui, je le ferai.

Il pianote un moment puis tend le téléphone à bout de bras, écran tourné vers moi. D'un coup d'index, il fait apparaître vingt, trente images qui se succèdent – des parties du corps, des sourires, des filtres divers, des salles de bains, des chambres à coucher, des angles, des poses, des filles.

Les filles qu'il a sur son téléphone.

Fais-le, dit-il. J'adorerais.

Les images sur son téléphone clignotent sous mon crâne tandis que je commence à le sucer. Je me demande qui elles sont et s'il les connaît personnellement, et j'ai l'impression de ne pas être réellement agenouillée, j'ai l'impression d'être une photographie d'une femme agenouillée avec une vraie bite allant et venant à l'intérieur de mon visage, c'est *ça*, *là*, *ouais* !

Nasssty !

Au bout d'un moment, je me rappelle qu'il n'y a pas d'appareil photo, que c'est juste moi, ce trou dans ma bouche et cette volonté de bien faire. Je tends le bras pour poser une main sur son torse et bute sur ce stupide maillot de corps repoussoir, alors je me concentre sur la touffe de poils qui en sort, son torse mince, le goût rance de son pénis à la fin d'une journée de travail. J'accélère, étouffe un peu, me laisse faire par sa main qui m'a empoignée par les cheveux. Je suis un rouage entre sa main et son plaisir. Je ne suis rien, et tandis qu'il donne les derniers coups de boutoir, j'ai une vision de lui m'écrasant le visage contre la table de chevet à plumes premier prix, une série de polaroids comme si on était dans les années 1970, le sang, les bleus, le mascara qui coule, moi. Clic clic clic.

Good girl, dit-il.

Et il me repousse bel et bien. Quoique pas fort.

Une fois son jean remonté sur sa taille, il s'assied dans ma petite chaise, la chemise déboutonnée et la braguette attendant d'être remontée. J'écoute le silence de la salle de bains encore occupée, des bribes de conversation entre deux femmes du voisinage se rencontrant dans la rue, la circulation erratique du côté du dos-d'âne deux portes plus bas. Il sort son téléphone et scrute mon image à travers le viseur, assise sur mes hanches, nue, dans l'espace étroit entre le lit et la porte. Il appuie.

Ce n'était pas si difficile, dit-il. Si ?

Je ne sais pas combien de temps nous passons ainsi, dans la lumière finissante. Je me lève et m'assieds sur le rebord du lit. Dans la chaise près de la fenêtre, il semble endormi. Son téléphone s'éclaire, il le regarde. Avant de le laisser retomber sur ses genoux.

Rien n'a bougé. Le livre est sur le chevet, la lampe continue de diffuser sa lumière entre ses plumes, les chiffres sur le réveil digital se délestent d'un segment lorsque le 8 se transforme en 9.

Felim s'avance dans son siège et pose la main sur sa tête, un court instant. Il lâche : Qu'est-ce qu'on fait ?

Pardon ?

J'ai l'impression que. Qu'est-ce qu'on fait nous deux ? Ce n'est pas.

Ce n'est pas quoi ?

Tu sais, bébé.

Il retombe dans le silence. Je ne dis rien. *Bébé.* Quel mot extraordinaire venant de cet homme. Où se croit-il ?

Si j'avais une maison, si j'avais un vrai endroit où vivre, si j'avais ce qu'autrefois on appelait un "travail", aurait-ce été une vraie relation ? C'est une question que je me pose. Je suis jetable, pas seulement pour lui, pour les gens qui me payaient aussi, et, pour toute l'infosphère en fait, l'État, les sociétés qui fabriquent l'alcool avec lequel je fais la fête. Meg-l'influenceuse, et ses six chaises de couleurs différentes.

Le simple fait de l'associer à ce mépris m'attriste, parce que Meg-l'influenceuse est tombée enceinte et a perdu le bébé, ce qui est de notoriété publique – et un moyen de faire deux millions et demi de vues. J'ai dû écrire une partie de cet épisode pour elle, c'était à vous briser le cœur. Mais en l'occurrence Meg a trouvé que ma voix sonnait faux, que j'étais complètement à côté de la plaque, elle a dit que, tout bien réfléchi, j'étais toxique et qu'il lui fallait quelqu'un d'autre.

Ces jours-ci, je suis obsédée par la lumière, si difficile à monétiser. Je ne parle pas d'une belle aurore, ou de vacances au soleil, ou de la lumière qui sublime une photographie. Je parle de la brillance elle-même, de l'air qui s'illumine. Des reflets à la surface de mes mains qui tapent.

Ce cadeau qu'elle représente lorsqu'elle se pose.

La lumière, lorsqu'on la voit apparaître, a toujours huit minutes et demie. Toujours et encore. Et on pense qu'elle est partagée par tous, mais ce n'est pas exactement le cas – nos yeux sont frappés par leurs propres photons.

Est-ce que je me trompe ?

Je me renseigne et découvre que nos yeux avalent les photons, les absorbent. Nos yeux fabriquent des images en détruisant la lumière. Comme des trous noirs. Seigneur, me dis-je. Je n'ai rien à ajouter à cela.

Durant un long moment après son départ, je ne cessais de le voir, grand dans ma petite chaise, débraillé et disant : Qu'est-ce qu'on fait ? M'appelant Bébé.

Et c'était comme au début, quand j'avais la conviction que nous étions destinés, alignés, que nous ne formions qu'un. Lorsqu'il m'avait appelé Bébé, le mot avait fendu l'atmosphère de la pièce pour laisser apparaître une autre réalité brutale et brillante.

Par la suite, je tentais d'établir une routine.

Se brosser les dents – sans oublier de s'asperger le visage d'eau !

Laisser ses chaussures près de son lit – les enfiler dès le matin !

Sortir de la maison pour acheter du lait d'avoine – continuer d'aller traiter mes e-mails au café, observer les gens, sourire à un enfant, faire le chemin du retour à pied.

Dresser la liste des oiseaux croisés sur le chemin.

Observer les oiseaux qui viennent picorer les graines dispersées sur le rebord de la fenêtre de la cuisine. Ne pas compter sur la chance.

Tandis que je m'efforçais d'accomplir une petite chose après l'autre, je fus stoppée net à l'idée de la photographie qu'il m'avait volée, de ma nudité, dans son téléphone, dans la paume froide de sa main.

Jamais il ne me rappellerait.

Il fallait que je fasse en sorte qu'il me rappelle.

Je tournai mon téléphone dans un sens puis un autre, me déplaçai dans la pièce pour ajuster l'éclairage, écartai l'objectif de mon visage, plaçai une partie de mon corps au premier plan. Mon image me plaisait, je n'avais jamais été aussi bien fichue.

Pourtant j'étais incapable de l'envoyer. Je me représentais la grotte humide de sa bouche, j'essayais de photographier la ligne de mon cou, le pli derrière mon genou. Je voulais illustrer pour lui la sensation de mes yeux fermés.

Je me souviens un jour de lui avoir demandé à quoi il pensait. Il avait répondu au football. J'avais creusé : Qu'est-ce que tu veux dire par là ? Qu'est-ce que tu vois dans ta tête ? Tu penses à l'organisation tactique de l'équipe ? Tu te repasses les actions ? Tu discutes les décisions d'arbitrage ? Et il avait répondu : J'étais juste en train de me dire qu'il fallait que je regarde les scores.

Je me souviens du jour où il m'avait parlé de son frère Cathal qui n'avait même pas eu de lune de miel : il était ficelé si fermement à son troupeau, leur père toujours sur son dos. Tu n'as pas idée, avait-il poursuivi, pelleter le crottin, payer les factures de vétérinaire, remplir des formulaires à n'en plus finir. Combien c'est difficile de juste organiser une sortie, même pour un soir. Combien l'amour de la terre coûtait à ceux qui malgré tout l'aimaient, combien cet amour ne leur laissait aucun répit.

Je me souviens de lui assis dans ma petite chaise, boutonnant sa chemise après m'avoir appelée Bébé. Disant : Je ne crois pas que je vais pouvoir continuer comme ça. Pour être honnête, c'est comme boire. Tu continues alors que tu sais que ça affecte ton jeu, le degré de désespoir que j'ai vu, sans mentir, chez certains gars. Je t'ai raconté la fois où, à Prague, un des gars avait essayé de se suicider dans sa chambre d'hôtel, nous l'avions ramené, fait boire encore dans l'avion, et personne ne l'a jamais su ? Je me suis toujours senti mal à cause de ça. Je me sens mal, assis ici. Tu vois – c'est comme ça. Mais je ne veux pas être cet homme-là pour toujours, tu vois ce que je veux dire ?

Je me souviens de toutes les fois où il m'a regardée avec cette expression. Ce regard cristallin de garçon triste. Le point où la couleur de ses yeux s'intensifiait et irradiait ses pupilles noires.

Sauve-moi. Aime-moi. Baise-moi. Il n'y a que toi.

À vous transpercer l'âme.

Je me suis réveillée au milieu de la nuit, sachant très bien qu'il avait mis les photos en ligne : pas seulement la photo triste où je suis assise sur la moquette, le dos tourné, mais aussi celle où je plonge sous la couette, avec mon gros bras, ma jambe sans doute poilue, peut-être même mon horrible chatte luisante, et je ne vais pas pouvoir m'en sortir autrement qu'en le bloquant, en modifiant mes pseudos, en coupant tous mes réseaux. Changer de nom, changer de passeport, changer de pays, changer de planète.

Je vais devoir mourir.

Je dois mourir.

Ce serait la solution. Ce serait bien.

Dans la matinée, je me dis : Peut-être que les photos ne sont pas si affreuses. À la réflexion, je m'étais sans doute rasé les jambes ce jour-là. Il a sûrement dû trouver que j'étais jolie. Et puis on s'en fiche, finalement, ce n'est rien. Il y en a des milliards sur le Net, qui clique dessus ? Il y a plus de porno en ligne que de gens pour le regarder. Et ce n'est même pas pornographique. C'est tellement banal.

Ces idées tournaient en boucle dans ma tête, mille fois par jour, pour finir inexorablement par se synthétiser en une petite voix suppliante qui l'implorait, se cramponnait à lui.

Supprime-les !

Chiddik !

Si j'ai réussi à lui inspirer de l'affection, je réussirai à l'en empêcher.

Supprime-les !

S'il sait que je suis mécontente, il fera peut-être ce que je demande.

Chiddik, chiddik !

J'étais convaincue de pouvoir résoudre le problème en parlant au type qui était à l'origine même du problème, et plus j'y pensais, plus cela me semblait une vérité absolue et urgente jusqu'à ce que je finisse par lui envoyer ce texto.

– allez, balance une des photos stp

La réponse fusa, instantanée.

– envoie-m'en une jolie !

Après quoi, ce minable m'abreuva de textos deux jours durant.

– t où ?

– qu'est-ce que tu fais ?

– montre

Puis, plus rien.

Je reste debout sous la douche jusqu'à ce que l'eau chaude se tarisse. Je m'attarde tandis que le bout de mes doigts se fripe, et que les ours blancs balancent la tête tristement, cherchant la neige disparue.

Le dimanche, j'envoie un texto à Carmel pour lui dire que je ne pourrai pas venir déjeuner, que je crois que je couve quelque chose.

Grave erreur.

– Viens t'allonger sur le canapé, je te ferai des spaghettis.

– Je peux venir te chercher en voiture ?

– Tu as besoin de paracétamol ?

– Suis là dans 20 min

Je lui envoie un message vocal, ça marche parfois. "Salut maman, je suis roulée en boule avec un bouquin et je n'ai pas faim, ça doit juste être un petit microbe."

Dix secondes plus tard, la sonnerie du téléphone retentit, prélude d'une vraie conversation. Carmel a sa voix beige, vaguement joyeuse. Il n'y a pas de problème. Elle ne s'inquiète pas le moins du monde pour moi. Le temps que le coup de fil s'achève, j'ai promis de ne pas arriver après quinze heures.

Je me traîne jusqu'à la gare et prends le train qui longe la baie. La marée est basse – des kilomètres et des kilomètres de sable plat s'étendent jusqu'à l'horizon où un énorme navire pétrolier domine une mince bande de mer.

Je visualise l'idée, telle une ligne lumineuse au loin, que je pourrais le fendre en deux. Je le ferai souffrir d'une manière si froide qu'il m'en serait reconnaissant. Je ferme les yeux en y pensant. Quand je les rouvre, je vois la baie sous un angle différent, un peu plus loin sur le chemin : l'incinérateur massif et mat, dressé tel un château d'acier, les cheminées de la Pigeon House, Howth Head, paisible et austère, le pétrolier gigantesque accroupi sur son ruban de mer.

On dirait que les pièces du puzzle sont trop grandes pour le cadre.

Le truc que j'oublie toujours avec ma mère c'est qu'elle n'a jamais rassuré personne. Son amie Aedemar me l'a même verbalisé un jour, elle a dit : Ta mère n'est pas du genre à dire aux gens que tout va bien se passer.

Et j'avais répondu : Mais ça va aller quand même, non ? Et Aedemar avait répliqué : Bien sûr ma chérie. Bien sûr que ça va aller.

Carmel dit des choses comme : Je crois que tu exagères un peu le problème. Ou : Je ne vois pas le moindre signe d'infection, mais on va surveiller. Elle dit aussi (et c'est particulièrement terrifiant) : Les malheurs arrivent parfois, et alors, qu'est-ce qu'on fait après ?

Mais sa première réaction, la plus exaspérante, c'est de déplacer le problème. Tu manges ? Tu as mangé ? Tu as besoin de te réhydrater ? Tu es allée à la selle aujourd'hui ? Toutes ces questions pleuvent sur moi à la seconde où je passe la porte, accroche mon manteau au portemanteau, passe aux toilettes, et vais jusqu'à la cuisine pour mettre la table.

J'ai vingt-trois ans, dis-je.

Et donc ?

J'ai vingt-trois ans.

Je m'inquiète pour toi.

Ce n'est pas la peine.

Je m'inquiète quand même. Tu es toute pâle.

La vue de ses mains qui prennent deux bols dans le placard me fait un certain effet. Ce sont des mains laborieuses, simples et puissantes. Elle a si peu de vanité, ma mère. Elle n'a jamais eu de grande histoire d'amour.

Quoi ? demande-t-elle.

Les serviettes ?

À l'endroit habituel.

Le repas consiste, comme elle l'avait promis, en un plat de spaghettis avec une sauce tomate très dense, presque noire – ses pâtes signature, dans un orbe d'ail si épais qu'on peut presque en voir le halo de parfum. Salade verte. Huile de noix. Ça valait le déplacement.

Nous commençons en silence. Et puis je me lance : Oh. C'est délicieux.

Ah oui ?

Carmel ne sent pas le goût de sa cuisine. À croire qu'elle s'imagine toujours avoir préparé quelque chose de meilleur encore.

Alors, comment tu vas ?

Bien.

Je tourne la fourchette sur elle-même jusqu'à ce que l'écheveau de spaghettis soit assez compact pour le porter à ma bouche, j'en perds un peu en chemin, et recommence. Carmel aime me regarder manger, néanmoins son regard sur moi est si intense que je n'y arrive jamais vraiment. Elle a besoin d'informations, elle a besoin de nouvelles. Elle affiche ce que j'appelle une "tête babba", arrondie et un peu stupide.

Quoi de neuf ?

(Qu'est-ce que je pourrais bien lui dire ? Que j'ai fait apparaître un harceleur dans ma vie qui m'a ensuite abandonnée, et que je suis tombée dans l'abysse hurlant.)

Pas grand-chose.

Comment va Maya ?

Je n'ai jamais de nouvelles de Maya, Maya ne m'intéresse pas à vrai dire, mais nous nous suivons sur les réseaux, ce qui fait que Carmel pense que nous sommes amies pour la vie.

Ouais bien.

Qu'est-ce qu'elle fait en ce moment ?

Elle est à Galway, elle fait de l'impro, ou bien elle apprend l'impro.

De l'impro ? Mon Dieu. Cette fille.

Maman.

Je n'ai jamais rencontré d'enfant qui n'aimait pas les glaces.

Eh bien, ce n'est pas le genre de choses qu'on peut contrôler, maman.

Manifestement.

Je trouve difficile de tomber d'accord avec ma mère, parce que chaque fois j'ai l'impression qu'elle a gagné et que moi j'ai perdu. Cela nous arrive pourtant. Et alors, qu'est-ce qu'on fait après ?

Je ne l'ai pas vue depuis des lustres, tu sais.

Non ?

Elle est si peu fiable.

Je raconte à Carmel que Maya est le genre de fille à vous envoyer dix-sept messages pour dire qu'elle va peut-être venir pour finalement ne pas venir, parce qu'en fait elle ne peut pas, ou bien qu'elle était en chemin mais que quelque chose d'incroyable est arrivé, puis encore autre chose, ou bien qu'elle avait mal noté l'heure, l'adresse, ou même qu'elle est presque là, attends, et puis non, finalement, elle n'arrive jamais.

Quel est l'intérêt de fixer une heure et une date si on n'a pas l'intention de venir ? interroge Carmel. Moi je viens toujours aux rendez-vous.

Moi aussi, dis-je. Moi aussi.

Vaste mystère.

Carmel tapote les couverts à salade en bois contre le saladier. Il y a là de jeunes pousses de brocolis du jardin, un vrai délice. Un sac rempli des mêmes jeunes pousses attend dans le frigo que je reparte avec, sac que, pour quelque raison obscure, je laisserai se perdre, j'oublierai de manger.

C'est pas comme ça qu'on attire les hommes en tout cas, déclare Carmel. On n'attrape pas les hommes en balançant des Oh je suis désolée, j'étais juste devant la porte quand une mouette a foncé dans les lunettes de mon voisin, il a fallu que je m'interrompe pour lui venir en aide parce que c'est un vieux monsieur presque aveugle, et tu *dois* me croire puisque nous *savons tous les deux* que cette histoire n'est pas vraie. Les hommes passent à autre chose, dans ces cas-là, conclut-elle.

Passent à quoi, du coup.

Peu importe. La suite.

Tu veux dire le viol, la violence ?

Seigneur, tu es obsédée, répliqua-t-elle. Je ne parle pas de sexe, je parle de ponctualité. Si les hommes arrivent à être à l'heure, c'est parce que ce n'est pas si compliqué que ça.

Comme le fascisme et les trains.

Tout ce que je dis c'est que ce genre d'histoires – quelles qu'elles soient – ne se produisent qu'entre femmes.

Parce qu'un homme, lui, se contente de ne pas envoyer de SMS et de ne pas venir au rendez-vous.

Oh ma chérie.

Honnêtement j'ai parfois l'impression que c'est exactement ce que tu essayes de faire.

Quoi donc ? demande Carmel.

Je déteste ça. Je déteste cette manière que tu as de prétendre que les gens sont tous stupides et qu'ils ne peuvent s'en prendre qu'à eux-mêmes. En particulier les femmes.

Quand est-ce que j'ai dit ça ?

Surtout les femmes. Tout le temps.

Tout le temps, ça n'existe pas, réplique Carmel.

La vie ne se résume pas à avoir du bon sens, dis-je, d'une voix sensée, parce que Carmel me bat froid désormais, et que cela me fait l'impression d'une gifle, soudain. Comme si, tout à coup, nous étions dans une autre pièce, comme si la couleur des murs avait changé, l'endroit était plus grand, plus bleu.

Je retourne à la salade et y plante ma fourchette.

Qu'est-ce que tu penses du brocoli ?

Ouais, c'est bon.

À table, Carmel a des manières aristocratiques. Elle déploie ses bras juste ce qu'il faut, découpe, plie, embroche, porte à sa bouche, mâche. De l'autre côté de la table, tandis que je l'imite, l'expression qui jaillit sous mon misérable crâne, c'est :

Tu peux aller te rhabiller, maman.

Tu peux aller te rhabiller.

Quand nous avons fini, je débarrasse, empile, tout en me demandant pourquoi nous ne pouvons rien l'une pour l'autre, pour nous sauver – deux personnes ayant tellement besoin d'être sauvées et dont l'amour mutuel est à ce point absolu. Car j'aime ma mère. Je l'aime tellement que je suis écœurée à l'idée de ce que je m'apprête à faire.

Maman, je crois que j'ai besoin d'argent, dis-je.

D'accord.

Je crois que j'ai besoin de m'en aller.

OK. D'accord.

Deux mois seulement. Peut-être trois ? J'en ai besoin.

Quoi ?

Je vais faire ce voyage.

Quel voyage ?

Tu sais. Si.

Dans le train qui me ramène en ville, la ligne argentée de la mer a libéré les flots qu'elle renfermait en vagues longues et creuses avançant vers la ligne de chemin de fer.

Je me suis fait faire le tatouage trois jours plus tard – parfaitement sobre, sur rendez-vous, un mercredi après-midi. J'ai demandé qu'on me tatoue les mots *l'amour est une vague*, sous les clavicules.

Pas sur une ligne ondulée, ç'aurait été nul, et pas non plus avec un oiseau volant au-dessus, ç'aurait été ridicule également. La typographie était minimaliste, imitant l'écriture à la main, naïve avec de larges pans de peau entre chaque mot.

L'amour est une vague.

Ces mots étaient un message à mon moi futur, le genre de vérité que j'entendais me prouver avec le temps. Une fois le tatouage terminé, j'étais ravie et délicieusement endolorie. Dans le miroir des toilettes, où les mots se reflétaient à l'envers, je me suis envoyé un baiser à moi-même.

À l'envers, cela ne voulait plus rien dire. Et c'est apparu à l'envers aussi sur Snapchat, sauf sur les photos prises par d'autres. Pourquoi les gens ne parlent pas davantage de cela ? Je ne peux même pas lire mon propre logo sur votre réseau, les gars, à moins de me mettre à l'envers les yeux plissés, et même comme ça, je ne vois que le mot "vague".

Mais je l'aime quand même.

Je passe les doigts dessus en silence, sous les os, en imaginant un avenir radieux.

J'ai eu le droit à quelques exclamations, quelques compliments, mais personne ne m'a demandé d'où venait la citation, et je n'en ai rien dit non plus. Elle est extraite d'un poème écrit par mon grand-père, Phil McDaragh. De sorte que ma peau semble à présent posséder ces mots. Ce sera comme un talisman de chez moi, que j'emporterai partout, quand je m'en irai.

Du moins c'est ce que j'ai dit à ma mère lorsqu'elle a remarqué l'encre sous mon encolure, le soir où nous avons déménagé mes affaires de Ballybough à la banquette arrière de sa voiture.

Qu'est-ce que c'est ?

Un tatouage, ai-je dit.

D'accord.

Tu veux voir ?

Elle a refermé le coffre.

Aucune urgence, a-t-elle répliqué. J'ai le restant de mes jours pour le voir.

Assises en silence dans la voiture, nous pesions sa déclaration – vraie ou non, seuls les événements nous le diraient.

Plus tard, tandis que je rangeais des choses dans ma vieille armoire et en mettais d'autres dans ma valise, elle est entrée avec une tasse de thé.

Allez, montre, a-t-elle dit, et j'ai tiré sur ma chemise.

Très discret, a-t-elle jugé.

Je trouve.

Allez, n'en parlons plus, c'est fait maintenant.

Tu ne reconnais pas la citation ?

Elle a regardé à nouveau et ses yeux se sont plissés, l'air de dire : Oh je vois.

Tu ne trouves pas que c'est romantique ?

Eh bien, si tu l'aimes, a-t-elle dit de sa voix beige. Alors moi aussi.

LE CALENDRIER DES OISEAUX
(traduit d'après le *Livre de Leinster*, anonyme, XIIe siècle)

Dès le neuf janvier
tous les oiseaux accueillent l'aube
dans leurs sous-bois ombragés
quelle que soit l'heure où elle se lève

Le huit avril
les scintillantes hirondelles viennent à notre rencontre
pour que nous puissions leur demander où
elles étaient passées depuis octobre

À la joyeuse Saint-Ruadhan
les becs s'ouvrent à l'unisson, puis,
le dix-sept mai, le coucou
ne cesse de crier depuis son fourré

À Tallaght, les oiseaux interrompent leur chant
le neuf juillet pour Maël Ruain,
résistant à la corneille noire,
l'oiseau de la guerre. Nous prions pour sa protection

Traversant les mers froides, l'oie bernache paraît
le jour de Ciaran, fils du menuisier.
À la Saint-Cyprien le sage,
le cerf brun mugit dans la plaine rougie

Six mille années blanches
d'un monde aux cieux cléments
et cependant les mers fendront la terre partout
quand la nuit s'achèvera et que les oiseaux hurleront

Doux est leur chant de louange
au Seigneur Dieu du ciel,
le Roi brillant entre les nuages –
réjouissez-vous et entendez leur appel.

CARMEL

Lorsque Nell eut neuf ans, et Carmel l'envie désespérée de réintégrer le monde, elle rencontra un homme dans une file d'attente pour acheter des billets à l'Abbey Theatre. Il la saisit par le coude avant de se récrier : "Oh, pardon, je vous avais prise pour quelqu'un d'autre", sur quoi il ajouta : "Mais vous êtes la fille de Phil McDaragh." Il y avait une telle douceur dans sa surprise, Carmel eut immédiatement envie de lui dire qu'il n'avait manifestement aucune idée de qui elle était *vraiment* ; pour se retrouver aussitôt submergée par le désir qu'il lui pardonnât toutes ses cruautés silencieuses.

"Oui. Oui, c'est bien moi.

— J'adore ce petit poème sur le roitelet."

Durant l'entracte, il vint la voir et prit un verre avec Orla Hughes et elle en discutant de la pièce. Il était seul, dit-il. Et effectivement, il avait tout à fait l'air du genre de personne qui vient au théâtre seul. Orla le reconnut de l'époque de l'école. C'était Ronan Bresnihan, d'Emor Road.

"Où étais-tu passé ?

— À Londres", répondit-il.

Il demanda à Carmel si elle écrivait de la poésie, elle lui répondit d'aller se faire foutre.

"Je n'écris pas."

Lui aurait bien aimé mais il en était incapable, ajouta-t-il.

Plus tard dans la soirée, il lui demanda son numéro de téléphone. Il semblait bien sous tous rapports.

Ils se revirent plusieurs fois, des rendez-vous normaux. Du moins se voyaient-ils d'une manière vaguement romanesque – personne n'avait jamais demandé son numéro de téléphone à Carmel, ce n'était pas ainsi que cela se passait. Ronan cependant l'invitait à sortir une fois par semaine, et au bout de trois semaines à ce rythme, sans un mot et après un long moment sur son canapé, ils se retrouvèrent au lit. Le sexe emprunta davantage au murmure qu'au cri, mais elle aima son corps étroit sous la couette. Son torse couvert d'un duvet blond et fin, sur sa peau couleur de miel. Ce n'était pas le genre d'homme qu'on imagine sans ses vêtements.

Ronan jouait de la clarinette. Il faisait partie d'un petit orchestre qui accompagnait un chœur amateur tous les jeudis soir, ils se produisaient aussi dans les mariages et les enterrements, il était rémunéré, d'assez grosses sommes parfois. L'un de ses amis, prêtre, le recommandait volontiers aux jeunes couples ou aux familles endeuillées.

"D'accord", dit Carmel, en supposant que les prêtres après tout avaient eux aussi des amis, quoique d'un genre légèrement générique. Apparemment ils se voyaient de temps à autre et partageaient des choses, des promenades, des tasses de thé.

"De quoi parlez-vous ?

— Je ne sais pas, répondit Ronan. De rugby ?"

Carmel était étonnée qu'il s'intéresse au rugby, il était si délicat, si porté sur les concepts, les abstractions. Par ailleurs il ne buvait pas d'alcool, ce qui ne l'empêchait pas de bondir sur ses deux jambes avec enthousiasme pour aller remplir son verre au bar dès qu'elle l'avait terminé. Carmel eût sans doute préféré quelqu'un de plus excitant, mais elle se disait aussi que peut-être ils étaient bien assortis. Ronan était gentil. Ils en étaient là, à se partager une eau pétillante pendant l'entracte d'un concert d'un quartet à cordes excessivement moderne.

"Tu suis le rugby ?

— Mon père, dit-il – et le mot recelait une certaine somme de complexité –, était un grand gaillard de Leinster."

Peut-être était-ce la clé du mystère. Un salaud de père. Cela avait sans doute suffi à faire subir à ce célibataire de trente-cinq ans ce qu'il avait subi pour évoquer telle ou telle ancienne petite amie sans la moindre rancœur. Pour s'habiller comme un agent de change, même en vacances, et se montrer constamment, et à regret, si intelligent. Ronan ne faisait que méditer à voix haute et s'en excuser.

"Pardon, je crois juste que…"

"Quand on y pense. Pardon, mais. Je crois vraiment."

"Ce n'est pas exactement Rembrandt, si ? Pardon."

Il passait son temps à faire voler en éclats la bulle dans laquelle vous vous teniez face à lui, ou n'importe quelle bulle d'ailleurs, et cependant ce qu'il laissait transparaître de lui était parfois adorable : il avait ainsi découvert le lave-vaisselle de son appartement six mois après avoir emménagé. Tout ce temps il était persuadé que c'était une fausse porte de placard jusqu'au jour où il s'était accroché à la poignée avec un sac en rangeant ses courses : lorsqu'il avait tiré sur la poignée, au lieu de céder à l'horizontale, elle avait basculé vers le bas. Et mis au jour ce cube en chrome brossé, brillant de ses feux secrets sous le comptoir de sa cuisine. Pas même une odeur de renfermé à l'intérieur.

Carmel n'avait jamais mis les pieds dans un quartier d'immeubles modernes à Dublin. Chez Ronan, il y avait une grande baie vitrée dans le salon avec vue sur la Dodder, face à la fenêtre se trouvait un pupitre avec sa clarinette posée debout à côté, comme si elle avait poussé de la moquette. Carmel essaya de comprendre comment c'était possible et distingua un trépied qui maintenait l'instrument debout.

"Oh, dit-elle, elle est calée sur une tige", il gloussa dans son dos, comme si elle avait dit une grossièreté.

Son lit était ferme et propre. Carmel ne se souvenait pas d'avoir un jour dormi avec un homme dont les draps étaient si immaculés. La troisième fois qu'ils couchèrent ensemble, elle n'était pas sûre qu'il eût joui, il portait un préservatif, impossible donc d'en avoir la certitude. Il alla s'arranger à la salle de bains, puis revint se coucher et s'endormit auprès d'elle, bienheureux. Carmel se glissa hors de la couette et s'habilla en silence dans le noir. Lorsqu'elle se retourna à la porte, elle vit qu'il était de nouveau réveillé et enregistra cette image dans ses souvenirs. La grande baie vitrée, le vert nuit des arbres dehors, l'oreiller blanc fendu par le poids de son crâne, la sensation des yeux de Ronan posés sur elle dans la chambre au clair de lune.

Elle commença à regarder son téléphone pendant la journée, guettant ses messages, bien qu'il eût toujours appelé le mercredi à l'heure du déjeuner pour organiser la soirée du samedi. Il lui fallut deux mois environ pour reconnaître ce schéma comme immuable.

"Oui. J'appelle à ce moment-là.

— Réglé comme une horloge, ajouta-t-elle.

— J'essaie", dit-il, sans la moindre tentative de charme. Ils allèrent dîner et il lui demanda des nouvelles de Nell, ainsi qu'il le faisait toujours, en manifestant à ce sujet la juste dose d'intérêt et de distance. Jamais il ne suggéra qu'ils aillent chez elle, comme s'il comprenait les conséquences que cela pourrait entraîner.

À l'approche de Noël, Carmel décida de franchir une étape. Elle demanda si elle pouvait emmener Nell assister au concert de chants de Noël que son chœur donnait en ville.

"Oh, dit-il.

— Sinon, ce n'est pas grave.

— Non, c'est juste. Pardon, ce n'est pas exactement King's College", répondit-il, quoi que cela signifiât. Carmel lui prit la main tandis qu'ils marchaient ensemble et la posa sur sa joue.

"Froide", dit-elle.

Il avait de belles mains fines.

Ronan l'avait bien prévenue d'arriver tôt mais, malgré leur avance, l'église était presque remplie et elles durent jouer des coudes pour trouver deux places avant de patienter vingt minutes sans que rien ne se passe. Le temps que les musiciens sortent à la queue leu leu de la sacristie et commencent à accorder leurs instruments, Nell était à moitié cinglée, puis il fallut encore attendre que le chœur arrive, fébrile, empreint de la solennité de ce grand jour.

Tout de noir vêtus, chacun avec son style, certains portaient des bonnets de père Noël ou des serre-têtes à cornes de renne qu'ils secouaient en chantant. Ils se croisaient, se faufilaient jusqu'à leurs places. Souriaient en tournant les pages de leurs partitions. Tous les âges et toutes les silhouettes de femmes étaient représentés et Carmel s'imagina debout au milieu d'elles, ses lèvres formant les syllabes éclatantes et insolites de *Good King Wenceslas*. Lorsque Ronan se mit à jouer, elle éprouva un immense pincement au cœur.

À la fin du concert, elle traîna Nell jusqu'à lui pour le saluer, et quoique la petite ne l'eût jamais rencontré auparavant et n'eût aucune idée, consciemment du moins, de qui il était, elle eut une réaction surprenante. Ronan lui demanda quel était son chant de Noël préféré et elle répondit *Santa Baby*, chanson que Carmel pensait passée de mode depuis longtemps. Tout en répondant, Nell se déhancha timidement, dans une sorte de danse du ventre timide et puérile. Elle tendit la main vers celle de Ronan et la toucha, comme si elle vérifiait sa température et son poids.

"Tu aimes *Santa Baby* ?", demanda-t-elle la tête penchée sur le côté.

Elle flirtait, si tant est qu'on pût utiliser ce mot, à neuf ans. La manœuvre était soit très maladroite, soit scandaleusement efficace, car Ronan s'écarta tandis que sa mère se redressait de plusieurs centimètres en déclarant : "Il est temps de nous en aller, Nell.

— Tu avais dit qu'on mangerait une glace.

— Une glace ? Je n'ai jamais dit une chose pareille."

Plutôt que d'aller chercher des glaces, elles préférèrent se disputer à ce sujet.

Après cet épisode, Carmel ne reconnut plus sa fille, elle était devenue différente, plus difficile. Elle en parla à Bronagh, une autre mère célibataire de l'école, et Bronagh, qui venait d'un milieu un peu plus populaire que celui de Carmel, partit d'un rire tonitruant. Confiant, à propos de sa propre fille Maya : "Elle adore les hommes. Bon Dieu, ce qu'elle les aime, si tu voyais ça. Suffit de lui en montrer un. Le flic, le médecin, n'importe quel homme un peu grand, en fait. Tout ce qui fait plus d'un mètre quatre-vingts la met dans tous ses états", poursuivit-elle en plaçant ses mains sous son menton comme une paire d'éventails de geisha.

Elles étaient debout côte à côte le long d'une aile du grand hall, à regarder leurs filles débouler dans le marché de Noël avec leur petite bande. Les filles bondissaient d'un stand à un autre en jupes, collants et bottes UGG au bout de leurs jambes filiformes. Nell gambadait joyeusement du bric-à-brac aux poissons rouges, elle pointait du doigt, touchait ceci, soulevait cela pour en regarder le prix. Et chaque fois que Maya remontait le courant de leur petit groupe en ébullition, le groupe changeait d'endroit.

Maya était exclue par les autres filles et Bronagh, qui n'en ignorait rien, était livide d'inquiétude. Elle ne pouvait pourtant pas s'avancer au-devant d'elles et les affronter – ces petites *salopes*, comme elle les appelait –, les enseignants n'étaient d'aucun secours, qui la traitaient en femme déchue sous prétexte que Maya n'avait pas de père. Carmel songeait que sans doute elle avait raison. Il y avait bel et bien un froid de ce côté, après tout c'était une école religieuse. Même les couples séparés faisaient semblant d'être encore ensemble, et leurs enfants semblant de ne pas s'en soucier.

Carmel, qui n'avait croisé Maya que dans les fêtes d'anniversaire et autres soirées pyjamas, l'avait vue se débattre pour comprendre ce qu'elle faisait de travers, sans succès. Elle restait dans le sillage du groupe, le visage froissé et de plus en plus furieux, songea Carmel. Eût-elle été une adulte, ses yeux vides, brûlants auraient paru carrément fous. À huit ou neuf ans, le monde était une jungle. Maya avait commencé sa puberté, ce qui n'arrangeait certainement rien. La dernière fois qu'elle avait dormi à la maison, Carmel avait dû lui trouver des serviettes hygiéniques avant de se plier en deux pour faire les lacets des nouvelles baskets qu'elle ne savait pas comment attacher.

"Une oreille de lapin, deux oreilles de lapin, et hop dans le trou."

Comme d'habitude, Nell s'en contrefichait. Quand la petite troupe s'élança dans la cour, elle longea le rebord du caniveau, les bras écartés, battant l'air, comme si elle avait besoin pour accomplir sa performance d'une solitude totale et absolument intrépide.

La semaine suivant Noël, Ronan resta dormir pour la première fois.

"Nell, j'ai invité un ami jeudi soir.

— Quoi ?

— J'ai un ami qui dort à la maison."

Carmel avait utilisé sa voix "neutre", ce qui fonctionnait la plupart du temps. Ce même ton qu'elle avait employé le jour où Nell, quatre ans, avait appelé un inconnu "papa" au parc parce qu'elle avait cru comprendre que c'était le nom que les petites filles donnaient aux hommes de grande taille. Cette même voix dont elle se servait pour affronter toutes les questions concernant les origines : "Non, ma chérie, tout le monde n'a pas de père", et pour toutes les adorables erreurs de jugement de Nell – des années durant, elle avait cru par exemple que l'expression "mère isolée" signifiait "mère d'un seul enfant". Triomphale, Nell était ainsi demeurée le centre de sa vie – elle commençait cependant à avoir quelques soupçons. D'ordinaire, elle opposait des réactions neutres à la voix neutre, ces derniers temps pourtant il semblait que la voix neutre s'aventurait sur des territoires inattendus.

"Mon ami, Ronan.

— OK, commenta Nell.

— Il est gentil."

Puis il fut là. Deux jours après Noël, Ronan errait sur le palier, tout habillé, arrivé tardivement pour partager leur petit-déjeuner, pinçant son pantalon en toile au niveau des genoux avant de s'asseoir en disant : "Volontiers, du porridge. Merveilleux. Pardon, ce sera parfait."

"Tu te souviens de Ronan, Nell."

Après deux bouchées rases, Nell recula sa chaise et sortit en courant de la cuisine.

"Tout va bien ?"

Elle s'absenta si longtemps que Carmel ne respirait plus. L'enfant remonta l'escalier à pas lourds et se présenta à la porte décorée d'une guirlande de cygnes en papier. Elle la démêla et l'accrocha au rebord de la table en procédant comme si Ronan n'était pas installé dans le chemin. Tandis qu'elle inclinait et poussait chaque cygne bien droit, elle se décala sur le côté pour lui faire face. Une sorte d'approche furtive.

"C'est moi qui les ai fabriqués", dit-elle.

La réaction de Ronan fut presque élégante.

"Et ils sont tous identiques ?

— Celui-ci non.

— Peut-être que c'est une oie ?"

Nell marqua un silence, la réflexion lui paraissait à la fois stupide et intrigante.

"Tu as déjà vu une baudroie ? demanda Ronan.

— Une baudroie ?

— Pardon.

— C'est *même* pas une oie, reprit Nell.

— Je sais. Pardon."

Carmel passa l'éponge sur le comptoir en faisant semblant de ne pas les observer. Nell avait régressé de manière absolument époustouflante. Elle se comportait comme une enfant de cinq ans, pas l'enfant de cinq ans dont sa mère se souvenait cependant. Elle dévoilait une version inédite d'elle-même, un nouvel axe.

Dans un éclair d'incertitude, elle siffla en direction de sa mère.

"Comment il s'appelle ?

— Ronan", répondit Carmel.

Elle se retourna vers lui.

"Ronan, dit-elle d'une voix stricte. Tu les aimes ?"

Quand elle était petite, Nell ne laissait Carmel parler à aucun autre être humain qu'elle : ni à un vendeur, ni à un enseignant, ni à un voisin dans la rue. Rien qu'à l'idée de devoir partager l'attention de sa mère, elle tirait sur ses vêtements et se mettait à gémir.

"Maman."

"Ma-man."

"Ma-a-man !"

Carmel s'attendait à un élan de possessivité face à Ronan, jamais elle n'avait imaginé que cet élan pût être dirigé vers lui et non vers elle.

Pas plus qu'elle n'avait anticipé ces *yeux de biche*.

"Laisse Ronan tranquille, Nell.

— Je lui montre juste mes origamis, Mère."

Ainsi donc, était-elle devenue "Mère". L'enfant avait opéré un changement de classe sociale, déjà. Carmel essaya de se représenter l'impression produite par sa fille. Elle ressemblait bel et bien au genre de filles qui en harcèlent d'autres à l'école.

"Souhaites-tu finir ton bol, Nell ?"

Pas de réaction.

Carmel termina de débarrasser la vaisselle du petit-déjeuner avec vigueur, elle défit le rebord du sac-poubelle, en noua la ficelle bien serrée. Elle n'arrivait pas à y croire. Tout ce temps consacré à cet unique être humain. Neuf années de sa vie, dont elle avait peine à se rappeler même – une sorte de sirène interrompant sa vie neuf années durant. Une fureur déferla sur elle, l'impression d'avoir été irrémédiablement prise au piège tout ce temps et d'être maintenant rejetée.

"Bon, allez, toi. Ça suffit."

Nell se tourna vers elle avec un regard hautain.

"Dans. Une. Minute."

Ronan, interrompu dans ses réflexions sur les cygnes en papier, baissa les yeux.

"À moins que ce ne soient des canards", ajouta-t-il, tranquillement.

Il avait raison. Rien de tout cela n'était sérieux, au contraire c'était charmant. Nell avait pour lui des attentions innocentes – voire bienveillantes – et lui se rendait accessible pour elle. C'était un spectacle adorable.

Ils traversaient ces jours désœuvrés d'après Noël, où il n'y avait pas grand-chose à faire, à part manger les restes, pendant que, dans tout le pays, les familles se rassemblaient entre les murs de leurs maisons. Dans l'après-midi, ils allèrent se promener le long de Seapoint, Nell dans le nouveau manteau que lui avait apporté le père Noël, et qui avait une allure délicatement victorienne, légèrement décalée par rapport à ses bottes en peau de mouton. Elle bavardait de bon cœur avec Ronan, tandis qu'ils se faufilaient entre les gamins et leurs trottinettes ou vélos flambant neufs. Lorsqu'ils obliquèrent vers le quai ouest, elle tressaillit face à un chien – Carmel ne croyait pas une seconde que Nell eût peur des chiens – et Ronan lui raconta qu'il possédait le don de pacification des animaux. Savait-elle de quoi il s'agissait ?

"Quoi ?"

Ronan détourna le regard vers la baie, comme si l'histoire qu'il s'apprêtait à raconter était écrite sur l'eau. Il tenait son nom d'un saint, dit-il, très, très ancien, qui avait quitté l'Irlande par la mer sur un bateau en pierre. Lorsqu'il avait accosté en France, le pays était envahi par les loups et saint Ronan s'était enfoncé dans la forêt qui à l'époque recouvrait encore toute l'Europe. Les loups se rassemblèrent alors autour de lui et reniflèrent la doublure de ses vêtements. Ils s'assirent, gémirent, s'allongèrent et roulèrent sur leurs dos pour montrer leurs ventres velus et charnus de loups, car, croyez-le ou non, c'était un saint irlandais et c'était là son don.

Un miracle, tout comme son bateau en pierre, qui n'avait pas coulé.

Ils contemplèrent tous deux la mer d'huile et le nuage du soir, d'un violet spectaculaire, qui la surplombait.

"Tu préférerais être tuée par un loup ou par un léopard ?" demanda-t-il, et Nell, qui n'avait pas oublié de se montrer séductrice, répondit : "Eh bien, je ne sais pas. Peut-être un léopard ?

— Question piège, Nell. Les loups ne chassent qu'en meutes. Je suis désolé, mais si tu te retrouves face à un loup solitaire, tu ne risques pas de mourir."

Ils arrivèrent à la maison pleins d'allant, s'effondrèrent dans les fauteuils du salon et il n'y eut pas la moindre dispute avec Nell au sujet des écrans ou d'autres bêtises, elle était tout à son affaire, à jouer à des jeux de société, rapporter au salon des livres à lire, jusqu'à s'affaler sur les genoux de Ronan, qui n'opposait pas la moindre résistance à ses exigences, quelles qu'elles soient.

Après le dîner, ils s'installèrent tous les deux sur le canapé et se mirent à tourner les pages d'un livre sur les marsupiaux. Nell expliqua que les ornithorynques à bec de canard avaient des épines venimeuses sur les coudes.

"Je ne me souviens plus du nom de ce truc, ajouta-t-elle, en se frottant le coude tandis que Ronan s'enthousiasmait de bon cœur pour cette information.

— Franchement, dit-il. L'Australie.

— Je sais", répliqua-t-elle.

Carmel maintenait un couvercle sur ce qui grondait en elle à les regarder ensemble. Impossible de dire si cette nouvelle configuration était bel et bien réelle ou si c'était une sorte de jeu que Nell avait inventé pendant que les adultes étaient occupés à leurs propres jeux. Ils formaient une famille. C'était trop, et sans doute c'était faux, et cela procurait un trop-plein de plaisir à Carmel.

À minuit et demi, Nell était encore debout et lorsque Carmel finit par réussir à la traîner physiquement jusqu'à sa chambre, elle redoubla d'efforts pour lui réclamer une histoire puis une autre, jusqu'à ce que Ronan se plante sur le seuil et suggère de lui en lire une lui aussi, si elle le souhaitait.

"Il n'en est pas question, dit Carmel.

— Si, je veux, dit Nell.

— Non.

— Je veux", siffla-t-elle. Il y eut alors une reddition brève et muette ; Nell se raidit tel un démon tout en tensions et respiration suspendue, tandis que de l'autre côté de la porte, il se retirait docilement.

Se confondant en excuses et regrets, Ronan prit congé avant l'heure du déjeuner. Une fois qu'il fut parti, Carmel se retourna vers Nell.

"Alors ?

— Quoi ?

— Qu'est-ce que tu en as pensé ?

— Ouais, ça va", dit-elle.

Une demi-heure plus tard, dans une maison beaucoup trop silencieuse, Carmel alla vérifier et trouva sa fille dans la salle de bains du rez-de-chaussée fixant la cuvette des toilettes maculée de sang. Il s'avéra que c'était du vernis à ongles, un flacon entier que Nell avait renversé sur la porcelaine, précautionneusement, afin de jouer à un petit jeu ancien.

"C'est tombé, cria-t-elle. Ça vient de tomber."

Elles criaillaient et vacillaient dans la petite pièce, oscillant toutes deux en plein chaos, en pleine confusion.

“Qu’as-tu fait ? Qu’étais-tu en train de *faire* ?

— C’est juste tombé.

— À quoi tu pensais ?

— Je ne sais pas ! C’est tombé. Ça vient juste de tomber.”

Nell finit par trouver une échappatoire et se sauva, telle une guêpe s’envolant d’un pot de confiture.

Ronan passa le Nouvel An avec sa mère et sa tante, qui vivaient ensemble dans un cottage des collines de Wicklow. En janvier les appels du mercredi reprirent, suivis des excursions culturelles ou gastronomiques du week-end. En un sens, c’était comme si les journées avec Nell n’avaient pas existé. Ronan poursuivait ses réflexions ; continuait de se sentir tristement obligé de corriger toutes les idées fausses qui circulaient dans le monde, tout en continuant également de demander des faveurs sexuelles à Carmel comme il aurait demandé son chemin à une inconnue dans la rue.

Une gentille inconnue. Mais quand même.

Son don pour les enfants – ou bien son don pour oublier leur existence – interrogeait Carmel sur son passé. Aussi bien il avait un enfant à lui quelque part, comment le saurait-elle. Il avait passé dix ans à Londres, était rentré à Dublin quand son père était mourant et puis avait décidé de rester. L’homme était un grand praticien hospitalier ; avec une grosse réputation. Ronan était parti à cause de lui, il fallait qu’il s’en aille. Malgré tout, il y avait beaucoup d’amour.

“Bien sûr qu’il y avait de l’amour, dit Carmel.
— Oui. Pardon. Je ne sais pas.”

Son père n’était pas quelqu’un de facile – Ronan avait abandonné son doctorat, plusieurs années auparavant, faute d’arriver à satisfaire les attentes de cet homme.

“Tu n’as pas idée.” Rien que d’y repenser, son visage se vidait.

Il avait travaillé si dur.

Carmel ne savait pas quoi répondre à cela.

“J’avais fini toute la phase de recherches, dit-il. Tellement de recherches.

— Oh je vois, répondit-elle.

— Pardon ?”

Il la regarda, cligna.

Ronan avait tellement de chance, pensait Carmel. Il avait un appartement dont il n’avait aucun mal à payer le loyer, un boulot qui lui prenait six heures par semaine. Cet homme avait plus de temps libre que quiconque dans son entourage. Il possédait un mur entier recouvert de livres reliés, des tableaux reçus en héritage accrochés aux murs, il passait une partie de ses journées à méditer. De temps à autre, il s’était essayé à la poésie, mais il n’en était rien ressorti de bon, disait-il. Un soir, il montra à Carmel une pochette remplie de photos grand format prises autour du cottage de sa mère, ces images avaient manifestement une signification importante pour lui mais elle ne voyait pas laquelle. Les couleurs étaient ordinaires, les montagnes imposantes semblaient proches. Ici ou là, on apercevait la lueur lointaine d’un champ de colza, le frémissement du vent sur un champ d’orge verte ; un mouvement suggéré quelque part, attirant votre attention ; l’eau immobile soudain ourlée d'une ride unique, l'esquisse d'une ombre frôlant un pan de marécage banal. Et Carmel était incapable de décider si l'effet en était accidentel ou exquis.

“Charmant, dit-elle. Est-ce que c'est vers Bohernabreena ?

— Non, en fait, pardon, celle-là est à Kippure.”

Ils se connaissaient depuis cinq mois. Elle n'avait pas le sentiment d'être plus proche de lui, en regardant ces photos. C'était comme si elle n'avait pas encore trouvé le lave-vaisselle tout en sachant qu'il devait forcément y en avoir un.

Avec les années, Carmel commença à croire qu'il y avait quelque chose chez les autres qu'elle ne comprenait pas. *Carmel tu n'as aucune imagination.* Certains jours, elle avait l'impression que le goût des choses lui échappait – jusqu'à ce qu'elle voie Nell, bien sûr, et que le film repasse immanquablement en technicolor. Mais parfois, vivre sans Nell revenait à attendre, assise dans une pièce vide. Le premier jour de février, des perce-neige se matérialisèrent, tremblants dans la partie ombragée du jardin. Le genre de choses que Ronan aurait sans doute photographiées, pensa-t-elle, terrifiée à l'idée que cette pensée nouvelle lui traverse l'esprit.

Le samedi suivant, elle envoya Nell dormir chez une copine, et passa la nuit chez lui. Lorsqu'il se réveilla et la vit dans le lit, Ronan fit une sorte de bond en arrière.

“Café ?” proposa-t-il.

Après le petit-déjeuner, il eut envie d'aller se promener le long de la Dodder. Il était neuf heures, il avait abondamment plu toute la nuit, Ronan dissertait sur les fleuves de Dublin, sujet sur lequel les gens étaient souvent mal informés. Prends la Liffey, par exemple – pardon, s'excusa-t-il, mais ce n'est pas le nom de ce fleuve en réalité, c'est le nom de la plaine alluviale où il coule. Le fleuve lui-même s'appelait *the runner*, le "coureur", ce qui avait beaucoup plus de sens, depuis quand un marécage se transforme en ruisseau ? Depuis quand la circulation ordinaire de l'eau est-elle représentée par un trait bleu sur une carte ?

Carmel ne l'avait jamais vu si expansif.

"Ton père a écrit un poème à ce sujet, dit-il.

— Au sujet de la Liffey ?

— Non, bien sûr que non." (Comment pouvait-elle comprendre de travers son propre père ?) C'était une sorte de chansonnette, une comptine qu'il se mit à fredonner, tout en la reconstituant en chemin.

"Voulez-vous danser la polka / Dit la Dodder à la Tolka."

Il faisait tourner devant lui un bâton de majorette imaginaire.

"Voulez-vous dum-di dum-di dum-di."

Il se tourna vers elle. Il était fou de joie.

"C'est quoi la suite ?

— Aucune idée, dit-elle. Sérieusement, je crois que tu es en train de l'inventer.

— Dit le Poddle au Slang !"

Le titre du poème était "Conversation fleuve", elle s'en souvenait, forcément. Mais non, vraiment, non. Ils arrivaient près des arches du viaduc de Milltown, qui enjambait l'étroite vallée. Ronan s'interrompit et désigna l'autre rive.

"Et le voilà. Sérieusement. Le Slang en personne."

Personne ne connaissait ce ruisseau, dit-il, il prenait sa source dans les montagnes et traversait

Dundrum, la banlieue de Dublin, sous terre, dans un grand tuyau de béton. Il coulait sous les lotissements et les ronds-points, sous le salon de coiffure et l'école. Et tu sais, *"slang"* désignait également une bande de champ le long d'un fleuve. Tout en étant le nom de cette rivière-là. Ainsi que le nom d'un type de langage, l'argot.

À ce stade, Ronan était absolument exaspérant, pourtant Carmel demeurait coite, absorbée par la confluence des deux ruisseaux, de l'eau noire dans de l'eau noire. Un phénomène qui se produisait depuis si longtemps. Ces eaux traversaient d'anciens chemins, charriaient autant d'empreintes. Une manière secrète de raconter la terre. Elle sentit les pieds de son père s'enraciner dans ses chaussures, quelque chose d'autre encore s'installa sur ses épaules : son agitation bondissante, son sens de l'observation, auquel pas un détail n'échappait, son œil qui dévorait le décor.

Ils étaient parvenus à l'abri de l'arche en pierre grise lorsque Ronan se tourna vers Carmel.

"C'est joli, non ?"

Il ne parlait pas du poème. Il voulait dire que tout était joli.

Il se remettait à pleuvoir, mais il y avait de la lumière dans l'atmosphère, un éclat. Le fleuve déferlait à grandes eaux et toutes les couleurs autour étaient intensifiées par l'humidité.

"Oui", dit-elle.

Il l'embrassa.

"Hé !"

La pierre résonna tandis qu'il levait la tête et criait.

"Hé !"

Carmel l'attrapa par les pans de son manteau et le poussa vers le rebord du fleuve.

"S'il te plaît, tais-toi", demanda-t-elle.

C'était parce qu'elle lui plaisait. C'était pour cela qu'il parlait autant. Parce qu'elle avait passé la nuit chez lui, parce qu'elle s'était réveillée dans son lit et qu'elle marchait à présent avec lui sous la pluie.

Le sentiment traversa Carmel fugitivement et la laissa mortifiée.

Elle lui plaisait.

Ronan continuait de parler de Phil, qui avait parcouru toute la longueur de la Dodder, jusque dans les montagnes. Cela figurait dans un poème, du recueil *The Bell* peut-être.

"Qui l'a écrit ? demanda Carmel.

— J'ai oublié." C'était une parodie de récit héroïque. En passant devant la maison d'Austin Clarke – qui se trouvait sur le pont de Templeogue – Phil avait balancé un palet de fumier de vache séché dans la fenêtre de façade, à cause d'une critique que Clarke avait rédigée à son sujet dans l'*Irish Times*.

"Tu le connais forcément.

— Oui, peut-être", dit-elle, bloquée sur le mot "palet". C'était bien le genre de Phil, effectivement.

Il avait tournoyé sur la route et lancé son projectile dans un geste d'autrefois, "tel Ulysse aux jeux phéniciens". Carmel fut alors renvoyée droit à son enfance, à ce samedi matin chez eux, à l'horrible affaire qu'était chaque semaine l'arrivée du journal : cacher le journal, le maintenir hors de sa portée le plus longtemps possible, leur père se lèverait d'humeur revêche, en retard, et si par chance il avait le temps de prendre son petit-déjeuner avant de voir le journal, alors peut-être l'article d'Austin Clarke en ouverture des pages livres, dispensant ses critiques sur les poètes irlandais, ne le mettrait pas dans une de ses colères noires. Les mauvais jours, le journal se retrouvait chiffonné dans la corbeille, à peine lu, les jours encore plus mauvais, une soufflante vous passait au-dessus de la tête, puis le vent de sa fureur, rugissant à travers la maison à la recherche de ses chaussures. Ce devait être un de ces samedis, précisément, qu'il avait balancé de la bouse de vache sur la fenêtre d'Austin Clarke avant d'aller s'en vanter dans tous les pubs.

Tel Ulysse aux jeux phéniciens.

Carmel et sa mère concevaient une honte terrible de ses conversations de comptoir – qui vous revenaient en boomerang.

Ainsi que justement elles venaient de le faire. Combien de décennies après ?

Et cependant elles n'avaient pas exactement honte, songea Carmel, de ses cris, de ses coups, ces événements-là demeuraient en interne, en quelque sorte. Cet homme faisait deux fois sa taille, il était son père, le dos de sa main était comme les caprices du ciel, il suffisait de s'en protéger. Et si vous n'y arriviez pas, vous ne pouviez vous en prendre qu'à vous-même.

Il n'y avait pas de méchanceté en lui, leur disait leur mère. C'était un grand enfant.

Ronan parlait de la cheminée en briques qu'ils venaient de dépasser sur la rive, qui appartenait au moulin qui avait donné son nom à la ville de Milltown, Carmel l'interrompit : "Je crois que je vais rentrer chez moi."

Il ne cilla pas. Tandis qu'ils rebroussaient chemin, il lui montra du doigt des poules d'eau nageant sous la pluie.

“Beau temps pour les canards”, déclara-t-il.

Quelques semaines plus tard, il y eut une soirée dans une bibliothèque locale pour célébrer le legs d'archives de Phil, et Carmel ne savait pas si elle avait envie d'inviter Ronan ou non. Le contexte était déjà très tendu. Les archives en question émanaient de l'épouse américaine, une femme qu'elles étaient désormais obligées d'appeler “Connie”. Connie avait proposé de donner les derniers carnets de Phil et Imelda était convaincue que c'était là une sorte de manœuvre de sa part. Il y avait eu des appels et des courriers pour déterminer la propriété des différents écrits, Carmel, quant à elle, en avait juste assez de tout ce fatras.

“Elle ne *prend* rien, trancha-t-elle, elle donne quelque chose.”

À quoi Imelda répondit : “C'est ça, oui.”

L'année précédente, Connie avait déboulé à Dublin et les avait invitées toutes les deux à l'heure du thé au Shelbourne, où elles avaient pris place sur des canapés bas, contemplé le plateau de pâtisseries et papoté aéroports.

“Est-ce que vous arrivez de JFK ?

— En fait, j'ai décollé d'O'Hare.”

Il y avait des scones à l'étage inférieur du plateau, de minuscules sandwiches sur celui du milieu et des pâtisseries chics en haut – le tout parfaitement intact. Un podium de gourmandises.

“Qu'est-ce qui vous amène en Irlande, Connie ?”

Quinze ans s'étaient écoulés depuis l'enterrement de leur père, et voilà qu'elle débarquait tout à coup – tel un fantôme en pantalon de soie et veste chic. Ses mains se posaient avec précision sur la tasse qu'elle avait soulevée de sa soucoupe, sa voix était légère, égale. Il était important que chaque chose se trouve à sa juste place, et la place des derniers carnets de Phil était en Irlande.

"Vous croyez ?" demanda Imelda.

Connie cherchait à retrouver un "équilibre personnel", dit-elle. À l'écouter, la liquidation de l'héritage de leur père ressemblait à une séance de spa, à un choix de style de vie. Elle ne mentionna pas le fait qu'elle avait couché avec lui, qu'elle l'avait épousé, volé, puis soulevé du sol des toilettes le jour de sa mort. Pas plus qu'elle ne parla de son statut de belle-mère – cela aurait été absurde. Elle avait quelque chose comme deux ans de plus qu'Imelda. Et dix kilos de moins que Carmel, à vue de nez.

"Je crois qu'il serait heureux de les voir revenus au bercail."

La femme s'interrompit, figée par quelque souvenir fixé dans son esprit. Elles furent toutes saisies de même ; l'éclair, puis la brûlure de Phil.

Carmel se pencha en avant et préleva un minuscule gâteau sur le plateau supérieur.

"Je trouve que c'est une idée charmante, commenta-t-elle.

— Je suis si contente."

Connie reposa la tasse et la soucoupe, un silence lourd retomba.

"J'ai été ravie de vous rencontrer", dit-elle. Carmel imaginait cette Américaine déçue par son premier mariage, voulant en finir avec toute cette histoire.

Peut-être d'ailleurs qu'elles en étaient toutes là. Qu'il était temps de laisser ce vieil enfoiré s'en aller enfin.

"Qu'est-ce que tu en as pensé ?" demanda-t-elle à Imelda tandis qu'elles revenaient vers Dawson Street, et sa sœur aînée répondit alors : "Le culot de cette femme. Le culot absolu."

Pour marquer l'événement, on réunit une poignée de poètes mineurs dans une bibliothèque locale, à qui l'on servit du vin ordinaire. Ronan parut, en veste en tweed et pantalon en velours moutarde. Il se fondait dans le décor à la perfection. Lorsqu'on le présenta à Imelda, il déclara : "J'ai toujours adoré ses traductions de l'irlandais, c'est d'une telle modestie." À quoi elle répondit : "Oui. Oui."

On prononça des discours, porta des toasts. Imelda, en tant que fille en chef et endeuillée officielle, déplia une liasse de feuillets, courba la tête en direction du micro et évoqua le grand amour qui unissait son père à sa mère et qui, à travers la poésie de Phil, ne se fanerait jamais.

Debout d'un côté de la salle durant tout ce temps, Connie continuait de sourire. Elle portait un costume gris tourterelle sur une blouse de satin noir, l'espace d'un bref moment, Carmel se demanda ce qu'elle avait bien pu trouver à Phil, lui qui était à peine sortable, même selon des critères réactualisés. Elle se demanda également si elle avait fait de la chirurgie depuis leur rencontre au Shelbourne, en effet elle avait désormais l'air bien plus jeune qu'Imelda, qui psalmodiait, sur le podium, dans ses vêtements de deuil.

“Et dire ma gratitude aussi d’avoir eu un tel homme pour « papou ».”

Nell observa la scène d’un air grave, puis elle déambula lentement devant les photos exposées aux murs. Il y en avait une de son grand-père en tricot de corps sur une route forestière, une tige de foin entre les dents. Certaines de ses images étaient familières à Carmel, d’autres représentaient une vie dont ses filles n’avaient jamais fait partie. Phil, dans ce même tricot de corps, des gratte-ciel en arrière-plan. Phil en toge universitaire, recevant un diplôme sur scène. Deux clichés en noir et blanc avaient été pris dans les nuances de gris et la lumière saturée de la Grèce, par un journaliste sans doute. Une contre-plongée prononcée montrait un homme assis à une table dehors, torse nu, bronzé, c’était Phil, écrivant un poème. À la même table, une scène après un dîner : le bras de Phil passé autour d’une femme penchée de l’autre côté pour poser auprès d’un homme plus âgé. La femme a les cheveux noirs, elle est d’une beauté qui ne peut être que l’apanage de la jeunesse – cela dit, même Phil paraît d’une jeunesse insolente. Trois ans après les avoir abandonnées à Dublin, il était dans une forme éclatante.

Et morose, d’une manière poétique. La fille était celle qu’il avait fait sortir dans la rue en chemise de nuit – d’après la rumeur du moins. Sur la photo, ils sont manifestement en pleine dispute. Dans le poème, elle saigne d’une blessure au poignet.

Perséphone abandonne son trône
neuf perles de sang écarlate
en bracelet autour de l’os

Le temps avait passé sans que jamais Carmel pût faire quoi que ce soit d'autre de ces histoires que les ignorer.

C'était l'inconnue au portail, ses gants en laine rouge serrés autour des barres métalliques. C'était cette femme pleurant à son enterrement, sans y avoir été autorisée. C'était cette fille amoureuse de la mort, qui avait couché avec le père de Carmel parce qu'ainsi elle avait l'impression de coucher avec la mort en personne.

Connie se posta à côté d'elle, dans un nuage de parfum léger, qui fit sursauter Carmel. On aurait dit qu'elle se déplaçait sur roulettes. L'Américaine déclara : "Merci de vous être montrée si raisonnable et si généreuse dans cette histoire. J'avais besoin de clore cet épisode. Je suis tellement contente que nous ayons pu être réunies ce soir, c'est vraiment très important pour moi. Oh, et est-ce que c'est Nell ?

— Oui, c'est elle. Dis bonjour Nell.

— Salut mamie."

Connie éclata d'un rire qui la transfigura littéralement, son visage soudain tout ouvert.

"Par alliance, oui. Je suppose."

Ronan scrutait la photo de la scène de dîner. Il avait une main dans le dos, penché en avant pour lire l'écriteau.

"Est-ce que c'est la poétesse ?" demanda-t-il en se redressant.

Il s'adressait à Connie.

"Vous la connaissez ?

— Oh non, dit-il. Oh Seigneur, pardon. Non."

Il fallait bien admettre que Ronan commençait sérieusement à lui taper sur les nerfs – sauf au lit, où il était de moins en moins timide. Carmel s'était mise à guetter avec impatience les fins de soirée du samedi, et à redouter la montagne de bavardage à traverser pour l'atteindre. Un vrai moulin à paroles. Ronan avait l'habitude étrange de poser des questions qui ne viendraient jamais à l'esprit des autres hommes : Savait-elle comment changer le code PIN d'une carte bancaire ? Quelle était la différence entre les ampoules à filament et les néons ? Savait-elle conduire un van ? Faut-il passer un permis spécial pour conduire un van ? Valait-il mieux qu'il utilise un dentifrice blanchisseur d'émail ou bien un dentifrice pour dents sensibles ? Le gouvernement était-il en possession de ses données bancaires, des données bancaires de tout le monde ? Comment payait-elle ses impôts ? Devrait-il abandonner la clarinette au profit de la guitare ?

Il aimait les longues promenades à pied. Après cette première grande marche le long de la Dodder, cela devint un rituel dominical. Une semaine, ils remontaient jusqu'à Bray Head, la suivante, ils parcouraient les quais de long en large. Nell se joignait volontiers à eux, étonnamment, elle abandonnait sa Nintendo et filait chercher ses chaussures. Sur le parking de Killiney, elle courait vers Ronan et ils commençaient à grimper sur la colline tous les deux comme s'ils n'étaient venus que pour cela.

Carmel suivait derrière, un peu maussade. Les ajoncs avaient fleuri, l'atmosphère était aussi aromatique que dans le poème de Phil sur son premier rendez-vous avec sa mère. Elle songeait à Terry arpentant ce même chemin dans cette jupe jacinthe dont elle ne se départit jamais. Elle était restée suspendue dans son armoire de Dun Laoghaire des années durant. La taille était minuscule, une quarantaine de centimètres pas plus. Petites, elles se faufilaient jusqu'à sa chambre pour l'essayer, mais Terry était plus menue et plus belle que ses deux filles ne le seraient jamais. Un coton luisant, quel que soit son nom.

Parvenus près du sommet de la colline, Ronan et Nell se retournaient pour contempler la côte en direction de Bray.

"Que des protestants, dit-il en désignant le domaine immobilier rutilant en contrebas. À part l'archevêque, tu vois cette tour, au loin entre les arbres ?"

Il faisait référence, non pas aux célébrités et aux avocats qui vivaient dans ce quartier aujourd'hui, mais aux familles qui l'avaient construit plus d'un siècle auparavant. Il pointa du doigt une maison ayant autrefois appartenu à un cultivateur de thé propriétaire de plantations à Ceylan. L'homme qui vivait à côté avait eu des jumeaux, nés en 1900, à l'aube des temps modernes.

"J'ai fait mes recherches", dit-il.

L'un des jumeaux était un médecin qui avait rejoint les Alliés durant la guerre, ou juste *après* la guerre. Il était allé à Bergen-Belsen et en avait ramené cinq orphelins avec lui en Irlande, cet homme s'appelait Collis.

Il se corrigea.

"Ils s'appelaient tous les deux Collis."

Puis, comme si un sous-entendu l'agaçait : "Ils étaient jumeaux.

— Tu l'as déjà dit", commenta Nell tandis que Carmel comprenait qu'il était en train de parler de sa thèse, son grand œuvre, abandonné des années plus tôt.

L'autre jumeau s'était engagé volontaire dans l'armée de terre et était allé quérir la victoire dans les campagnes anglaises avant d'écrire sur le sujet. Il écrivit sur la campagne et les saisons, la façon de seller un cheval. Son livre s'appelait *Le ver pardonne à la charrue*. Ainsi chacun avait son sujet : le génocide et la vie à la ferme.

"Bien", coupa Carmel, tâchant de distraire Nell de tout ce blabla.

Ces jumeaux – Ronan insistait à présent – avaient écrit des livres sur des choses complètement différentes mais tout aussi importantes. Ils se trouvaient à un embranchement sur la route de l'humanité. Une fourche. Par ailleurs, depuis leur naissance, leur mère avait toujours préféré l'aîné. Elle ne s'en cachait pas. Quelques minutes à peine les séparaient, mais elle préférait le premier.

"Ils étaient *identiques*.

— Oui", répliqua Nell.

Ils restèrent un moment interdits, silencieux, à regarder la vue. Les rayons du soleil couchant glissaient, bas et horizontaux, hachurant le paysage d'un halo jaune qui venait s'échouer sur le front de mer de Bray. Derrière, le Sugarloaf et le Little Sugarloaf – commença-t-il à énumérer au bénéfice de Nell –, Katty Gallagher, Djouce, Kippure.

Nell déclara : "Je crois qu'il est l'heure de retourner à la voiture.

— Je crois que tu as raison. Et elle ? demanda-t-il en désignant Carmel. On l'emmène avec nous ?"

Nell rit de sa plaisanterie. Elle prit la main de Ronan et celle de Carmel, comme une enfant dans une comédie musicale hollywoodienne, à la fin de l'histoire, quand tout est bien qui finit bien.

Le dimanche suivant, ils longèrent la falaise entre Bray et Greystones, avant de faire demi-tour vers le parking. Carmel était en train d'attacher sa ceinture, lorsqu'il lui demanda une faveur :

"J'aurais besoin que tu viennes me chercher mercredi. Un rendez-vous à Vincent pour lequel je dois être légèrement sédaté, ils refusent de me prendre si je n'ai personne pour venir me chercher et me déposer chez moi.

— Un rendez-vous ?

— Oui, enfin, tu vois."

Carmel ne pouvait pas le mercredi – elle le savait, pour la bonne et simple raison qu'il n'y avait pas de jour où elle put. De plus, à sa façon d'en parler, elle devinait que ce n'était pas pour une dévitalisation dentaire, cela se passait en dessous de la ceinture.

"Quel genre de rendez-vous ? demanda Nell depuis la banquette arrière.

— À quelle heure ?

— Je ne sais pas, répondit-il. Dans la matinée."

Carmel se demandait à quoi pouvait ressembler une vie ainsi découpée en tranches approximatives, comme le "matin" ou l'"après-midi". Elle enclencha la marche arrière, et regarda par-dessus son épaule.

"Oui, bien sûr."

Sur le chemin du retour il ne desserra pas les lèvres et, lorsqu'ils arrivèrent chez lui, il se retourna vers Nell avec un air tragique.

"Tu vois ce fleuve ? dit-il. Il s'appelle la Dodder, et il y a un martin-pêcheur qui y vit quelque part dans l'eau, je ne sais pas où exactement, mais à condition d'être parfaitement silencieux, on peut les apercevoir, car en fait ils sont deux, aussi lumineux l'un que l'autre. Ils forment un couple. Est-ce que tu saurais reconnaître un martin-pêcheur ?

— Oui.

— Il faut faire semblant de ne pas regarder, et avec un peu de chance, ils se montrent.

— D'accord.

— N'oublie pas cela.

— Je n'oublierai pas.

— Bonne chance, Nell !"

Naturellement, c'était une coloscopie. Et naturellement, l'infirmière avait bien connu son père quand elle était étudiante, et elle "adorait cet homme". Le praticien, chose extraordinaire, avait même interrogé Ronan sur la mort de son père, juste avant de lui insérer la microcaméra. En rentrant chez lui, Ronan était encore très confus. Carmel avait dû le traîner jusqu'à son appartement et attendre que la sédation cesse de faire effet, elle avait perdu une demi-journée.

Des polypes. Les fastidieuses connexions de Ronan dans le milieu médical avaient produit leur effet magique : un coup de fil du praticien, dès le lendemain matin, lui annonçant qu'il les avait prélevés "au passage" et les avait envoyés au labo. Une semaine plus tard, les polypes s'étaient avérés bénins, tous sauf un, il fallait donc effectuer une nouvelle petite intervention et un prélèvement d'un peu de tissu du colon – pas beaucoup – dès que possible. Une de leurs sorties du samedi au théâtre fut perturbée par son agitation constante sur le siège voisin. Il était incapable de manger. Il lui téléphonait pour lui faire part de ses passages aux toilettes. Après une performance légèrement angoissante – durant laquelle il avait répété son prénom un bon nombre de fois –, il cessa toute performance sexuelle pour de bon.

Le jour de l'opération, elle le conduisit à l'hôpital, l'accompagna jusqu'au bloc, sa main sur le brancard, ses yeux plantés dans les siens. Cette fois, il était sous anesthésie générale et il n'était pas encore sorti de salle de réveil lorsque Carmel était revenue après sa journée de travail plusieurs heures plus tard. Elle était plantée là, seize tâches en retard dans sa liste de choses à faire, sans aucune idée de ce qu'il se passait.

L'infirmière lui annonça : "Il ne pourra peut-être sortir que demain, difficile à dire.

— D'accord.

— Ça pourrait être n'importe quand. Ça dépend.

— Demain ?

— Ou le lendemain encore.

— D'accord."

Son nom devait être sur le formulaire. Carmel ignorait ce qui était inscrit à côté de son nom – compagne, petite amie – mais apparemment elle était responsable de Ronan, à présent.

Parce qu'ils avaient couché ensemble ? Était-ce suffisant ? Ce n'était certainement pas une question qu'elle pouvait poser à l'infirmière, qui feuilletait, avec une morosité tout efficace, un épais dossier.

" Vous avez mon numéro ?

— Il est juste ici.

— Formidable", dit-elle.

L'infirmière pensait-elle qu'elle était amoureuse de Ronan ? L'amour impliquait-il tout ceci ?

Carmel n'arrivait pas à comprendre. Comment avait-elle fini par endosser cette responsabilité qu'elle n'avait pourtant jamais recherchée ? Était-ce à cause du sexe – agréable l'espace de deux minutes, pour cesser de l'être ensuite ? Ou bien parce qu'elle avait passé la nuit chez lui ? Peut-être était-ce là que le sort lui avait été jeté. Peut-être que, pour une femme, le simple fait de s'abandonner au sommeil était suffisant. Mais alors, cela pouvait vous tomber dessus dans un bus, un avion ? Le menton oscillait, dodelinait un moment, et l'on se réveillait à côté d'un inconnu dont on portait désormais la responsabilité de s'occuper pour le restant de ses jours. Carmel avait envie de rire, en même temps, un cri intérieur résonnait sous son crâne : J'ai une fille. J'ai une fille. J'ai une fille, bon sang, elle n'a que neuf ans.

L'infirmière la dévisagea et tendit la main vers son avant-bras. "Il s'en sort très bien."

Ronan ne s'en sortait pas bien. Il y eut une infection, une crise mineure, une déconvenue, un séjour de trois semaines. Sa barbe poussa, légèrement blonde aux extrémités, et sa délicatesse continuait de fendre le cœur de Carmel. Du moins aurait-elle voulu que cela lui fende le cœur. Elle aurait voulu pouvoir s'étendre – rien qu'une fois, rien qu'un tout petit moment – et se reposer de son existence. Elle aurait aussi voulu avoir quelqu'un pour veiller sur elle, comme Ronan avait, sans conteste, des femmes pour veiller sur lui. Des infirmières charmantes, une fantastique phlébotomiste, une femme souriante et triste avec laquelle il était sans doute sorti autrefois. Carmel les voyait défiler à son chevet, des femmes issues de son chœur, venues lui rendre visite avec des cartes de vœux, des chocolats, une sœur – qu'il n'avait jamais mentionnée auparavant –, sa mère âgée, aperçue de loin, tandis qu'on l'aidait à monter dans l'ascenseur. Ainsi qu'un homme, son ami prêtre, assis en silence à lire le journal qu'il lui avait apporté en guise de cadeau, avant de l'abandonner sur son lit.

"Bonjour mon père.

— Ah Carmel. J'ai beaucoup entendu parler de vous."

Après sa sortie de l'hôpital, Carmel emmena Ronan au cinéma et se promener à Herbert Park. Un jour, elle passa le voir à son appartement, et le trouva assis là, à regarder le fleuve par la fenêtre. Tout était impeccable, mais les livres et les toiles surannées donnaient l'impression d'un appartement d'emprunt. Ronan déclara qu'ils feraient sans doute mieux de partir pour qu'il puisse se reposer au soleil, il trouvait que l'Italie serait une bonne idée, un endroit avec une piscine pour Nell.

"Ce serait chouette", dit-elle.

Quand il était à l'hôpital, ajouta-t-il, il avait pensé à elle tout le temps.

"Tout le temps", répéta-t-il en la regardant droit dans les yeux. Ce qui, songea Carmel, était un signal qu'il lui envoyait pour qu'elle s'avance et vienne embrasser sa bouche, désormais rougie par le contraste avec la barbe autour.

Plus tard, il lui demanda de sortir les poubelles en partant, ce qu'elle fit tout en se demandant pourquoi elle faisait tout ça pour une liaison sexuelle dépourvue de sexe, en essayant de déterminer la forme à donner à cet homme amoureux de sa propre déception, la nourrissant et la creusant.

Elle ne le rappela pas. Il ne la rappela pas.

Sans doute est-ce à cette époque que Nell cessa de grimper dans son lit le dimanche matin pour discuter ou faire un câlin, et lorsque Carmel lui demanda son avis sur la nouvelle jupe qu'elle s'était achetée, Nell répondit : "Bon sang, maman, *on s'en fiche*.

— Qu'est-ce que tu en penses ?" Elle tournait comme une idiote devant sa fille.

"Qu'est-ce que je suis censée en penser ?

— Tu aimes ?

— Pourquoi j'aimerais ? T'as genre cent ans. C'est une *jupe*."

CONVERSATION FLEUVE

Dit la Dodder à la Tolka
Voulez-vous danser la polka,
Voulez-vous vous joindre à nous pour le quadrille
Dit le Poddle au Slang

Avec le gargouillis du Dargle
À la fin de ses gargarismes,
Comme une danse d'eau joyeuse,
Du Santry au Swan.

Et mon sang déferle dans mes veines,
Mon pouls se met à parler
Je verse sur le côté
Où tu décides de marcher
Tandis que l'orage arrive.

L'amour est une vague, une brume
Qui se transforme en nuage, une pluie
Sur le fleuve, de l'eau dans de l'eau
Du cœur dans le cœur. Déferlant
De la colline jusqu'ici.

Voulez-vous danser la polka
Dit la Dodder à la Tolka
Voulez-vous vous joindre à nous pour le quadrille
Dit le Poddle au Slang.

Une des ampoules de la cuisine se mit à clignoter, puis grilla définitivement, Carmel n'avait vraiment pas besoin de cela. Les ampoules en question étaient des modèles industriels à filament ; elles venaient d'une boutique chère en ville, Carmel avait tiré un plaisir absurde de cet achat. Après Ronan, elle s'était débarrassée de ses vieux meubles de cuisine, mais plus elle regardait le nouvel îlot, plus elle en mesurait l'énormité et la laideur. Au bout de quelques semaines désespérantes à feuilleter des magazines de décoration, elle avait trouvé ces abat-jour orange vintage, qui ressemblaient à des casques métalliques rigolos. Puis elle avait posé un saladier rempli d'oranges sur l'îlot pour détourner l'attention de la surface pierreuse déprimante et le stratagème visuel fonctionna. L'œil allait ainsi de la couleur vive du dessus à la couleur vive du dessous, de sorte que le comptoir s'effaçait peu ou prou et que le saladier, d'un bleu ravissant, semblait flotter au centre de la pièce. Un bleu céruléen. Carmel achetait des oranges de Jaffa, fraîches, à la peau rugueuse, que Nell adorait manger en rentrant de l'école. On l'entendait ainsi faire le tour du comptoir et jongler avec une orange, qu'elle se passait d'une paume à l'autre avec un bruit mat.

Un aller-retour au magasin d'ampoules plus tard, celle qui avait grillé avait été remplacée et tout était rentré dans l'ordre, jusqu'à ce que la nouvelle grille à son tour, peu de temps après. Carmel n'arrivait pas à comprendre pourquoi. La rangée de lampes était branchée sur le même câble, dont le fusible n'avait pas sauté. Lors de son passage suivant, elle constitua un stock d'ampoules, dix jours plus tard, elle était revenue à la case départ. Elle actionna l'interrupteur mais la lumière entre l'îlot et l'évier demeura obstinément éteinte.

Lorsqu'elle finit par réussir à faire venir un électricien, il vérifia l'installation, effectua quelques changements pour en modifier les paramètres, quoiqu'il n'y eût aucun problème manifeste. La fois suivante, elle le persuada – contre son avis éclairé – de changer tous les câbles jusqu'à l'interrupteur, la nouvelle ampoule grilla avant même qu'elle ait le temps de faire venir un maçon pour recouvrir la fissure creusée dans le mur.

Carmel crut devenir folle. Chaque fois qu'elle pensait le problème réglé, elle distinguait ce *ding ding* ténu précédant la mort de l'ampoule, et lorsqu'elle arrivait dans la cuisine et actionnait l'interrupteur sur le mur désormais ruiné, elle obtenait le même résultat. Nell pelait son orange au-dessus de la poubelle, sans rien dire. Ou bien elle levait la tête et lâchait un "Mmh".

Alors Carmel sut.

"Est-ce que c'est toi ? interrogea-t-elle.

— Quoi ?

— Est-ce que c'est toi qui as fait ça à l'ampoule ?

— Quoi ?

— Est-ce que tu as cassé l'ampoule ?

— Non.
— Est-ce que tu as lancé ton orange sur l'ampoule ?
— Est-ce que j'ai lancé mon orange ?"
Cette répétition, en langage de Nell, valait un "oui".
"Oui, lancé. Oui, lancé."
"Ta putain d'orange", ajouta Carmel.
"Ta putain d'orange", répéta-t-elle.
"Tu l'as fait, avec ta putain d'orange ?" La grammaire de Carmel se dérobait tandis qu'elle empoignait l'enfant par le haut de son bras fin, lui giflait les jambes en tournant autour de l'îlot – les fouettait, ratant sa cible pour l'essentiel. Carmel plongea alors la main dans le saladier et lança les oranges, l'une après l'autre, dans les jambes de Nell, c'était assez efficace, jusqu'à ce qu'il n'y ait plus d'oranges et que Carmel balance le saladier dans les jambes de Nell, où il rebondit avant de heurter le sol et d'y exploser en mille morceaux, de sorte que Nell dansait désormais sur des tessons, ce qui n'avait pas l'air de déranger sa mère, qui en avait vu d'autres, de bien pires, qu'un bête saladier cassé.
"Attends un peu, dit-elle. Tu vas voir."
Elle abattit son poing serré sur la tempe de Nell, qui tomba au sol, sur quoi Carmel se plia en deux pour asséner une baffe du plat de la main sur la cuisse étroite et nue de sa fille, où se dessina immédiatement une rougeur, tandis que du sang liquide affluait d'un autre endroit, du sang jailli de sous la peau de Nell et qui ruisselait sur le sol à présent.
Nell portait son uniforme scolaire, d'un rouge sang lui aussi, elle ne criait même pas. Cette petite jambe. Sa tête aussi. Carmel avait causé une

commotion à Nell. Nell, qui avait gémi sous la pluie d'oranges, se tenait à présent coite, haletante, désarticulée au sol, à bonne distance de Carmel, les membres repliés, la joue sur le sol taché, ses sous-vêtements visibles – à dix ans – et les empreintes des cinq doigts de sa mère fossilisées sur le haut de la cuisse. Cette main qui avait frappé Nell.

Dehors, un piéton passa, parfaitement ignorant de ce qui se jouait à l'intérieur.

"D'où tu saignes, d'où vient le sang ? Il faut que je voie le sang, Nell.

— Non.

— Nell, montre-moi. Nell."

Nell releva la tête vers sa mère et lui servit l'Expression. Ce visage déformé par la rage, les yeux sortant de leurs orbites, comme une forme écartelée des deux côtés.

Alors Carmel se sentit vide, et un peu idiote. Peut-être même lâcha-t-elle un rire. Elle tendit la main vers sa fille mais Nell lui décocha cet *air*, qui se mua lentement en regard blessé. Et dont s'échappait quelque satisfaction.

Tu as perdu.

Tu as perdu ton calme.

Carmel s'assit sur une chaise, le dos droit, une main posée sur chaque jambe. La main qui avait frappé son enfant était encore crispée, elle en pressa la paume contre sa cuisse. On aurait dit une statue. Une petite figurine. Ou bien était-elle énorme, minérale, pareille à un pharaon assis dans le désert. À la lisière de son champ de vision, se trouvait le câble du réseau arraché, avec des brisures de plâtre sur les bords. Au sol, Nell s'était recroquevillée. Un éclat tranchant du saladier cassé crissa contre le sol tandis qu'elle se roulait en boule, en silence, et s'efforçait de pleurer.

Carmel se souvenait d'avoir regardé par la fenêtre. Elle se souvenait de ce coup d'œil guettant un inconnu qui passerait par là et pourrait les avoir entendues, de l'entaille de honte qui l'avait ouverte en deux. Elle réclamait une pause, c'était de cela qu'il s'agissait. Elle n'était plus une personne à part entière, elle n'était plus rien d'autre non plus.

Elle n'existait plus. Sentiment pire que l'horreur, parce que l'horreur ne s'assimilait pas. Elle ressemblait à ce tableau peint par un homme dont elle n'arrivait pas à se rappeler le nom, une créature à tête de chat. Et puis il y avait son père, son père. Cette présence. Cette manière d'être. Juste là. Son père plus grand que le monde et bien moins merveilleux. Son immensité, un mur, massif.

À présent, Nell pleurait pour de bon, Carmel se força à retourner dans la pièce. Elle sentit la pulsation de son sang sous ses pieds, et l'implora de se disperser dans ses mains, sa tête.

Elle bougea.

Elle se mit à genoux près de sa fille, au sol, Nell avait changé, de nouveau. Quelque chose, quoi que ce soit, avait opéré durant la brève absence au monde de sa mère – son absence à elle-même. Nell se jeta dans ses bras. Pauvre petite. Jolie petite. Elle demandait à pardonner, à être pardonnée.

"Oh, je te demande pardon."

"Je te demande pardon."

"Je suis si désolée."

Elles roucoulaient l'une pour l'autre.

"Je ne voulais pas" (pourtant, elle voulait, forcément).

"Je ne voulais pas" (pourtant).

Personne ne voulait. Personne ne voulait jamais rien.

"Je suis si désolée."

Le sang sur le sol provenait d'une coupure au pied de Nell – une égratignure davantage, qui, le temps que Carmel localise la blessure et constate les dégâts, ne saignait déjà plus. Nell ne semblait pas commotionnée, pas le moins du monde. Si incroyable que cela puisse paraître, elle n'avait aucun bleu. Les oranges l'avaient touchée ou manquée, mais sans laisser de traces. La rougeur sur la peau parfaite de sa cuisse s'estompa – pour s'évanouir tout à fait. Apparemment tout le drame venait du fracas de ce stupide saladier sur le sol.

Que fallait-il donc faire, songea Carmel, pour envoyer un enfant à l'hôpital ? Sa merveilleuse fille, le ravissement de son cœur, son unique joie.

Nell.

Cela paraissait impossible qu'elles aient ainsi fracassé l'univers tout entier et qu'il n'y ait aucune trace du crime. D'ailleurs, *elle* l'avait fracassé – se sentit-elle obligée de se corriger –, Carmel seule avait provoqué cela.

Quelques jours plus tard, elle remarqua bel et bien une tache sombre à la naissance des cheveux de Nell, un bleu jaunissant dans l'arrondi de son dos, là où le saladier l'avait heurtée pour y rebondir. Carmel s'approcha pour lui en parler, mais se ravisa. Elles étaient toutes les deux beaucoup trop confuses. Tout entières occupées à oublier.

LA PUCE À L'OREILLE

Je m'appelle Brock,
résolu, rasant le sol
duquel je déterre coquillages vides,
lambeaux de tissu moisi, ossements abandonnés
d'un autre animal, ces choses que vous avez perdues
le jour où c'est arrivé.
Brock savait
au murmure de sa chute
au-dessus de sa tête.

Brock sait dire
le poids d'un corps,
mesurer le pas d'un homme.
Brock jappe et guette le vent
qui fait pousser la bonne herbe, la fait remonter de sous la vase
avec ces choses que vous avez perdues : un gland, un galet,
une pièce frappée d'une poule côté face.

Mon père avait de magnifiques rayures,
ma mère était un blaireau fantôme, très belle.
Ce qu'il faut faire avec les chiens, m'avait-elle dit,
c'est leur maintenir le museau en croix.
Les regarder se débrouiller,
se défaire de l'emprise.
Je m'appelle Brock, je nage dans la terre
je la traverse.

Ces jours-ci, je renifle les abords de ma cathédrale de racines,
je range mes coquilles d'escargot en file indienne.
Au-dessus de ma tête, les vents noircissent
la puce à mon oreille et les chiens qui gémissent.

PHIL

Il y avait deux champs dans la petite ferme où j'ai grandi, à quelques kilomètres de Tullamore. À l'échelle de mon enfance, chacun de ces champs représentait un univers tout entier. Le plus proche était une étendue d'herbe et de séneçon, labourée et broutée par nos quelques vaches. De la prairie plus lointaine montait un essaim de soupirs froissés entre hauts foins et abeilles paresseuses. Un troisième espace nichait entre les deux, pareil à un pois dans une cosse bocagère. C'était une petite carrière de pierres, à l'abandon depuis longtemps, un lieu enchanté à mes yeux. Le soir, j'y laissais des coupelles remplies de lait, les disposais selon des schémas secrets et les retrouvais le lendemain cerclées de rosée. Il me suffisait de voir le buisson d'épines sauvages qui le bordait pour confirmer ma théorie : c'était forcément un arbre à fées. Ainsi notre famille était-elle surveillée tout autant qu'ignorée par le peuple du Shee ; des êtres d'outre-monde qui gâtaient le beurre et déposaient dans les berceaux des changelins. Car ces êtres enchantés étaient les meilleurs pour effectuer des échanges. Le peuple du Shee identifiait vos désirs et vous donnait autre chose.

Notre foyer comptait sept enfants et deux adultes, dans une cabane en pierre, peu à peu blanchie à la chaux et hachurée de peinture rouge sur le mur de pignon. La nuit, le vieux Brock gazouillait dans la cour, le renard se bagarrait, criait, et les créatures vertes et dentelées vivant dans le buisson orientaient leurs yeux, comme autant d'ardentes têtes d'épingle, sur votre sommeil. L'aurore était précédée par la cavalcade bousculée des oiseaux de proie, et j'avais l'impression d'habiter un navire craquant plus qu'une maison, une créature nocturne et rugissante, labourant des vagues d'obscurité.

À la moitié de l'été de mes neuf ans, je réclamai la place au bord du lit pour pouvoir, lorsque tout le monde était endormi, repousser la couverture, ramasser mes vêtements et soulever la clenche de la porte d'entrée. Dehors, dans les nébuleuses de la nuit, j'enfilai mes vêtements. Je portai mon pantalon écossais sur l'envers, en guise de protection contre le Foidín Mara. Ainsi se nomme en effet l'étrange sentiment de perdition qui s'abat sur vous dans un lieu familier, signe que vous avez pénétré l'envers enchanté du décor, le remède à ce phénomène étant de retourner vos vêtements – l'avant dans le dos marche aussi.

Le pantalon retroussé bien haut, coincé dans mes mains serrées (j'avais oublié de prendre une ceinture), mes pieds exercés tracèrent d'eux-mêmes le chemin jusqu'à l'ancienne carrière, foulèrent la terre à nu et l'herbe fraîche. Je me retrouvai en lisière des lieux, contournai le buisson d'épines et m'assis légèrement à l'écart, guettant leur apparition, espérant même en attraper un dans mon poing. Lorsque j'en aurais neutralisé un, je prononcerais mon vœu.

Un vœu des plus modestes : qu'Hanorah Casey me laisse marcher à côté d'elle sur le chemin du retour de l'école. Qu'elle accepte la fleur que je lui offrirais et la garde dans sa jeune main jusqu'à son arrivée chez elle. Qu'elle la fasse sécher et en conserve l'herbier comme éternelle relique. De façon plus ténue également, sur la grève d'où mon désir se retirait, émergeait l'envie de toucher ses cheveux noirs, plus longs que ceux des autres filles et brossés cent fois chaque soir. Hanorah Casey était l'unique fille de son père. Sa mère était morte en couches et sa grand-mère l'adorait. Elle lui brossait les cheveux avec une brosse en porcelaine et crin de sanglier, achetée au prix d'un cochon rose un jour de foire à Tullamore. Les soirs d'été on pouvait les apercevoir dehors, devant la maison, Hanorah dans une chaise de cuisine, sa grand-mère derrière elle, chantant dans le coucher du soleil, on disait d'elle qu'avec toute cette attention autour de sa personne, elle se donnait des airs.

À la fin des cours, tandis que nous gambadions en long et en large sur la route, elle se cantonnait sagement au bas-côté. Au croisement, elle bifurquait, sans un regard en arrière. Tel était donc mon vœu, très précisément. De tout mon cœur, les paupières scellées sur mes yeux, je souhaitais qu'Hanorah Casey se retourne un jour après avoir pris le virage vers sa maison. Une fois sa natte d'écolière dénouée, alors que j'admirais l'éclat puissant de ses cheveux noirs, j'aurais voulu qu'elle regarde par-dessus son épaule pour me voir la contempler.

Le ciel de cette nuit au méridien de l'été était baigné d'étoiles. Les dernières lueurs d'hier, celles, esquissées, de demain cernaient l'horizon pâle. Je m'assis et scrutai les racines obscures du buisson d'épines enchanté. Je gardai les yeux fixés devant moi jusqu'à ce que l'air se découpe en particules. Et dans cette suie, j'aperçus… quelque chose : un frémissement dans l'herbe, un furtif losange de lumière clignotant puis disparaissant. Une noirceur brillante et frissonnante. Suivie d'un rire. J'entendis un rire, aussi clair que tout ce que j'ai pu entendre avant ou depuis.

Il provenait des profondeurs silencieuses et veloutées. S'était libéré si près de mon oreille qu'il eût aussi bien pu s'y être logé. Omniscient, délicieux, méchant : au moment où je le perçus, il m'apparut soudain qu'une partie de la création divine jalousait les cheveux noirs d'Hanorah Casey.

Je ne me souviens pas de mon trajet retour jusqu'à la porte du cottage, quoique le remue-ménage que je causai en rentrant rejoignît la légende de ma nuit avec les créatures enchantées.

"Et je me dis parfois, ajoutait alors ma mère, qu'il n'est jamais vraiment revenu."

J'avais toujours été un enfant rêveur. Après cette nuit-là, je me mis à croire que peut-être j'étais un rêveur cruel, comme si le rire enchanté m'avait associé aux désastres du monde. J'allais à tâtons me confesser, ce qui n'était pas chose aisée à l'époque, et racontai au prêtre que j'avais volé une longue allumette de la boîte en carton posée sur la traverse au-dessus du foyer. L'allumette était toujours dans ma poche. J'avais envisagé d'incendier la maison, poursuivis-je, et lorsqu'il me demanda ce qui s'était emparé de moi, je lui dis que c'étaient les minuscules yeux rouges qui dardaient leurs rayons dans le buisson cette nuit-là.

Le prêtre, qui était un homme de lettres, un dénommé père Madden, considéra le problème. Il recommanda que je convoque à mon esprit les larmes de la Vierge Marie, m'apprit qu'elles avaient le pouvoir d'étouffer la moindre étincelle de vice, et que le miracle de ces larmes serait de n'être versées que pour moi.

J'ajoutai que j'avais également donné des coups de pied à mon frère Francis dans le lit, parce qu'il refusait de me laisser tranquille, et le père Madden m'expliqua qu'un frère pouvait être un fardeau autant qu'une bénédiction, il suffisait de regarder l'histoire d'Ésaïe et Jacob, et qu'une légère bourrade sous les draps pouvait s'avérer un bon procès.

“Il me rend malade, dis-je.

— Est-ce qu'il pose la main sur toi ?”

Pas de réponse à cela.

“Il me pince, mon père.”

Le père Madden déclara que s'il reposait la main sur moi, je devais lui murmurer un Je vous salue Marie, et que si cela ne fonctionnait pas, je devais sortir du lit et coucher par terre.

Le pouvoir des prêtres dans ces communautés fermées d'Irlande était tel qu'après cela, mon frère cadet fut envoyé dormir face au mur, tandis que l'aîné nous séparait de son corps. Et quoique, aujourd'hui encore, je dorme mieux le nez dans le vide sur le bord du matelas, j'ai du mal à concevoir de la gratitude vis-à-vis de ce prêtre, dont la sagesse s'était ainsi insinuée dans les abysses de mes rêves.

De cette manière, le péché recouvrait le péché et ne finirait jamais, pensais-je. Avant la fin du mois, j'étais de retour agenouillé dans la boîte, à raconter au père Madden que, dans l'obstination de mon désespoir, j'avais péché contre l'amour de Dieu, et que c'était là un sujet grave qui me faisait craindre pour mon âme de mortel.

Le péché, une fois que vous aviez sombré dedans, ne pouvait qu'empirer, déclarai-je. Derrière un péché négligeable, se dissimulait toujours un péché plus grave, si l'on était suffisamment attentif à la question.

"Quel âge as-tu ? demanda le père Madden.

— Dix ans et deux mois, mon père."

C'est à ce moment-là, je crois, que le père Madden décida de faire de moi un prêtre.

Chaque vendredi, je devais me présenter au presbytère, aller à l'étude, prendre le livre qui se trouvait sur son bureau et reposer le livre de la semaine précédente. Lorsque la pièce était vide, ce qui était rare, cela signifiait qu'un des paroissiens était mourant et que le prêtre avait dû aller lui administrer les derniers sacrements. De sorte que, parmi mes nombreux autres péchés, s'ajoutait désormais l'espoir que je nourrissais qu'une pauvre âme daigne quitter la terre un vendredi après-midi, afin que je n'aie pas à payer chaque livre du prix de mon rapport de lecture sur le précédent, tandis que le volume suivant, brûlant de possibilités, attendait, coincé sous mon bras.

La paroisse était un lieu plein d'écho. Le premier tapis que je sentis sous mes pieds nus était disposé dans ce hall, même la poignée sculptée de la porte de son étude me semblait luxueuse. La gouvernante ne me quittait pas des yeux tandis que je toquais, et que la voix du père Madden me répondait de l'autre côté de la porte.

"Tourne la poignée. Tourne."

À l'intérieur, en hiver, il y avait un feu de cheminée, une fenêtre lumineuse avec de multiples carreaux, des rayonnages de livres et parfois un biscuit abandonné sur une assiette après son thé de l'après-midi.

"Alors, qu'en as-tu pensé ?"

Ce rituel dura plus d'une centaine de livres. Nous passâmes de pamphlets dévots aux vies de saints, en particulier les saints irlandais, puis aux *Chants de Gael*. C'était mon préféré : le sommaire seul aurait réveillé de vieux chagrins et de nouveaux désirs dans le cœur d'un enfant : "La Fille de Palatine", "La Chanson des patates noires", "La Cité de l'Écume de mer blanche", "Je suis endormi, ne me réveillez pas".

Je crois que le père Madden appréciait ma précocité. Debout devant son bureau, les orteils caressant le tapis turc, un biscuit dans la main, j'ânonnais mes réponses. Chaque visite durait dix minutes, pas plus. Au fil des mois, cela me parut de plus en plus court par rapport à tout ce que j'avais emmagasiné et que j'avais envie de lui livrer.

Ma proximité avec l'église du village charria son lot de bénédictions, la chance semblait enfin sourire à notre modeste foyer. On trouva un poste de remplaçante à ma mère dans une classe en ville, où elle devint plus tard enseignante titulaire. Bientôt elle partait à vélo au travail, les joues roses et les bras affermis par les coups qu'elle assénait à d'autres enfants que les siens. Ce Noël-là, il y eut assez d'argent pour une tranche de bacon et un gâteau plein de raisins. L'été suivant, nous déménagions pour une maison plus saine, avec un toit en ardoise, dans une rue de Tullamore, maison qui de plus avait l'incroyable avantage de posséder un escalier desservant des chambres séparées à l'étage.

Le dernier Noël dans la petite cabane marqua la fin d'une époque. Ma sœur Deirdre nous quitta pour aller suivre une formation de nourrice en Angleterre, ce qui donna lieu à une séance de pleurs nourris et d'adieux effusifs. Dans le sillage de tous ces événements, mon frère aîné s'enfuit. Aussi simplement que cela. Il s'était rendu à Dublin pour une raison sans importance, et de là, il partit en Amérique. C'était mon frère Barry, il avait toujours été gentil avec moi.

Mon père resta debout à la porte, la lettre de Barry entre les mains, à regarder les deux pauvres champs, l'unique vache avec un trayon aveugle, les quelques bœufs. Il ne possédait pas de grand domaine à léguer à un fils, et cependant le départ de son premier-né était un coup si profond qu'on ne prononça plus jamais son nom à la maison.

Suscitant l'envie générale, mon frère cadet Francis fut alors retiré de l'école pour tenir la ferme, il était donc toujours dans les parages, libre de me tourmenter aussi souvent qu'il le voulait. Je passais les après-midi hors de son champ de vision, errant en lisière, roi en mon royaume de bocages. J'observai les nids d'oiseaux, plantai des bâtons dans les bouses de vaches ; un jour, je vis une mouche de mai se fendre et en libérer une nouvelle. On pouvait me trouver sur le pont de la voie ferrée, saluant le passage des mariniers et leurs chargements de tourbe ou de bière brune. Un autre petit pont faisait franchir au canal lui-même le fleuve de Tullamore, mystérieuse intersection pour moi que cette eau lente traversant une eau vive, chacune coulant dans un sens différent. Un château en ruine se dressait près de ladite intersection, ainsi qu'une étendue de terre boisée où je caressai les racines cicatricielles de ses arbres séculaires, prélevai les eaux de pluie accumulées dans leurs souches hautes. Dans un coin de maquis dont personne ne s'occupait plus, je tissais des tiges d'herbe pour me faire un oreiller et me blottissais dans cette petite tanière avec les livres du prêtre et les bruits de la campagne transbahutés au gré de l'humeur et du vent.

Le corbeau disait : – Prends-le, ou fais sans

Le râle des genêts disait : – Très tard, très tard

Le pinson disait : – Rose, rose

L'alouette disait : – Pi, pi, pi. Aucun cordonnier au monde ne peut faire une chaussure à ma taille

Le printemps parut, j'étais tout à mon désespoir de n'avoir reçu aucun signe de la belle Hanorah Casey, les autres garçons de l'école étaient à la même enseigne. Elle était le trophée de tous nos jeux. Dans ma hutte précaire de tiges, j'écrivais des poèmes d'amour non réciproque. (À ce jour je me demande encore s'il existe au fond un autre genre poétique.) Quelque instinct me dictait que le football ou les bagarres ne l'impressionnaient guère, alors je résolus de lire en public, de façon manifeste, utilisant les livres du prêtre comme appâts.

Un matin, ma chance tourna. Je tenais un guide des fleurs irlandaises donné par le père Madden, que je feuilletais en marchant, apprenant la différence entre la véronique et le myosotis, lorsque, semblant sortie d'un rêve, elle apparut soudain, lisant par-dessus mon épaule, la page où je me trouvais.

"Il nous faut quelque chose pour l'autel de mai", déclara-t-elle.

Elle désigna donc les fleurs, tandis que je les nommais : une Ève de marécages et son Adam transi. Nous trouvâmes des géraniums et violettes odorantes, une grossière poignée de *Vicia ervilia*. Hanorah en arracha les feuilles et composa un bouquet pour la table sur l'estrade de la classe où trônait déjà Notre Dame flanquée de deux soliflores. Nos regards se posaient sur l'autel ici ou là, se croisaient de temps à autre, et jamais ensuite je ne fus plus heureux que je ne l'avais été ce premier jour de mai.

Le soir précédent, la veillée de mai, mon père était allé répandre de l'eau bénite sur nos terres dans les coins des deux champs, puis il était rentré, comme s'il revenait d'un enterrement.

"C'est la dernière fois", déclara-t-il.

En vérité, il détestait le travail de la ferme et s'épanouissait comme jamais en ville, à mener pleinement une vie de vaurien. Mon père, Damien McDaragh, était un homme de petite taille d'une intense beauté, grand danseur dans sa jeunesse. Peu de temps avant ma naissance, la corne d'une vache s'était coincée dans l'orbite de son œil droit, et, bien qu'ayant conservé son œil, il ne put néanmoins plus jamais empêcher qu'il dévie vers le mur. Ce strabisme lui donnait un air torve, auquel il s'efforça de conformer son caractère.

Joueur invétéré, les dimanches soir, il se retrouvait, avec une mêlée compacte de ses semblables, à balancer des pièces rouges au croisement de deux rues, il passait ensuite le reste de la soirée à arpenter les terres au crépuscule, à reluquer le renflement de terrain aux abords du terrier de blaireau où nichait le vieux Brock en bordure du champ. Quelque chose chez ce blaireau était une insulte faite à mon père : impossible pour lui de quitter les lieux tant qu'il ne l'aurait pas arraché à cette terre. À la grande foire de Tullamore, il alla trouver l'homme qui organisait les combats de chiens pour régler l'affaire.

Ce soir-là, à moitié soûl à la bière brune, il se pencha à la porte, en faisant claquer sa casquette contre sa cuisse. C'étaient les chiens les plus puissants de tout le comté d'Offaly. L'un d'eux était un croisé terrier, l'autre un kerry blue. La rumeur courait déjà, on creuserait le terrain le samedi, le combat aurait lieu le lendemain, dans la soirée suivant la procession de mai.

Le terrier se trouvait au bout de la prairie la plus éloignée, sur une portion de terre éboulée qui donnait, de l'autre côté de fils barbelés, sur un bosquet d'arbres. Ces arbres appartenaient à Jackie Mike, un drôle de type qui ne gênait personne. Sous ces arbres, durant ce printemps de ma onzième année, poussaient de généreuses poignées de jacinthes sauvages.

Les chiens arrivèrent le samedi. Les hommes de la maison descendirent avec des pelles, un tonneau et un vieux tamis de vannage. Étant le plus petit, on m'assigna une place sous le barbelé de Jackie Mike, où je creusai trois trous dans la terre, que je bourrai de joncs et de suif, avant d'y mettre le feu en allumant les tiges avec une longue allumette. Au bout de quelque temps dans la fumée, l'étranger prit son petit chien et le balança dans le tunnel qui menait à la tanière de Brock. Après un long silence, un cri jaillit sous la terre sur laquelle nous nous tenions :

la profondeur de cette terre, étouffée sous l'argile, vous étreignait de l'intérieur. Le chien apparut en reculant, traînant par la peau du cou un petit, qu'il secoua vigoureusement dès qu'ils furent à l'air libre.

Par on ne sait quel miracle, le petit s'agrippa à l'épaule du chien qui le faisait toujours valdinguer, et les deux animaux se retrouvèrent enchaînés l'un à l'autre dans un tournoiement de fourrure soudainement sanglante. Au prix d'un effort immense, le chien se débarrassa du blaireau, mais il y perdit un morceau de toison au passage, éclaboussant l'herbe d'un filament de sang étincelant. Immédiatement son maître fondit sur lui et lui plaqua le museau au sol tandis qu'il barrait la route au jeune blaireau de sa grosse botte. Après un vague mouvement de résistance, le chien fut obligé de céder son trophée.

L'étranger fit un geste pour qu'on lui apporte une pelle qu'il leva haut dans les airs et abattit sur la tête menue et élégante du blaireautin. Il y eut un bruit sonore, métal contre os. Le petit tressaillit, se figea, le crâne intact. Tandis que la pelle s'élevait de nouveau dans les airs, je plongeai les yeux dans ceux de l'animal, qui me rendit mon regard, dans un moment de compréhension mutuelle et absolue. Le petit Brock me reconnaissait aussi bien qu'il reconnaissait sa propre mort. Dans l'espace de cet instant, nous fûmes aussi intimes que deux êtres vivants pourraient jamais l'être. La pelle s'abattit de nouveau, tandis que je détournais les yeux.

Pendant ce temps, mon père et Francis dégageaient l'entrée, où la fumée s'enroulait à présent dans l'argile fondue. Comme jailli de cette fumée, le vieux Brock explosa, magnifique et immense. Les chiens gémissants avançaient et reculaient, tandis que l'inconnu criait "En arrière". À la hâte, il lança le tamis mais évalua mal la force du vent et manqua largement sa cible. Les chiens tenaient le blaireau en échec, on relança le tamis. Cette fois Brock trouva une ouverture et se dégagea de la toile. Une troisième tentative, rapide, fit mouche. Sous le chanvre du tamis, l'animal s'agitait à l'aveugle, tas informe et mobile qui se figeait, se remettait en mouvement, avant de s'immobiliser tout à fait. L'inconnu s'agenouilla et enveloppa avec dextérité l'animal dans la toile de chanvre. Il le fit basculer dans un sac et le leva en l'air. Cet objet remuant et hurlant fut ensuite lâché dans le tonneau et le couvercle refermé sur lui.

Je fus le seul du groupe à la voir s'enfuir : une blairelle fantôme, pas entièrement blanche, ses rayures dessinant deux ombres fauves sur un visage pâle et sage, son pelage aux lueurs rousses sur les terres autrefois boisées. À côté d'elle, un petit noir et blanc ainsi qu'un autre pendant entre ses crocs – c'était celui que nous avions essayé de tuer. Il avait déguerpi de sous la botte de l'étranger tandis que le vieux Brock explosait pour faire face à ses adversaires et sauver son enfant.

Je n'en dis rien à personne.

Ce soir-là, le cœur en feu, je retournai au terrier ravagé et cueillis les jacinthes sauvages sous les arbres de Jackie Mike. Je les emportai ensuite chez Hanorah Casey, frappai à sa porte et patientai, tremblant. La porte s'ouvrit juste assez pour que je l'aperçoive se faufiler dans l'entrebâillement. Elle resta figée devant moi, qui étais figé devant elle. Aucun d'entre nous ne cillait. Je brandis le bouquet sous ses yeux, elle le regarda, puis s'en saisit délicatement. Hanorah marcha avec moi jusqu'au mur, puis m'accompagna quelques pas sur la route, et sans nous y être formellement conviés l'un l'autre, nous nous retrouvâmes à nous promener ensemble dans le soir de mai, à parler des belles choses, des petites choses, de toutes les fantaisies qui nous passaient par la tête.

Le dimanche matin, dans un état d'exaltation amoureuse avancé, je traînai avec les autres garçons autour du portail de l'église, guettant la procession de mai. D'abord le curé et son livre, suivi du servant d'autel avec son crucifix au bout d'un long bâton. De part et d'autre, deux serviteurs de messe de moindre importance arboraient chandeliers dorés et expressions revêches. Derrière eux défilaient une centaine de petites filles en robe blanche, à la tête desquelles se dressaient deux nonnes battues par le vent. Ensuite venaient les jeunes filles plus grandes, et les voiles fantomatiques qui encadraient leurs visages, une brigade de filles en capes bleues, plus d'autres avec des paniers de fleurs, quelques-unes tenant de longs rubans attachés au catafalque sur lequel une statue en bois de la Vierge était portée en procession solennelle. À l'extrémité du défilé, comme planant sur le troupeau, les prêtres en surplis et barrettes, parmi lesquels le père Madden, marchaient sous la pluie.

Je cherchais des yeux Hanorah, son visage disparaissant entre les dentelles. Je la reconnaîtrais à la manière altière dont elle se tenait au-dessus de la mêlée, impossible de la confondre avec une autre fille. Mais il pleuvait si fort que finalement je fus incapable, dans cette masse blanche détrempée, de la repérer.

Ce même après-midi, le combat devait se dérouler dans la carrière où le sol pierreux ne permettrait pas au blaireau de creuser. Les spectateurs étaient amassés autour en un funeste cercle. L'essentiel de l'argent atterrit dans les poches de l'étranger, mon père s'en plaignit, alors qu'il avait lui-même sacrifié Brock, à la fois héros et victime, et le parfait Colosse pour le tuer. Quant à lui, il avait perdu tout sens commun, ainsi que l'argent gagné en le pariant.

J'avais un gros penny que je plaçai sur le kerry blue, et perdis en aussi peu de temps qu'il fallut au chien pour jaillir dans un gémissement. Le terrier rouge, l'épaule encore noire du sang de la veille, fut projeté dans un tunnel, droit dans le tonneau et en ressortit lentement sous un tonnerre d'applaudissements. Les acclamations diminuèrent lorsque nous vîmes, accrochées à son museau, la mâchoire encore serrée du blaireau. Le chien n'avait pas tant tiré Brock de l'intérieur du tonneau que cherché à s'en tirer lui-même, il ne réussit à s'en extirper qu'en y laissant la moitié de son museau.

"Laissez-le finir", dit l'étranger, puisque le chien était inutilisable à présent. Fou de douleur, il déchiqueta la patte arrière du blaireau, mais ses yeux étaient barbouillés de sang et il ne fallut pas longtemps avant que le terrier commette une erreur. Dans une attaque éclair, il eut la gorge mordue et Brock se tourna, sifflant entre ses crocs, guettant le prochain adversaire. C'était le kerry blue, qui battrait en retraite avec noblesse sur une oreille arrachée, pas avant cependant que le blaireau ne fût définitivement estropié, à se traîner sur le ventre.

Plusieurs chiens plus jeunes furent lancés dans le tonneau pour les éduquer au combat, d'abord deux par deux, puis tous ensemble. Il fallut un long moment avant que le puissant Brock s'immobilise, et même alors, nous ne l'approchâmes pas, au cas où il ait encore un coup de mâchoire à donner.

Les hommes se dispersèrent par groupes de deux ou trois. Ils se déplaçaient en silence, craignant la police, et par déférence aussi vis-à-vis du spectacle auquel ils venaient d'assister. Parmi eux se trouvait le père d'Hanorah, qui ne me parla pas cet après-midi-là, ni moi à lui. Pourquoi l'aurions-nous fait ? C'était un taiseux, j'étais un garçon de onze ans. J'avais néanmoins senti son regard se poser sur moi une ou deux fois. Lorsque tous furent partis et que mon père resta à compter son argent dans la main de l'étranger, Francis, mon frère et bourreau, se glissa près de moi pour me dire : "Tu as entendu ce qui est arrivé à ta chérie ?"

J'étais en train de m'occuper du blaireau, ses babines retroussées dévoilant dans la mort ses dents minuscules, ses yeux fixes. Je me retournai, furieux, et balançai cette chose lourde et sanguinolente contre le torse de mon frère. Ce fut la seule fois où je le dominai, tandis qu'il reculait en vacillant et que je m'écrasais sur lui, le cadavre outragé de Brock refroidissant entre nous.

Le lendemain matin, un lundi, Hanorah arriva à l'école, ses cheveux noirs avaient disparu. Ils avaient été dépenaillés, à ras, sur son crâne.

Son père avait pris sa natte. Il était allé jusque chez un voisin à pied pour emprunter une bonne paire de tenailles, de sorte que tout le pays soit au courant de ce qu'il avait fait. Elle avait été vue marchant dehors avec un garçon, s'était-il justifié.

"Et alors, quel mal ?" demanda le voisin.

La légende racontait qu'il avait suspendu la natte amputée au portail de leur maison pour que chacun puisse venir la toucher s'il le désirait.

Après la classe ce jour-là, nous la regardâmes s'éloigner à l'écart du groupe. Hanorah était une fille maigrichonne. L'ourlet de sa jupe était inégal, l'élastique d'une de ses chaussettes était tendu, tandis que l'autre dégringolait sous les railleries des enfants qui moquaient sa nuque chauve. Elle s'efforçait de se tenir droite, mais ploya sous l'effort. Ses bras refusèrent de se balancer sur ses flancs librement et se nouèrent autour de sa maigre poitrine. Et mes sentiments étaient si violents que je la raillai moi aussi. Cette créature. Je lui jetai une motte d'herbe qui atterrit sur son mollet étroit et nu. Cette fille que j'avais autrefois aimée, et qu'à présent je condamnais. Mes yeux brûlaient de larmes contenues, c'est alors que je découvris le sens profond de ce rire enchanté.

Oh Marie nous te couronnons aujourd'hui de fleurs
Reine des Anges et Reine de Mai

L'année suivante, j'étais ce serviteur de messe revêche auprès des petites filles de cinq autres paroisses, toutes en blanc. La famille McDaragh avait alors déménagé à Tullamore et ma vie rurale me manquait. À mes yeux, la ville était un lieu de transactions, pas de foi. Je me souviens combien cette journée m'apparaissait toujours piteuse et décevante : le tapage des chants, l'absence de miracle. De la misère déguisée en innocence, en blanc virginal. J'étais à l'orée de l'âge adulte. L'Église catholique et toutes ses tentatives de grandiloquence m'apparaissaient comme une carte postale de pacotille adressée à l'Éternel.

Plus tard cette même année, je m'en ouvris au père Madden. Lui révélai qu'en fin de compte il n'avait pas réussi à faire de moi un prêtre, mais un poète.

À douze ans, je pensais que je n'oublierais jamais l'expression du visage de ce vieux prêtre, qu'elle m'accompagnerait pour toujours. À présent je sais que l'ineffable nichait davantage dans ce regard échangé avec le petit blaireau, tandis qu'il anticipait le coup fatal. Rien dans ma vie, ni avant ni après, n'a jamais égalé cette puissance de connexion. C'était un pic de compréhension duquel mon existence tout entière, avec ses amours, ses fausses joies et ses pertes pénibles, n'a cessé de découler.

FACIT

Dans une grotte en lisière de Tullamore,
j'ai vu la Vierge pleurer sur moi.
Il faisait nuit, j'étais ivre
et suppliant. Ses larmes

étaient blanches, sa joue beige,
ses yeux exaltés d'imploration.
Je rampai jusqu'à elle, suivis
le sillon de l'argile sur sa chair

le long de la crevasse de sa bouche
attendrie, sentis sous mes doigts crasseux
sa moiteur, entendis le froissement
de ses vêtements, ses mots qui se dessinaient.

Je fais de mon cœur
un monument je fais.

NELL

Je ne sais pas ce que je m'imaginais de la vie à Londres, ce que j'y ai vécu en tout cas, c'est une crise du logement, car Lily a une vie, et une petite amie, et une chambre à King's Cross qui mesure exactement quinze mètres carrés. Nous n'étions plus des étudiantes, me dit-elle, d'ailleurs, le lavabo n'ayant pas de fonction autonettoyante, pourrais-je décrasser la bonde quand j'aurais fini. Je me rabattis donc sur internet en quête d'une chambre à louer, mais il fallait fournir des références, payer des frais d'agence, et tout était très compliqué. Ce que je voulais, plus que toute autre chose, c'était pouvoir pleurer longtemps, sans être interrompue. J'avais un besoin criant de solitude. Ce n'est pas ce que je dis à Lily, à Lily je dis que j'avais besoin d'être seule pour écrire un livre. Ce qui, en y réfléchissant, revient sans doute au même, en langage codé.

Sa petite amie s'en mêla et me dégota un boulot de pet-sitter dans un trou perdu. Je pris un train, puis un bus, jusqu'à un village du Norfolk où deux femmes robustes et chaleureuses me firent monter à bord de leur Volvo avant de me noyer sous les instructions, la voix de l'une couvrant celle de l'autre, et inversement. J'avais l'impression d'une

Carmel dédoublée, elles me firent répéter toutes leurs consignes, encore et encore. Leur cottage était tapissé de chintz, avec des poutres noires basses et un wifi calamiteux. Le chien, la chienne d'ailleurs, était essentiellement une boule de poils au milieu de laquelle nichait une paire d'yeux sympathiques et étrangement indifférents.

Le matin, je me réveillais devant un paysage de campagne plat et sans réseau sur mon téléphone. Le frigo était plein, il y avait une minuscule boucherie dans le village, à près de deux kilomètres sur la route, ainsi qu'un commerce où l'on pouvait acheter du lait et du pain. Devant l'entrée de ce magasin, des ados étaient assis sur une barrière de sécurité et surveillaient un feu de circulation sur une route désertée. Ils prenaient le soleil, torse nu, et je m'efforçais de ne pas regarder leurs bustes chétifs et pâles en entrant dans le magasin. Comment avais-je un jour pu avoir envie de coucher avec un homme : incapable de me souvenir, cela semblait médicalement inconcevable. Non pas que j'aie davantage envie d'une femme, quoique dans les trois semaines qui suivirent, je surpris un regard en coin ici et là – une mère appelant ses enfants dans les fougères, une fille posant ses faux cils dans un rétroviseur –, quelqu'un que je pourrais aimer, ou dont je pourrais vouloir être aimée, dans une autre vie.

Deux fois par jour, la chienne m'entraînait le long d'un chemin balisé, puis elle allait se perdre dans les marécages et les joncs avant de revenir en gambadant quand j'agitais sa gamelle de friandises. Deux fois par jour, je la prenais en photo à l'attention de ses maîtresses et marchais jusqu'au portail pour avoir suffisamment de réseau pour l'envoyer. De temps à autre, je recevais une photo en retour, "pour le chien" : Là, c'est nous dans la ville bleue de Jaipur ; là, c'est nous devant le Taj Mahal. Le soir je lisais leurs romans anglais, regardais leur télévision anglaise, m'endormais devant le murmure conversationnel de la BBC, en rêvant aux pin-up des années 1960 ou à l'histoire de la poésie persane, et trouvais à mon réveil la chienne en flagrant délit de transgression, étalée sur mes pieds, en travers du lit.

Tous les jours, en ouvrant la porte, nous découvrions une météo complètement différente et cheminions jusqu'au marécage, où je la surveillais dans ses allées et venues entre les herbes sèches, ou la suivais à travers champs et fougères. Tous les jours, je n'avais qu'une envie : être seule, mais la chienne était là, qui grattait les portes entre nous, qui jamais ne cédait au vide sa place à mes côtés. La chienne s'adaptait à mes humeurs. Quand je pleurais, elle léchait la peau salée de ma main pendante. Quand nous nous promenions dehors sous ce ciel immense, j'avais l'impression d'arpenter avec elle la lisière de ma propre peur, et, chaque fois que nous rentrions, d'en avoir ramené quelque chose.

Le monde était très beau. Beaucoup trop beau pour l'abandonner. Ou bien trop beau pour y vivre ? Ces questions étaient si difficiles à trancher. Je remarquai, tout à mes pensées suicidaires, les minuscules variations des haies, les différences enfouies, toutes ces choses si difficiles à quitter. Un après-midi, attirée par le *tsip-tsip* d'un canari posé sur un fil à linge, j'eus la surprise de découvrir une bergeronnette jaune – une rareté ! – avec son dos vert olive, les taches curcuma sur son ventre et sa tête.

Avec un sursaut de joie, je songeai : maintenant que j'ai vu cette bergeronnette, je peux bien me tuer, et puis je pensai : Mais, et la chienne ? Trois fois par jour, je mangeais du fromage sur des tartines avec son menton lourd posé sur ma cuisse et ses yeux de chien battu mendiant un morceau.

Lorsque les deux dames rentrèrent, j'ouvris la bouche et parlai pour la première fois depuis plus d'une semaine. Le son de ma voix s'échappa de mon corps et flotta dans l'air, suspendu.

Elle va beaucoup me manquer, dis-je.

J'embrassai la chienne avant de m'en aller (le fait est que depuis quelque temps déjà je m'étais mise à l'embrasser) et enfilai mon pull le plus imprégné de son odeur pour prendre le train. Durant le voyage de retour de Folkestone, le paysage me procura des sentiments puissants. La traversée de la campagne agit comme une fermeture éclair, je refermai un chapitre.

À Paris, je rencontrai un Irlandais.

Est-ce que c'est bien l'accent que je crois reconnaître ? me demanda-t-il.

Je suppose, oui.

L'après-midi déborda sur la soirée, il y eut de l'alcool, un dîner, de l'alcool encore et des baisers. Je le ramenai à mon minuscule hôtel pour une aventure de vacances, sans arrière-pensées, parce que c'est Paris, les voilages enflent dans la chambre, l'air chaud monte le long des vieux papiers peints éclairés par le réverbère de la rue, et je saisis mon téléphone pour capturer l'instant. Je le lève devant nous et prends la photo : sa cuisse, ma cuisse, quelques draps, un ventre, l'ombre de la courbe d'un sein.

Je joins la photo et l'envoie à Felim comme si ce n'était rien.

ping !

– joli

Felim est réveillé, il est prêt. À une nanoseconde de moi. Juste à côté.

Putain, dit le type à côté de moi. T'as vraiment fait ça ?

Non.

Sérieux ?

Il bondit du lit, attrape mon téléphone, regarde la photo, sur laquelle on ne voit pas son visage. J'aurais pu lui dire cela. Il le laisse tomber sur le lit.

Bon sang, dit-il.

C'est rien.

Ouais. Waouh.

Tu ne l'aimes pas ? Quelque chose dans ma voix sonne pervers.

T'as raison, c'est vraiment très drôle.

Tu ne l'aimes pas ?

Je cajole – c'est le mot qui correspond le mieux au son que je produis.

C'est dingue.

Je lui tourne le dos. Il me regarde et prend une décision, avant de remonter sur le petit lit étroit et grinçant.

Viens là.

Il m'entoure de son torse, ses bras, sa jambe, me caresse les cheveux et dit : Je voulais pas te faire peur, d'accord ?

Je suis là, avec cet étranger tout aussi nu que moi, qui me réconforte. Et je pense : Qu'est-ce t'as, le gentil ? Qui t'a donné toute cette gentillesse ? Je n'ai qu'une hâte : qu'il s'en aille pour que je puisse redescendre dans les rues de Paris, rejeter mes cheveux en arrière, poser les mains de part et d'autre de mon visage et continuer ma route en refusant de pleurer.

Dans le train suivant, je passe mon temps à regarder des photos de la chienne : je zoome, je balaie, je vérifie. C'est une goldendoodle, elle s'appelle Sookie et elle m'aime autant que je l'aime. J'ai quarante-sept photos d'elle. Je regarde ses yeux comme deux boutons, ses pattes boueuses, le bout rose de sa langue pendante.

Je vais voir Mal à Utrecht, il y effectue sa cinquième année d'études en fumant beaucoup trop d'herbe. Son appartement surplombe un canal, ou bien est-ce un fleuve. Il a un vélo, même si on peut tout faire à pied ici. Nous marchons donc. Les Hollandais vivent rideaux ouverts, de sorte que, depuis la rue, on voit les salons des gens : dans le centre d'Utrecht, les salons en question sont absolument parfaits, chaque fenêtre semble encadrer une nature morte. Mal raconte que les enfants hollandais jouent dehors tout seuls et vont où ils veulent tant qu'ils sont rentrés à la maison pour l'heure du dîner. Un soir aussi, nous buvons jusque tard dans la nuit, et le barman refuse de servir Adnan, l'ami de Mal, parce qu'il n'est pas blanc.

Véridique.

Le premier soir, en arrivant, nous nous sommes installés dans l'appartement de Mal, il se situe au quatrième étage et consiste en une immense pièce avec une charpente apparente en ogive, comme une coque de bateau retournée. Mal explique que le loyer n'est pas cher à cause du bruit des cafés sur les quais, mais je furète sur le Net et découvre que ce n'est pas donné du tout et que Mal est donc manifestement subventionné par son spéculateur immobilier de père. Le mur au-dessus de son bureau est recouvert d'images d'immeubles futuristes avec jardins suspendus et balcons arborés, je l'interroge : Pourquoi ne construit-on jamais ces immeubles ?

Eh ben, dit-il.

Ce ne sont que des arbres. Pas du high-tech inaccessible.

Répète ça avec un accent hollandais. Vas-y.

Quand je l'ai retrouvé à la gare, nous nous sommes pris dans les bras et je me suis souvenue soudain comme il était maigre et grand. Il a une abeille tatouée à l'encre fraîche au bout du pouce et une épingle à nourrice sur l'avant-bras. Je lui montre mon *l'amour est une vague* et il abaisse son col pour que je puisse voir la lettre A en écriture cursive à la base de son cou.

Qui est A ?

Annie.

Voilà un garçon qui se fait tatouer l'initiale du prénom de sa petite sœur au-dessus de la clavicule. Je ne connais personne de plus gentil et je l'aime comme s'il ne m'avait jamais déçue, comme s'il ne m'avait jamais laissée tomber en effaçant au passage tous les bons moments qu'on a vécus ensemble.

Comment va Lily ? Pour qui tu travailles maintenant ?

Toujours en free-lance.

Génial.

Pour une raison ou pour une autre, j'ai l'impression qu'il ne me croit pas.

Plus tard, je lui raconte que j'ai eu une relation avec quelqu'un. Difficile de dire d'ailleurs si c'était même une relation. Mais peu importe. Il s'appelle Felim, et je ne sais pas. Il est un peu, coercitif peut-être ?

Mal détourne le regard et lâche, Oh toi.

Nous fumons de la kush douce et naturelle, il me passe le joint.

Il est juste très indifférent, reprends-je. Et méchant aussi.

Pile mon genre de mec, dit Mal.

Ouais, bon.

Le bruit des cafés et des bars en bas. Des gens en kayak sur l'eau malgré l'obscurité, tout le monde dehors passe un bon moment.

Nous évoquons les gens de chez nous. Mal ne voit plus vraiment personne, il regarde rarement son téléphone. Drôle de garçon, ce Mal. Qui prend ce qui se présente à lui et laisse le reste.

Je lui raconte que Lily a une relation avec une femme plus âgée qu'elle à Londres, qui m'a un peu fait l'effet d'une brute. Shona, elle, s'est lancée dans des études d'informatique et est tombée amoureuse d'un type qui faisait la même chose, ce qui paraît impossible raconté d'un bloc, mais elle est vraiment contente, elle fait un régime pour rentrer dans sa robe, repère des "sites d'îles paradisiaques", fermez les guillemets, pour le grand jour. Elle a donc le sentiment de pouvoir se permettre d'être romantique, ou bien est-ce que c'est moi qui suis jalouse ? Parce que, moi, je ne peux pas me le permettre, ça, c'est une certitude.

Le truc que tu ne comprends pas, dit-il.

Moi ?

OK, les femmes. Le truc que les femmes ne comprennent pas, c'est que l'amour et le sexe sont deux choses parfaitement opposées.

Oh la ferme.

C'est vrai.

Tu n'as jamais flashé sur quelqu'un ?

Tu n'imagines même pas le nombre de fois que ça m'est arrivé.

Eh bien, alors.

Tout ce que je dis, c'est que l'amour est une fonction supérieure, et je suis à fond pour l'amour, par pitié, oui, faites que nous y arrivions tous un jour. Mais, en attendant, le sexe est une bête sauvage.

Il me fait rire, bien que je n'en aie aucune envie. Il y a quelque chose dans l'herbe qui fait que je n'arrive plus à m'arrêter de glousser. Le rire enfle, fait exploser mon visage au ralenti, dans une vague péristaltique. Je suis un cœur brisé coincé dans le corps d'une femme qui trouve tout hilarant. C'est un peu comme une nausée.

Putain qu'est-ce qui m'arrive ?

Et Mal lance un : Bonsoir, Utrecht.

Quelque temps plus tard, je me souviens de ce que je voulais dire.

Non, ce n'est pas vrai.

Mal dessine des ronds de fumée en l'air avec le joint.

L'amour implique (il marque une pause, cherche le terme exact) deux actes de soumission, alors que le sexe (nouvelle pause) n'en implique aucun.

Le samedi soir, Mal se rend dans la grande ville voisine et en revient avec une joie dissimulée – comme s'il venait de tuer quelqu'un sans se faire prendre. Le dimanche n'est qu'une longue descente. Il se réveille tard, avale trois bols de nouilles Koka à la suite, puis s'allonge sur le canapé pour une longue bagarre existentielle.

Mal étudie les espaces urbains. Tout ce qu'il entreprend le ramène inexorablement à ce qu'il tente de fuir, dit-il. Il finira par travailler pour un promoteur immobilier quelconque, à refourguer des affreux tas de briques aux services d'urbanisme. Mais qu'est-ce qu'on y peut après tout, il faut bien que les gens vivent quelque part. Autant leur planter quelques arbres, au passage, putain.

Pas faux.

Tu crois que tu peux t'en aller, alors que la vérité c'est que tu ne peux pas t'en aller, et tu sais pourquoi ? Parce qu'il n'y a nulle part où aller.

Pas faux.

Alors ouais. Je crois. Ouais. Autant leur planter quelques arbres.

Je suis assise sur une chaise à la structure fine et au design à la mode en forme d'œuf : une longue coque de cuir orange sur un socle pivotant. Un objet au-delà des rêves d'un seigneur irlandais. Et j'entrevois un avenir pour Mal, un avenir qui ressemble un peu à son passé. Mais je n'entrevois rien pour moi.

Mal me raconte cette histoire, qu'il a entendue quelque part, d'une planète dont tous les habitants seraient du même genre, disons "mâle". Ainsi sont-ils égaux et heureux, jusqu'à ce que l'un d'entre eux se mette à en aimer un, un tout petit peu plus que les autres. C'est de lui qu'il recherche la compagnie, l'attention, c'est lui qui lui manque quand il n'est pas là, peut-être même est-il – horreur et damnation – attiré par lui, et cette sensation se répand dans son système tout entier comme un fard. Il s'agit bel et bien d'une variation métabolique, son corps se met à changer et il en est mortifié car tout le monde autour le remarque, y compris celui qu'il aime plus que les autres et qui est lui aussi extrêmement embarrassé et peut-être un peu dédaigneux. Au bout de quelques semaines, celui qui était attiré par l'autre achève sa transition de genre, et devient, disons, "femelle", un mâle commence alors à l'entreprendre, peut-être même un autre que celui qu'iel désirait au départ, et c'est ainsi que l'espèce se perpétue. Le truc sur cette planète donc, c'est de ne pas tomber amoureux. Jamais. Parce que si cela se produit, t'es baisé, littéralement.

Hmm, dis-je.

La gonzesse, c'est toi.

Sans rire, j'avais compris, merci. J'ai pigé.

Et peut-être même que tu aimes être la gonzesse, parce que ça peut aussi être sympa.

À l'époque du lycée, Mal disait que la règle d'or était de ne jamais baiser avec quelqu'un qui a plus de problèmes que soi, ce qui ne l'avait pas empêché de passer six mois avec un mec si paumé qu'il en était à peine fréquentable. Ce mec, Paul, clignotait le désastre, il était maigre comme un clou, les lèvres mordues au sang. Et chaque fois qu'on les croisait ensemble ils se disputaient, s'insultaient, on les aurait crus tout droit sortis des années 1990.

Et Paul alors ? C'était de l'amour ?

Oh Seigneur, soupire Mal. Je ne sais pas. Je ne pouvais pas réparer tout ça. Impossible.

Quoi ?

C'était vraiment dur.

Maintenant Mal sort dans des clubs de bondage le week-end. C'est super excitant, dis-je, je peux venir, j'adorerais assister à un de ces – je ne sais quoi – jeux de pisse. Mais je ne le pense pas vraiment, et je m'inquiète pour lui. Je m'inquiète qu'on lui fasse du mal et qu'il en souffre. Je m'inquiète – je ne peux pas m'en empêcher – que cela l'affecte en tant qu'individu, à force.

Ce n'est pas ce que tu crois.

Pourquoi ?

Juste. Tu passes la porte. Et il arrive ce qu'il arrive. Et puis tu t'en vas.

Le matin, pendant que Mal va en cours, je déambule dans les rues comme sur des scènes vivantes, en prenant des notes. J'achète un billet pour la tour de la cathédrale, c'est la plus haute des Pays-Bas à ce qu'il paraît. Une fois dans la tour, je fais une crise de panique, prisonnière de ces murs de pierre, à cent mètres au-dessus de l'adorable et proprette ville d'Utrecht. Il y a quatre cent soixante-cinq marches, la crise se déclenche à la quatre cent quarantième, quelque chose dans ce goût-là.

Mon ascension commence dans une des magnifiques salles de la tour au coin de laquelle part un escalier étroit. L'escalier tourne à angles droits, les marches en pierre se sont polies et noircies avec le temps, je débouche alors sur une pièce immense flanquée de fenêtres vertigineuses. Au centre, se trouve un cadre en bois massif auquel sont suspendues des cloches. Les gens se penchent pour passer sous les poutres et se glisser sous la plus grande cloche dont le carillon fait la taille d'un homme. Je m'y introduis moi aussi, afin d'éprouver le poids et l'équilibre de la cloche au-dessus de moi, afin d'y sentir la vibration des cloisons métalliques. Je fais sonner les cloisons du bout du doigt et en perçois le son comme une force capable de m'abattre.

La salle de l'étage suivant contient un cylindre en cuivre sur roues, qui m'évoque les entrailles d'une boîte à musique géante, de multiples rouages et engrenages, un autre cadran à cloches, le tout commandé par un clavier légèrement de guingois. Une pancarte m'indique que ce mécanisme est le carillon.

Enfin, le dernier escalier décrit une spirale jusqu'au toit, apparemment encastrée dans le mur – un colimaçon à sens unique enroulé autour d'un pilier en pierre, où il n'y a pas la place de se croiser. À peine assez d'espace en fait pour poser les deux pieds sur les tranches de plus en plus minces des marches. Une personne en surpoids pourrait aisément rester coincée là-dedans, me dis-je, et je me sens tout à coup de plus en plus grosse, moi-même. Je tourne et tourne encore autour de l'axe central en ayant moins l'impression d'une ascension que d'un rétrécissement, d'un étau se resserrant sur moi.

Je ne peux plus respirer.

Le couple derrière moi est polonais je crois, derrière eux il me semble reconnaître des voix américaines. Je remplis l'escalier tout entier, je vais le faire exploser, je suis un obstacle international. Les Polonais s'arrêtent et se retournent : Un moment s'il vous plaît, sous leurs pieds une voix appelle : Maman ? Sous mes pieds, la cage d'escalier s'embouteille, de plus en plus compacte.

Je ne pense plus qu'à mes poumons. Peut-être arriverais-je à chanceler jusqu'au mur, à me reposer contre le pilier central, mais il y a là une sorte de meurtrière destinée à tirer des flèches sur l'ennemi et j'ai peur de tomber dedans et d'aller heurter le sol tout en bas. J'ai peur de me cogner la tête contre le plafond, je sais bien pourtant que le plafond monte à mesure que je monte moi aussi, puisque le plafond n'est autre que le sol de l'escalier qui poursuit son ascension au-dessus de ma tête. Mon corps ne le comprend pas en revanche. Mon corps pense que le plafond s'abaisse. Mon corps a envie de ramper, et après un court moment, je me laisse ployer, les mains vers le sol, remontant ma jambe gauche, jambe gauche pareille à un crabe hémiplégique et fou, une marche après l'autre, jusqu'à l'air libre.

Je me redresse dans une cage grillagée, entre deux frontispices gothiques. En bas, on aperçoit la ville et la campagne en à-plat tout autour. La famille américaine contemple les Pays-Bas, le couple polonais itou. La cage grillagée se vide, puis se remplit, se vide, se remplit, tandis que je me concentre sur la rationalité de la ligne d'horizon hollandaise. Ce panorama inchangé depuis 1382. Par temps clair, de là-haut on peut voir Amsterdam et Rotterdam. Je pense à cet horizon lentement hachuré de nouveaux immeubles au fil des siècles. La brise est agréable.

La troisième ou quatrième fois que les lieux se vident, je les quitte à mon tour, suivant quatre jolies femmes, probablement coréennes, d'une quarantaine d'années. Le mur court sous ma main droite, c'est plus agréable dans ce sens, même si je persiste à n'avancer que d'un seul pied, toujours le même. En descendant, je me répète le mot "carillon", encore et encore.

Carillon
Carillon
Carillon

Parvenue au pied de cet effroyable tortillon, le carillon me semble plus antique et plus ravissant encore qu'auparavant. Je déambule dans un instrument de musique, je suis entrée à l'intérieur.

Un autre étage et les grandes cloches : toujours aussi majestueuses. Le dos droit, je lève les yeux vers le cadre où elles sont suspendues – mon cœur palpite d'exaltation.

Je me dis que peut-être je ferais mieux d'arrêter de fumer l'herbe hollandaise flippante de Mal. J'ignore si je souffre de claustrophobie ou de vertige, si j'ai peur des tours, ou peur des escaliers en colimaçon (pourquoi décrit-on toujours l'anxiété comme une spirale ?). Je souffre de dysmorphie physique, de panique, d'un tas de trucs. Mais je crois aussi que la beauté n'y est pas pour rien : sans beauté, pas de peur.

Comment l'exprimer ? La machine de la tour m'a transportée dans un nouveau lieu. La peur dont je souffre est la peur des anges. Ce n'est pas de la terreur, c'est de la stupeur.

J'attends qu'il n'y ait plus personne sur les marches en pierre de l'escalier étroit et glissant, et le descends sur les fesses, non par peur de la chute ou par peur des gens derrière moi, mais parce que je n'en ai plus rien à faire de ce qu'on pense de moi. J'ai découvert l'ange. Je parviens jusqu'à la grande salle. Je descends le grand escalier et quitte les lieux d'un pas nonchalant, respirant la lumière autant que l'air.

De retour à l'appartement de Mal, je lui annonce : Je t'aime mais je dois m'en aller. Et lorsqu'il lève les yeux de son bureau, je me dis que Mal est une sorte d'ange lui aussi.

Pas tout de suite, proteste-t-il.

Bientôt.

Ce soir-là, j'essaie de rédiger un post sur les phobies, d'après ce que je peux glaner sur Wikipédia, ce qui n'est pas exactement foudroyant d'originalité, je sais.

Peur du jaune

Peur des yeux

Peur des boutons

Peur de l'amour

La peur des escaliers ne figure pas dans la liste, alors qu'il y a des escaliers dans tous les films d'horreur jamais réalisés.

Tu te souviens de ce jeu de dessin quand on était enfants, le Spirographe ?

Et comment, répond Mal.

Il me dégote une vidéo à ce sujet, me passe le joint que je refuse, tandis que nous regardons ensemble une paire de mains anonymes manipuler des formes géométriques et des fleurs, à l'aide d'un stylo coincé dans un rouage en plastique. Le rouage pivote à l'intérieur d'un anneau d'une manière étrangement asymétrique, et dessine un pétale après l'autre.

Pas besoin de se préoccuper de la géométrie du truc, dit le geek de la vidéo, tandis qu'il change son stylo vert pour un rouge.

On a l'impression qu'il ne va jamais cesser ses spirales mais la forme s'achève cependant, chaque fois, la ligne rejoint le dernier pétale, ce n'est donc pas tant une spirale qu'un cercle tordu, complexe, et extrêmement satisfaisant. Mal repasse la vidéo, la met sur *mute* et la laisse tourner au ralenti.

En cherchant des renseignements sur la peur des anges, j'atterris sur l'internet chrétien. Un endroit passablement effrayant où j'apprends que les premiers mots qui sortent de la bouche d'un ange sont : N'aie pas peur.

Tous les anges qui sont un jour apparus à quelqu'un ont commencé par là.

N'aie pas peur, n'aie pas peur.

Dans le train qui redescend vers le sud, Mal et moi poursuivons notre conversation à propos de l'amour. Je sais ce que j'ai envie de dire maintenant.

– *L'amour n'est pas une fonction supérieure. C'est la fonction première, la première chose que nous apprenons.*

Il m'envoie un mème. Une citation d'un écrivain japonais sur fond de soleil couchant (allez savoir pourquoi). Qui dit :

– *C'est toujours le masochiste qui contrôle la situation.*

J'ai commencé à écrire un guide pour les voyageurs anxieux, sur WordPress *a priori*. Ou bien ce sera peut-être un vrai livre. Une sorte d'autofiction. Comment je l'appellerai, je n'en sais rien.

Il est destiné aux gens qui envisagent de se suicider lorsqu'ils croisent une bergeronnette jaune.

Aux gens qui partent du principe qu'ils sont le problème.

À ceux d'entre nous qui ont grandi avec une mère autoritaire, c'est-à-dire tout le monde.

Aux gens qui observent les dessins formés par les chiffres de leur réveil, plutôt que d'y lire l'heure et de se dire : Il faut que je me lève, c'est l'heure d'y aller.

À moi. Parce que ma vie s'est effondrée et que j'ai appelé Felim. Que j'ai appelé sa méchanceté.

Le titre du livre est : *La Beauté du père et tous les beaux objets du père.*

Le titre du livre est : *N'ayez pas peur.*

Nell's Bells, blog pour le voyageur angoissé
Semaine 3 : Florence

Les tableaux de la galerie des Offices sont trop célèbres pour les regarder convenablement. En flânant de salle en salle et découvrant sur un mur *La Naissance de Vénus* de Botticelli, vous vous surprendrez à hoqueter en la reconnaissant. Elle est là et vous êtes face à elle. L'objet en lui-même vous met en présence, non pas uniquement du tableau, mais des intentions du peintre. Les coups de pinceau sont visibles. C'est du génie, vous dites-vous. Vous ne touchez pas. Personne ne touche, bien que beaucoup de gens aient envie de toucher. Ils lissent, caressent l'atmosphère à quelques centimètres du cadre, l'alarme se tait. Les surveillants ne frémissent même pas. La pièce est bondée.

Dans la foule, personne ne regarde personne, tout le monde ne regarde que les murs. Peut-être les amoureux se jettent-ils un œil de temps à autre. *C'est donc vrai, nous sommes vraiment là. Nous aurons vu cela ensemble.* Les badauds se comportent essentiellement comme si chacun d'entre eux était seul, communiant dans la grandeur au milieu de la populace. *Dégagez la vue !*

Le jour où j'étais dans la salle Botticelli, j'ai vu une fille dont les joues ruisselaient de larmes. J'ai vu un jeune homme dont le tee-shirt affichait une reproduction de *La Naissance de Vénus*. J'ai vu des gens hocher la tête devant le tableau, cochant la case mentale, avant de passer à la salle suivante. Une femme était assise par terre, elle allaitait son bébé en regardant le tableau, et j'ai d'abord cru qu'il y avait un problème avec son sein. Elle avait une grande tache brune et spongieuse dessus, qui faisait la moitié de la taille du visage du bébé. Mais bien entendu, la tache en question était son mamelon. Qui était d'une taille folle.

Sur le mur, le mamelon de Vénus est pâle, joli, pareil à ces minuscules boutons toujours trop petits pour réellement tenir votre chemise fermée. Toutes les femmes peintes dans la galerie des Offices sont plus blanches que la chair humaine réelle. Nombre d'entre elles ressemblent à Cate Blanchett, si Cate Blanchett ne savait pas jouer. C'est particulièrement le cas dans les salles des toiles les plus anciennes. Y sont regroupés des êtres blafards et sereins, dirigeant leurs regards ici et là, avec des airs de mauvais acteurs, en l'occurrence. Oh, voilà que je nais de la houle. Oh, j'agonise, je me meurs. Oh, je suis un objet de désir sexuel. En poursuivant, plus tard dans l'histoire, le jeu d'acteur s'améliore, avant de basculer dans l'outré absolu : Massacre ! Chaos ! Quelle super fête, rions, mes amis !

Combien de corps nus dans la galerie des Offices ? Ceci est une vraie question. Sans doute plus de fesses que de seins. Les plus séduisantes, d'après moi, sont les fesses légèrement ramollies des personnages assis sur des rochers et drapés dans un tissu qui ne recouvre pas leur bas. Des Vierges nourrices – c'est le palais de l'allaitement – et une tripotée de petits Jésus, tous extrêmement solennels et minusculement dotés.

Dans une des salles, j'ai compté cinq pénis, quatre d'adultes et un de bébé. La plupart des centaines de pénis de la galerie des Offices sont tout petits et anatomiquement inexacts. C'est difficile à décrire mais le scrotum semble flotter autour de la base de la tige et non s'y suspendre. Comme planté de travers… À cause de cette malformation, les pénis ne cessaient de me sauter aux yeux avant tout le reste. S'ils avaient été représentés fidèlement, j'aurais sans doute classé ces centaines d'appareils génitaux dans la catégorie "Art" et déambulé dans les lieux, tout entière disponible pour en accueillir le sublime.

On ne voit jamais de pénis en public. Dans la vraie vie. Si cela arrivait, vous crieriez, partiriez en courant, appelleriez les flics. Vous ne trouveriez pas ça "sublime". Vous seriez "choqué", "effrayé", "dégoûté" peut-être, ou même "souillé". Je voudrais bien qu'on m'explique pourquoi à la fin.

Quoi qu'il en soit, passé toutes ces bites historiques, magnifiques et étrangement imprécises aux murs, votre attention se porte ensuite sur les décapitations. Judith découpant la tête d'Holopherne, Méduse outragée, blessée au cou, au moins deux Salomé, planant au-dessus de la tête de Jean le Baptiste sur un plateau. C'est toujours la tête (si je puis me permettre), personne ne perd jamais de pied ou de bras.

Parmi les milliers de personnages représentés, je n'en ai repéré qu'un seul de couleur, cela dit je me suis mise à compter un peu tardivement. Sur les photos dans mon téléphone, cent pour cent des touristes présents sont blancs. Nombre d'entre eux sont des femmes, bien qu'aux murs, je n'aie vu qu'une seule signature d'artiste femme. La galerie des Offices est définitivement bizarre et très pointue. Vers la fin, se trouve un magnifique tableau représentant une femme poitrine nue face à un vieil homme. Elle l'allaite. C'est son père.

Après cela, un autoportrait de Rembrandt, qui m'a tiré des larmes de joie salée.

Habillé de pied en cap, sans beauté et vaguement abattu.

Bonjour, monsieur Harmenszoon Van Rijn.

Je ne suis pas sortie de la galerie en prenant mon temps, je m'en suis enfuie en courant. J'ai dévalé l'escalier, dehors je me suis heurtée à un mur de chaleur. De l'autre côté de la route, il y a une colonnade, où les jeunes touristes peuvent s'asseoir et mâchonner un énorme sandwich acheté à un stand local. C'est ce que j'ai fait. En reprenant mes esprits après tout cet Art, devant le festin de miettes que s'offrait un pigeon avec un moignon rouge à la place de sa patte gauche. À force de ne penser à rien, mon cerveau s'est nettoyé.

Incontournable. À voir avant de mourir. Après, vous pouvez.

Cinq étoiles.

LE BLONGIOS DE CHINE

(traduit d'après "An Bonnán Buí" en irlandais
tiré du *Cathal Buí Mac Giolla Gunna*, 1679-1756)

Oh, blongios de Chine, mon cœur repose sur
tes plumes dans les champs, tes ailes
éparses pareilles aux ossements jamais enterrés du grand Hector.
Tu n'as fait aucun mal –
dans cette lande détrempée, c'est la soif qui t'a tué :
un coup de clé donné dans le ciel et le lac
referma la glace sur sa surface. Si tu m'avais appelé,
je l'aurais brisée
pour que tu puisses y plonger ton bec
de buveur au grand cœur, mon ami.

Je ne pleure pas les autres,
le coucou, le roitelet, le héron cendré,
lorsque j'entendais le blongios cacarder à travers les marais
j'entendais mon propre cri endeuillé d'assoiffé.
Ma femme dit que je finirai par en mourir,
et je lui réponds, Tu n'as qu'à voir ce pauvre salaud d'oiseau,
tué par la soif. Mettez de la glace dans votre gin,
mes amis, et descendez-le d'un trait. La vie après la mort
c'est un long Vendredi saint où les pubs sont fermés.
Buvez ! tant que vous en avez le gosier.

CARMEL

Carmel avait dépassé la cinquantaine quand elle se rendit compte qu'elle pourrait trouver la vieille interview télévisée de Phil sur le Net. Tard un vendredi soir, elle se lança dans les recherches et tomba dessus immédiatement – aussitôt elle referma le clapet de son ordinateur et trotta jusqu'au frigo pour se servir un deuxième verre de vin. Elle alluma la télévision restée éteinte depuis des mois, s'installa sur le canapé et se retrouva dans son lit sans savoir comment elle était arrivée là. Au cours de la nuit, elle rêva qu'elle ouvrait une porte dans sa maison et découvrait une pièce remplie de glaise.

Lorsqu'elle descendit l'escalier le lendemain matin, l'ordinateur portable l'attendait, là où elle l'avait abandonné la veille, sur la table de la salle à manger. Carmel cliqua et vit apparaître l'image figée de son père sur l'écran. Alors qu'elle avait vieilli d'une interminable nuit depuis la dernière fois qu'elle l'avait vu, lui avait toujours cinquante-trois ans.

Phil était penché en avant, ses yeux bruns et si expressifs encapuchonnés, à mi-clignement. En train de s'ouvrir ou de se fermer, difficile à dire. C'était trop d'hypothèses d'un coup. Carmel referma l'ordinateur portable et balaya la pièce du regard.

Tout était à sa place. Le plan de travail de la cuisine était propre, les coussins du canapé à peine dérangés. Côté rue, la fenêtre diffusait la lumière du matin et le store semblait rougir au-delà de son cadre même.

Elle s'affaira à son petit-déjeuner, vissa le couvercle de la cafetière avec un couinement métallique et la déposa sur le feu. Comme il était trop tôt pour écouter la radio, chacun de ses gestes résonnait très fort dans le silence. Les flocons d'avoine poussèrent un soupir en quittant leur emballage papier, les mûres surgelées cliquetèrent contre la porcelaine.

Qu'est-ce qu'elle attendait donc.

Carmel rangea les coussins pendant que le porridge tournait sur le plateau du micro-ondes, elle ramassa la bouteille de vin de la veille qui traînait par terre, redressa la petite pile de livres posée sur la table basse. Nell devait rentrer à la maison dans la semaine. Elle avait promis d'appeler pour lui dire quel jour. Était-ce la raison pour laquelle Carmel avait eu envie de voir son père à elle sur internet ? Clic, clic. Comme si c'était la chose la plus anodine du monde ?

Elle garda une mûre en bouche un moment sans la mâcher avant de la fendre jusqu'au cœur d'un coup de dents.

À l'autre bout de la pièce, le store de la fenêtre faiblit en lumière puis retrouva son éclat après le passage d'un nuage.

Phil leur avait bien dit de ne jamais cueillir les mûres après la fin du mois de septembre ; de ne jamais en manger après qu'elles ont tourné en bouillie. Cette mise en garde solennelle leur avait été dispensée alors qu'elles partaient ramasser des mûres à travers les collines dublinoises dans leurs ponchos de pluie et sandales en caoutchouc. À une époque où Phil avait une voiture.

Selon leur père donc, à la fin du mois de septembre, le diable pissait sur les mûres. Ce n'était qu'une superstition – à laquelle elles avaient cru, même en sachant que c'était faux. Un insecte poussait dans le fruit à la fin de l'été ; il y laissait de la salive, déposait ses œufs entre les chairs du fruit. Ou un champignon peut-être. Sans doute leur avait-il expliqué cela aussi. Le diable, qui était en réalité un champignon donc, s'insinuait dans la mûre pour en sucer le liquide, et ramollissait les entrailles du fruit de l'intérieur.

Carmel se rappelait distinctement le couinement de ses pieds dans les méduses humides, la sensation de la pluie froide sur sa peau irritée. Imelda et elle transportaient leur récolte dans des sacs en plastique gonflés et sanguinolents, leurs empreintes digitales étaient teintes d'un violet délavé, comme si elles étaient des criminelles de la nature. Carmel n'aurait pas su dire s'il s'agissait là d'un souvenir heureux ou juste d'un paysage – les lointaines collines, virant au fauve à force d'invasions de fougères, les deux filles, leurs silhouettes coniques sous leurs capuchons jaunes éclatant sous un ciel chargé. Et quelque part par là, leur père debout sur ses deux jambes, occupé à une tâche quelconque, leur tournant le dos.

Alors qu'elle terminait la vaisselle de son bol de porridge, Carmel fut prise d'une envie de nettoyer le frigo. La machine bipait tandis qu'elle épongeait de bas en haut – étagère supérieure, compartiment à viande – jusqu'à ce que l'éponge soit glacée entre ses mains. Pendant qu'elle y était, elle décida de dégivrer les tiroirs du congélateur, d'en désincruster les derniers burgers végétaux que sa fille y avait abandonnés des siècles auparavant. Elle arracha les boîtes de surgelés avec un grincement de glace contre glace. À l'air chaud, le carton ramollit instantanément. Carmel passa un chiffon sur le repli en plastique de la porte, roula une serviette usagée pour éponger la glace fondue, mit la nourriture fichue à la poubelle. Elle regarda autour d'elle, vérifia le contenu de ses poches et quitta la maison.

Dehors, c'était une belle journée d'août. De l'autre côté de la rue, le soleil baignait une enfilade de boutiques, la route était jalonnée de voitures roulant au pas en quête d'une place de stationnement. Carmel alla au nouveau magasin acheter du curcuma frais, des mangues bien mûres, de la salade à la féta et de grosses crevettes surgelées. Elle prit une sauce au poisson sur un des rayonnages, puis la reposa, envisagea quelques piments broyés. Adolescente, Nell était dingue de chili. Plus tant que cela aujourd'hui.

À présent elle n'en avait plus que pour le quinoa et le tofu soyeux. Nell avait vingt-sept ans, elle avait un mastère en réseaux sociaux et communication, ainsi qu'un diplôme en marketing digital, elle alternait des périodes de trois mois de salaires extravagants, suivies de phases où, poussée par quelque force surnaturelle que Carmel ne parvenait pas à comprendre, elle mettait les voiles et faisait ce qui lui chantait. Et ce qui lui chantait, c'était cette quête de pureté légèrement exaspérante : retraites de yoga, week-ends de surf, alphabétisation des réfugiés en Angleterre. Le tout sans cesse publié sur ses réseaux, bien sûr, les pouces de Nell virevoltant sur l'écran – comme si le capitalisme tardif (ainsi qu'elle aimait l'appeler) pouvait céder devant des hashtags et du kimchi de chou.

Phil le poète était un anticapitaliste lui aussi, se souvint Carmel. Grand admirateur de la figure de l'ouvrier, Phil s'asseyait pour prendre le thé à six heures et avalait le reste de son repas debout. Une saucisse froide, ou un morceau de jambon sorti du frigidaire, plié dans une tranche de pain blanc. Du beurre bien entendu. Son père était un carnivore convaincu. Lorsqu'elle était enfant, Carmel était envoyée chez le boucher tous les après-midi pour aller chercher sa côte d'agneau, de porc ou son morceau de steak. Il y avait également des "travers", mot dont le sens en boucherie échappait à Carmel – comment pouvait-on couper de travers un morceau de viande ? Elle leva les yeux sur l'affiche représentant une vache, et demanda au boucher où était passée la ligne de découpage sur le morceau de viande.

"À ton avis ?" répliqua-t-il.

Il avait les yeux très bleus.

Carmel s'immobilisa brièvement dans l'allée, tout à son souvenir, et sentit le poids des sacs de courses dans ses mains.

Lorsqu'elle arriva à la maison, la porte grande ouverte du frigo éteint donnait aux lieux un air abandonné. Carmel rapprocha d'un reniflement les parois intérieures de ses narines – et l'empreinte qu'y avait laissée l'odeur du boucher. De la poussière de bois sur le parfum sucré et rance du sang séché. Parfaitement réelle.

Elle se moucha, se lava les mains, rebrancha le frigidaire, se prépara un deuxième café et sortit dans le jardin à l'arrière de la maison pour le boire au soleil.

Dehors tout était charmant. Les larges feuilles du plant de courgette auréolées d'argent, ses fleurs superbes. Orange ou jaunes. D'une couleur indescriptiblement intense et brillante – pareille au vêtement d'un ange botticellien, peut-être. Elle sortit son téléphone pour saisir l'image de cette plante au soleil ; visa à l'aveuglette tant l'image était saturée et appuya. Apparemment on pouvait faire frire les fleurs. Peut-être qu'elle regarderait la recette sur son ordinateur, si son père n'y rôdait plus : il avait passé la matinée caché dans l'écran, à guetter le moment où elle le rouvrirait. À guetter le moment où il pourrait enfin aller au bout de son clignement.

Ma vie maintenant, se dit-elle.

Ses mains étaient crispées, ses bras raides de part et d'autre de son tronc.

Ma vie maintenant.

Elle fixait cette absurde fleur de courgette, de laquelle jaillissait avec une infinie lenteur une courgette jaune, pareille à un étron de légume. Sortant de derrière son efflorescence, au moment même où elle la regardait.

Elle ferait mieux de retourner à la cuisine et d'aller rabattre le clapet de ce vieux salopard, pensa-t-elle. Clic, clic, clic. Nell serait bientôt là, elle n'allait pas tarder à appeler pour dire quand. En attendant, il n'y avait aucune urgence à découvrir ce que feu cet homme à la célébrité toute relative se penchait pour dire.

Mais lorsqu'elle rentra, c'est Aedemar qu'elle chercha sur son écran, et à qui elle envoya la photo de la fleur de courgette, nostalgique de leurs longs bavardages téléphoniques. Bien sûr, ces conversations, telles qu'elle s'en souvenait, portaient surtout sur Aedemar elle-même et les nombreuses personnes pour lesquelles elle s'inquiétait. Elle avait une manière bien à elle d'être autocentrée, songea Carmel : Aedemar s'inquiétait en permanence pour tout le monde, mais il ne s'agissait jamais de vous – quel que soit le sujet de préoccupation d'Aedemar, ce n'était jamais son interlocuteur. C'était récurrent, il suffisait que Carmel s'oublie suffisamment, manifeste une quelconque tristesse. Pour qu'aussitôt, Aedemar se rappelle tous les cancers qui l'environnaient, et toutes les personnes âgées de son entourage (si seulement elles le savaient !) à qui on allait bientôt diagnostiquer un parkinson.

"Tu ne devineras jamais sur quoi je suis tombée sur YouTube ?" pourrait dire Carmel, mais à peine aurait-elle commencé son histoire sur son père, qu'Aedemar changerait de sujet pour lui parler du père d'une autre femme quelconque, qui était en chaise roulante à l'hôpital de Vincent, en attente d'un lit. Quelqu'un que Carmel n'aurait jamais rencontré.

"Tu as tellement de chance, lui avait dit Aedemar un jour – il y a combien d'années déjà ? Tu as tellement de *chance* que tes parents soient morts."

— Oui", avait répondu Carmel, se sentant pitoyablement piégée dans son propre égoïsme.

Non, appeler Aedemar ne servirait à rien.

Sur la table, l'ordinateur silencieux demeurait pudiquement fermé, lèvres scellées. Phil, son viandard de père, était muet. Côte d'agneau, côte de porc, côtelettes : son haleine devait être atroce, pourtant cela ne l'avait jamais frappée à l'époque où elle lui grimpait encore dessus pour fourrer les doigts dans sa bouche et tirer sur l'élastique de son chewing-gum.

Flup. Flup.

L'interview a été enregistrée en Amérique, sans doute en 1982 ou 1983, à l'époque où Phil y enseignait. Dans un studio de télévision aussi sombre qu'une grotte. Au milieu, les tiges d'une paire de microphones se croisent. De part et d'autre de cette croix rutilante, deux hommes, l'air plus vieux que leur âge réel, s'entretiennent, installés sur des chaises pivotantes gainées de cuir marron. Carmel appuie sur la barre d'espace et leur cède la parole.

Les voix des hommes sont détendues et claires, mais leurs mots sont comme retenus derrière du tulle, Carmel augmente le volume au maximum pour essayer de comprendre d'où vient ce parasitage du son. Un sifflement blanc de décrépitude électronique, et par-dessus, les ombres d'autres voix, comme si un enregistrement antérieur tentait de refaire surface. Ou bien la cassette s'était-elle imprimée sur la bobine, et les mots de ces hommes avaient-ils été recouverts par leurs propres futurs mots, un peu plus loin sur la bande. Cette hémorragie acoustique signe la date lointaine de l'événement, l'autre marqueur de son époque étant que son père fume sans discontinuer, tout au long de l'interview ; il ne cesse de se pencher en avant pour tapoter sa cigarette au-dessus d'un gros cendrier en cristal posé sur une table basse en verre et chrome. La cravate de Phil part en biais, sa veste, comme d'habitude, tombe sans aucune grâce. Il se contorsionne vers l'avant, recule d'un sursaut, se plie en deux sur sa chaise, écarte un pan de tweed pour se gratter quelque part sur les hanches. Ainsi donc est-il là, huit longues années après le drap soulevé et la chaise cassée.

Papou.

Phil parle des jacinthes, de la différence entre les bois d'Amérique et les marais spongieux d'Offaly, et combien le roitelet de là-bas lui manque, combien la petitesse des oiseaux irlandais lui manque, le roitelet en particulier, leur roi à tous. Il évoque ensuite la cour qu'il a faite à sa femme, leurs marches à travers les bois de jacinthes dans sa jeunesse. Elle était de Dublin, peu familière de la campagne, c'était en un sens la raison d'être de ses poèmes de jeunesse. Un cadeau qu'il lui offrait. Un bouquet. Non, davantage une composition. Ils avaient vécu ensemble quelque temps à Dublin, raconte-t-il, mais malheureusement elle était tombée malade et leur mariage n'y avait pas survécu.

Carmel appuie sur pause. Rembobine.

"… reusement le mariage…" il baisse les yeux d'un air triste. "N'y a pas survécu."

"Malheureusement", répéta-t-elle.

Prononcer le mot à voix haute dans la pièce contribua à amoindrir la difficulté qu'elle ressentait, assise à sa table de salle à manger, à regarder son père mort sur internet.

Peut-être était-ce son accent – en l'entendant, le cerveau de Carmel s'était comme vidé, ou bien rempli d'un bruit blanc inconnu. Sa manière de dire *"wran"* au lieu de *"wren**" l'avait tellement stupéfiée qu'elle avait été incapable de saisir le moindre mot

* "Roitelet", en anglais.

du reste de sa phrase. Le son l'avait catapultée dans le passé, au pub O'Neill, quand elle avait vingt ans, qu'elle était étudiante et sirotait des pintes de bière blonde dorée en disant : "Chut tout le monde." Pour que ses amis snobs de l'université puissent se moquer de son péquenaud de père.

"C'est lequel ?

— À votre avis ?"

Le roitelet, le roitelet roi de tous les oiseaux,
Fut pris dans le gel le jour de la Saint-Stephen

C'était une chanson que Phil aimait bien, précisément parce qu'elle était un peu vicieuse. Il la chantait chaque année, le jour de la Saint-Stephen, ce lendemain de Noël poussif et désœuvré. Carmel remonta plus loin encore dans son passé, au rez-de-chaussée de leur maison de Dun Laoghaire, à regarder son père mettre en scène son chahut annuel dans la cuisine. Phil quittait la maison par la porte d'entrée et revenait par la porte arrière, de la poussière de charbon plein le visage et le sac de courses en macramé de leur mère sur la tête ; les poignées en osier crochetées à ses oreilles. Il cognait les casseroles les unes contre les autres, balançait des feuilles de journaux, grimpait sur une chaise et agitait le balai autour du plafonnier, qui tintait et virevoltait.

En haut avec la bouilloire, en bas avec la poêle
Qu'on nous donne un sou pour enterrer le roitelet.

Carmel, qui n'avait que cinq ou six ans, applaudissait et criait, ainsi qu'on pouvait l'attendre d'elle.

Elle ne comprenait pas qu'ils avaient tué le petit roitelet dans la chanson – le *dreoilín*, disait son père en donnant à l'oiseau son nom irlandais.

Droolin, Droolin, où est ton nid ?
Il est dans le buisson que je préfère.

C'était une tradition nationale. Les Wren Boys se baladaient dans les rues en costumes et masques, ils jouaient de la musique et allaient réclamer de l'argent aux portes des cuisines de leurs voisins. Mais il y avait quelque chose d'obscène dans ce dernier vers – celui qui parlait d'aimer un buisson – ou bien se faisait-elle des idées *a posteriori* ?

Une année, il avait accroché par la queue une souris morte au bâton qu'il agitait. Était-ce possible ? Qu'il leur ait tapé le haut de la tête à chacune avec une souris morte ? Carmel se disait qu'elle devait avoir imaginé ces scènes. Quand les gens prétendaient qu'elle *n'avait aucune imagination*, en elle-même, elle pensait, *Oh si j'en ai. Il n'y a qu'à voir : j'ai imaginé tout cela.*

Elle avait raté ce qu'il était en train de dire. Carmel revint au début et s'efforça d'écouter attentivement. Au lieu de quoi, elle songea qu'à l'écran il avait maintenant l'air si jeune, alors qu'à ses yeux d'enfant, il paraissait si vieux et décati. L'enregistrement avait eu lieu deux ans avant sa mort. Il ne savait pas qu'il était malade. L'autopsie révélerait qu'il avait un cancer de l'œsophage mais jusqu'au dernier moment, son état et son mode de vie ne faisaient qu'un. Phil avait un estomac de buveur, une toux de fumeur. Il fut tué par une hémorragie rapide et dévastatrice du poumon.

Lorsqu'il est parti, pensa Carmel, une des pièces de mon cerveau s'est remplie de terre.

Elle s'interrompit et leva la tête pour écouter un bruit de tic-tac, quelque part dans la cuisine, qui disparut aussitôt qu'elle se mit à le guetter. Peut-être était-ce dans l'enregistrement.

Carmel regarda son téléphone. Quatorze messages sur son groupe de discussion du chœur, au sujet de l'hypothyroïdie. Quelques recommandations de lectures. Une blague. Rien de la part de Nell. Elle avait du mal à se retenir de vouloir entendre le son de sa voix, quoiqu'elle fût parfois étrangement difficile à identifier. En particulier quand elle était petite.

"Euh. Maman ?

— Oui ?"

Il manquait à la voix d'une enfant ce trait caractéristique : le grain, la texture, qui en fait une voix pleinement humaine.

"Oui ? Tout va bien ?"

Parfois, elle avait l'impression de parler à une poupée.

"Tu as trouvé l'adresse ?"

"Qu'a dit le professeur ?"

"Tu rentres à la maison ?"

Nell répondait oui, Nell répondait non. Lorsqu'elles bavardaient ainsi toutes les deux, Carmel ne savait plus ce qu'elles avaient en commun – à part le fait qu'elles étaient séparées.

"Tu vas bien ?

— Je vais bien, maman.

— Où es-tu ? Tu rentres à la maison ?"

Elle était là, à fixer l'encoche noire de la bouche télévisuelle de son père tandis que ses paroles ondulaient sur les volutes de ses Lucky Strike. Les mains de Phil dessinaient des formes dans l'air, devant ses poumons en voie de pourrissement tandis qu'il évoquait le petit roitelet irlandais, on percevait le léger chuintement de l'alcool sur sa langue ramollie, la moiteur au fond de ses yeux espiègles et tendres. Il était si facile de détester cet homme – les faits parlaient d'eux-mêmes – et cependant, tout aussi difficile de ne pas l'aimer un peu. Quant à l'aimer vraiment, rien de plus facile. Se presser autour de lui, dans la ferveur jusqu'à ce qu'il meure et emporte avec lui tous les mots.

À l'écran, le poète irlandais Phil McDaragh discourait à propos du travail de Robert Frost, dont la voix l'avait appelé dans les forêts de Nouvelle-Angleterre *pour enregistrer la chute des feuilles.* Offaly lui manquait cependant, le petit roitelet irlandais lui manquait. Il parlait des bois de jacinthes, de sa femme, de sa maladie.

“Elle est tombée malade, il baissa les yeux, malheureusement, et le mariage n'y a pas survécu.”

Il releva la tête, les yeux humides. Pourquoi cela ? Il cherchait à attirer la compassion.

Pauvre Phil.

L'intervieweur lui adressa un regard en coin, empreint de sérieux, décroisa puis recroisa les jambes. Cet homme portait des lunettes tombantes à grosses montures, ce qui lui donnait un air intellectuel tout en étant moderne, lettré tout en étant joueur.

“Et Whitman ? demanda-t-il.

— Ah, Whitman, dit Phil en saisissant la teneur de la question. Non, non. Whitman était l'inverse d'un Irlandais. Il était tout ce qu'un Irlandais ne peut pas même espérer être un jour.”

Carmel avait oublié les plaisanteries tristes de Phil – sa manière de se moquer du monde en feignant le chagrin. Il était si désarmant.

Et légèrement angoissant aussi.

Mais cette pensée eut à peine le temps de se matérialiser dans son esprit qu'elle était déjà repartie. Comme si Carmel parvenait à se rappeler le vrombissement de sa voix dans son corps même, frémissant le long de ses os. En l'écoutant à présent, à plus de quarante ans de distance, sa fille ressentait de nouveau – comme si elle en tenait une dans chaque main – le poids des deux syllabes dont il l'avait baptisée : Car-Mel. Il les prononçait comme si elle était le cœur de la douceur, le miel salé coulant sur la crème glacée.

Elle se leva, ouvrit le frigo, le referma. Il était trop tôt pour manger. Carmel alla à la fenêtre donnant sur le jardin, à l'arrière de la maison, et, ainsi que cela lui arrivait parfois, elle s'abîma dans la contemplation d'une sorte de nymphe, de sylphide minérale, nichée dans les feuillages ombragés. Encore fallait-il être capable de la voir. La statue des jardins ne se livrait pas à l'œil novice.

Elle envoya un message à Nell.

Le téléphone émit une sonnerie, mais lorsqu'elle loucha vers son écran, elle vit un message d'Aedemar à la place.

– Oui ! Des fleurs de courgettes frites ! C'est tout toi !

Carmel balança son téléphone sur le comptoir, envisageant un échantillon de réponses possibles. Parmi lesquelles :

– Ouais, Aedemar.

Pourquoi pas.

Elle n'avait pas vu Aedemar depuis des mois. Parfois elle se demandait ce qu'"être amies" signifiait. Sans doute était-ce simplement l'idée qu'elles se faisaient d'elles-mêmes.

– *Gourmet !* écrivit-elle.

Peut-être pourrait-elle tenter un émoji. Aedemar était une grande adepte des émojis, alors que Carmel les trouvait souvent abscons. Elle effaça le *Gourmet !* et envoya une image de soleil coiffé de lunettes noires. Qu'est-ce que cela signifiait ?

Sûrement rien de bien méchant.

Il était trois heures, au milieu d'un long samedi après-midi dublinois, et elle ne s'était disputée avec personne. Elle n'avait aucune raison de le faire.

Je suis écartelé,
saint Kevin crucifié
dans une main tendue
le nid vide d'un rouge-gorge
dans l'autre,
une unique plume
une houppe de duvet.
Mes oisillons disparus
mon cœur tel un tronc nu,
les oiseaux sautillant sur mes branches
en quête de compagnie.

Dans l'étang de mes yeux, la mouche de mai fend ses ailes
et libère une créature plus belle encore
s'extirpant de sa chrysalide même
les têtes des oiseaux balancent,
se figent, balancent, se figent, dans le crépuscule naissant.

Une fois son poème achevé, Phil laissa pencher sa tête. En face de lui, l'homme aux lunettes tombantes cligna lentement des yeux et les maintint fermés. Puis il remua et demanda à Phil s'il travaillait à un cycle de poèmes américains.

"Non, non", répondit Phil. Il avait essayé d'écrire sur d'autres endroits, vraiment, il avait essayé. Mais il ne parvenait à écrire que sur l'Irlande.

"Je ne suis jamais vraiment parti", déclara-t-il.

Carmel heurta la barre d'espace d'une claque de la main et le dévisagea. Elle rappuya pour le laisser poursuivre sa tirade : "On ne quitte pas un endroit pareil, reprit Phil. Il reste avec vous pour toujours."

Carmel lâcha un petit rire, en perçut l'écho – un reniflement d'air s'échappant de son visage.

"Vous avez une très grande compréhension des femmes, dit l'intervieweur, sans transition ni rapport avec rien.

— Je crois, oui, répliqua Phil.

— De leurs chagrins.

— Oui.

— De ce qui se passe dans leurs têtes.

— Eh bien, je crois qu'il n'existe pas grand-chose de plus impérieux que le cœur d'une femme. Beaucoup d'écrivains. Beaucoup de gens ne le mesurent pas tout à fait."

L'intervieweur opina, reconnaissant le prochain poème.

"Oui. Les femmes que j'ai aimées. Elles forment une sorte de bouquet."

Carmel ne connaissait pas ce poème, elle ne pensait pas l'avoir jamais vu publié.

"Vigne vierge" racontait son dépucelage, à l'âge de dix-sept ans ; la fille dans un champ, ses mamelons couleur chèvrefeuille, ses bras entortillés. “Jacinthe” évoquait Terry, leur mère, là-haut sur la colline de Killiney dans la robe bain de soleil bleue, qu’elle ne put jamais jeter. Et puis parut “L’Épine sur la rose Tudor de l’Angleterre”. Carmel sursauta, frappa la barre d’espace. Comment avait-elle pu oublier ?

Elle était là, la cause de tous leurs maux. Cette garce.

Cette femme, qui était venue chez eux – qui était rentrée chez eux. Qui s’était comme désarticulée sur le canapé, ses longues jambes dans un sens, le bras qui tenait sa cigarette dans l’autre. Carmel n’arrivait pas à se souvenir de son prénom mais elle était “une connaissance de Kingsley Amis” et en l’entendant parler, elles avaient toutes aspiré l’air sous leurs joues pour mettre leur accent en sourdine.

“Ouh oui, je crois, oui.”

Sauf Phil, qui au contraire, pour elle, se faisait plus irlandais encore ; et délivra une gigue tout en piétinements extravagants et glissades sur le tapis devant le poêle avant d’atterrir les quatre fers en l’air.

Sombre, profonde, chargée en contraceptifs, “Le Héron”, l’appelait-il également. Elle incarnait la femme dans toute son autodestruction et l’inimaginable et immonde variété de ses positions sexuelles. Bunty, tel était son nom. Carmel arrive à peine à y croire aujourd’hui : leur père les a quittées pour une femme appelée “Bunty”. Elle était elle aussi à son enterrement. Elle avait remonté l’allée centrale sous un chapeau noir à larges bords – comment l’oublier – un chapeau de prostituée, qui gouttait sur la tombe, sous la pluie irlandaise.

Les coudes hauts, créature du crétacé, tremblante, sur
elle-même repliée,

les ailes cuirassées, le vieux héron, de l'amour la
souterraine
rapacité.

Il avait haï le Héron plus qu'aucune autre femme dont il ait un jour quitté le lit.

La dernière fleur du bouquet était l'asphodèle, cette fleur blanche qui pousse dans l'Hadès. Autrement dit la folle de Grèce, arpentant les rues dans sa chemise de nuit, le poignet en sang. Asphodèle qui s'était – inévitablement, au fond – avéré poétesse : Selma Karras, désormais considérée comme une voix marquante de cette époque. Sa page Wikipédia racontait qu'elle avait survécu à une "relation abusive" sur l'île de Mykonos avec le "poète irlandais Phil McDonagh" – au moins, avaient-ils réussi à recopier fidèlement le nom de l'île.

Pas de fleur pour l'Épouse américaine, qui avait rencontré Phil alors qu'elle n'avait que vingt et un ans. Une étudiante proprette de l'université de Vassar, dont les finances familiales étaient aussi discrètes que de l'air flottant autour d'eux ; Connie du Connecticut avait tellement d'argent qu'elle n'avait pas besoin de le dépenser. Elle aimait la poésie, en particulier la poésie irlandaise. Plus que tout au monde, Connie aurait aimé qu'il lui dédiât un poème.

Ce qu'il ne lui donna jamais.

Dehors, la brise s'était levée. Carmel tailla une clématite qui avait envahi un poirier miniature planté en espalier contre le mur. Elle alla voir les courgettes, qui semblaient déjà plus grandes que le matin même. Un légume jaune avait achevé son extrusion, sa fleur mûre s'apprêtait à faner au bout de sa peau. C'était vraiment un légume d'une obscénité hilarante, pensa-t-elle. Mais elle n'allait tout de même pas rester plantée là et rigoler. Elle aurait l'air d'une folle.

Au lieu de cela, elle se mit à chanter ; d'une grosse voix sonore d'alto. Il n'y avait rien d'autre à faire. À l'étage, son père était figé, stoppé net dans ses élans de stupidité pénible. Avec sa fausse modestie et sa tristesse feinte. Son père était là-haut, dans son éternité de salopard.

Le cœur si plein de lui-même.

De la confiance ? Était-ce uniquement de cela qu'il s'agissait ? Il fallait forcément un peu de stupidité aussi. Le genre de stupidité particulière, que le monde entier prend pour de la sagesse.

Soudain convaincue de quelque chose, Carmel rentra en trombe dans la maison. Et obtint immédiatement confirmation. La montre perdue : elle était au poignet de Phil. Incroyable. Depuis le début, elle était là. Elle écarta les doigts sur le pavé tactile pour élargir l'image. Ce bracelet couleur cuir naturel, cette iridescence laiteuse brillant depuis le centre du cadran. Carmel se souvenait comme il la laissait pendre dans sa petite main le soir. Comme l'acier blanchi retenait la chaleur de sa peau, tandis que le verre de l'autre côté du cadran demeurait frais. Lorsqu'elle la collait contre son oreille, elle entendait résonner une légère secousse avant chaque *tic* :

Presque. Maintenant.

Presque. Maintenant.

Et. Oui.

Le mécanisme délicat et implacable. Tout en anticipation et en pouvoir.

Avant même de s'en rendre compte, Carmel était au téléphone, et avant qu'Imelda eût le temps de rassembler ses esprits, elle lui dit : "Tu te souviens de la montre ?

— Non."

C'était un peu rapide comme réponse.

"La montre de papou.

— Est-ce que je m'en souviens ?"

Imelda était en train de reposer quelque chose, une tasse, une assiette, Carmel percevait l'écho de la cuisine et de la vaisselle sur le plan de travail.

"Est-ce que tu la lui as donnée ?

— Qu'est-ce que tu veux dire par « lui *donner* » ?"

Pour Imelda, l'information c'était comme l'argent. Pas question d'en céder une miette. Pour que vous alliez la dépenser n'importe où, et puis quoi encore.

"C'était sa montre, dit-elle.

— Je ne dis pas qu'il a volé sa propre montre, reprit Carmel. Je veux juste savoir comment il l'a récupérée.

— *Comment* il l'a récupérée ? répéta Imelda. De quoi tu parles ?

— Du jour de son départ, répondit Carmel.

— Quel jour ? Il n'y a pas eu de « jour »." À présent, Imelda était perdue, presque autant qu'elle était fâchée. "Il n'y a pas eu de jour à proprement parler. Enfin. Ce n'est pas comme ça que ça s'est passé."

Bien lancée, Imelda prétendrait qu'il n'était jamais parti. Mais elle avait quand même raison – son départ s'était étalé sur plusieurs jours. Phil avait emporté ses affaires petit à petit : son blaireau de rasage, son deuxième costume, ses belles chaussures. Il ne possédait pas grand-chose. Nous étions si concentrées sur le fait de vivre comme si lui n'avait pas disparu, que la disparition de ces objets pouvait aussi bien passer inaperçue. À entendre leur mère en parler, parfois, il semblait bel et bien qu'il était juste sorti se promener.

Le jour où il lui avait "claqué" un baiser sur la joue était celui que la mémoire de Carmel avait choisi d'appeler le dernier. Six longues années passeraient encore avant qu'une lettre arrive, tremblante dans les mains de sa mère, annonçant son divorce américain. Carmel avait observé l'incrédulité de Terry avec une légère distance. Il était parti – si maman voulait bien regarder les choses en face –, il était vraiment *parti*, depuis que Carmel était enfant.

"Mouais, je ne sais pas, dit-elle à Imelda, faisant les cent pas avec le téléphone à la main. J'ai vu cet enregistrement. Tu savais qu'il existait un film d'une interview de Phil aux États-Unis ?

— Bien sûr que je le savais.

— Eh bien, elle est disponible, en ligne.

— Merci, répliqua Imelda. Oui. Bon. Je le savais."

Dans le mausolée qu'elle vouait au génie de Phil, Imelda était de plus en plus seule. Il avait encore de temps à autre une fonction littéraire, pour lequel elle disposait d'un éventail de livres à couvertures bleu marine et noir. On lui demandait parfois de prononcer un bref discours, ce qu'elle faisait avec joie. Plantant son regard au milieu de l'assemblée, elle se penchait vers le micro, et quoique vous puissiez imaginer qu'elle parlait de Phil, elle ne faisait en réalité que s'étendre à n'en plus finir sur sa mère. Sa mère qui avait trouvé un poème sur son oreiller et était sortie embrasser l'homme qui l'avait écrit, juste en bas, là, dans la rue.

"Tu devrais l'envoyer à Nell.

— Le film. Oui bien sûr, il faut.

— Elle a toujours aimé papou.

— Oui, oui c'est vrai."

Et Carmel eut pitié d'Imelda, qui avait vieilli engluée dans l'histoire de la vie de ses parents. Une histoire avide et si brève.

"Où est-elle d'ailleurs ?

— Quelque part à Bali.

— Il est plus tard ou plus tôt là-bas ?"

À dire vrai, Carmel n'était plus très sûre. Nell était partie six mois en Nouvelle-Zélande, où les fuseaux horaires étaient totalement inversés par rapport à Dublin, le jour et la nuit par-dessus tête. À présent elle refaisait le même parcours dans l'autre sens pour rentrer à la maison et Carmel – habituellement si précise – ne savait plus si son vol remontait les heures à l'envers ou si elle perdait un jour et arrivait le lendemain matin.

"Plus tard, je crois. C'est le milieu de la nuit là-bas."

Tandis qu'elle prononçait ces mots, Carmel revit l'ombre de son enfant déambuler dans la cuisine vide, prendre une orange dans le saladier et se la passer d'une main à l'autre, avec ce claquement lent, clac, clac, de la peau du fruit contre la paume de sa main.

"Je croyais qu'elle était au Viêtnam, dit Imelda – comme si sa sœur lui avait raconté n'importe quoi.

— Non, elle est à Bali. Sur le chemin du retour.

— D'accord, dit Imelda. Je te laisse.

— OK, salut.

— Salut.

— Salut."

Elle rendit Imelda à sa vie dans la maison de Dun Laoghaire, derrière ses éternels rideaux de velours bleu râpé. En hiver, Imelda se retirait dans les pièces les plus chaudes, qu'elle partageait à présent avec Will Havelard, un ami plus âgé qu'elle au statut marital incertain. Il s'était installé – enfin ! – après qu'une série d'attaques l'avaient laissé dans un état nécessitant des soins importants. Apparemment, son ex-femme trouvait la plaisanterie à son goût.

Il était cinq heures et demie – encore une demi-heure avant l'heure du dîner. Nell était à Bali, elle nageait avec masque et tuba dans des eaux cristallines, marchait sur la plage, s'asseyait à l'arrière d'une Vespa en tongs, se brûlait les mollets contre le pot d'échappement. Ivre ou défoncée, couchant de son plein gré ou non avec un homme tatoué des pieds à la tête. Elle était triste. La brûlure à l'intérieur de son mollet s'était infectée, elle ferait mieux de le tremper dans l'eau de mer mais Nell, qui savait toujours tout mieux que tout le monde, était impossible à mettre en garde. Elle n'avait pas plongé sa brûlure dans l'eau de mer et à présent la fièvre la saisissait au milieu de la nuit, sa jambe enflée à craquer et chaude comme un four, bien trop tard pour boiter jusqu'à la pharmacie et demander une "crème, une crème".

Rien de tout cela n'était vrai. Carmel s'imaginait des choses. Sa fille allait bien. Au rez-de-chaussée, elle ouvrit la porte de la chambre vide de Nell à l'avant de la maison, respira l'air qu'elle contenait. Le décor, bloqué sur l'une ou l'autre des années de son enfance : un abat-jour à plumes sur la table de chevet, les lambeaux fanés d'une guirlande d'oiseaux en papier accrochée au-dessus des cadres de photos. L'armoire, dont Carmel s'avança pour refermer la porte, tel un tertre ; la vie entière de sa fille pouvait en être déterrée couche après couche.

Elle ouvrit la valve à la base du radiateur, tira la couette pour vérifier qu'elle n'avait pas pris l'humidité. Tandis qu'elle tournait la poignée grippée de la fenêtre, elle remarqua une pile de livres sur le rebord, leurs couvertures délavées au soleil – parmi lesquels un recueil de poèmes de Phil. Elle le prit et s'assit sur le lit pour l'ouvrir au hasard, essayant de le voir à travers les yeux de sa fille.

Elle n'avait pas été une bonne mère. Carmel en était consciente. Tout l'amour du monde ne faisait pas de vous une bonne mère. Cela avait toujours été une bataille. Elle avait été incapable de supporter sa fille, puis incapable de la laisser partir.

Elle avait envie de lui raconter le boucher aux yeux bleus, les mûres et le crachat du diable, ces ponchos de pluie en plastique sous lesquels on était trempés de sa propre sueur. Son père, urinant majestueusement dans les fougères, projetant un arc jaune sous la pluie argentée. Le genre de détails qu'une mère laissait de côté bien sûr, lorsqu'elle racontait des histoires à sa fille. Carmel avait envie de lui parler du roitelet – de tout ce que cet oiseau recelait d'histoires et de traditions. Comme une sorte d'avertissement. De mise en garde. Ne pas heurter l'ampoule avec le balai quand on agite une souris morte dans les airs.

Elle referma le livre et le posa sur la table de chevet. À Bali il était plus tard. Nell n'appellerait plus aujourd'hui. Elle était déjà étendue dans l'obscurité à venir, elle dormait dans la nuit qui s'avançait lentement vers Dublin. Nell avait été emportée par la rotation de la planète et Carmel aurait voulu tendre les bras à travers le temps lui-même pour ramener sa fille à la maison.

LA LAMENTATION DU SCRIBE
(traduit d'après *Is scíth mo chrob*, XIᵉ siècle, prétendument rédigé dans l'irlandais de saint Columba, en 521-597)

J'ai une crevasse dans la paume à force de griffonner
Ma plume gratte le papier
L'encre se déverse de son bec effilé
Noire comme le dos luisant d'un scarabée

De ma gracile main brun clair
La sagesse de Dieu ruisselle
En longs filaments superbes et continus
D'encre verte comme la feuille du houx

Ma petite plume sanglote
De l'une à l'autre de ces pages éclatantes
Pour les hommes de bien, les lecteurs,
Je souffre crampes et spasmes, chagrin et douleur.

À quatre heures du matin, Carmel monta à l'étage et s'assit dans la lumière qui précède l'aurore. Elle se repassa l'interview, et tout ce qu'elle voyait à l'écran à présent, c'était Nell. C'était là : ce qu'elle cherchait depuis tout ce temps, le visage de sa fille transperçant derrière le visage de son père. Nell apparaissant par intermittence, à travers son grand-père mort.

– Maman, si tu es là, je serai à la maison mercredi soir, tard, et maman, maman, j'ai du nouveau. Mais bien sûr que tu es là, c'est un texto. Bing Bing.

– Personne n'aime les statues. Pas de mymphe

– **De nymphe*

– Je viens avec un ami OK *?*

– Pas de statues ! À part dans un jardin, entre les feuilles des arbres. Mais au cinéma les statues c les anges dans le cimetière déprimant qui bougent quand on cligne de l'œil. S'te plaît, s'te plaît, pas de nymphe dans le jardin, trop petit. Des yeux en pierre !!! bisous, Nell.

Puis :

– *Ça y est j'ai récupéré le wifi. Mon ami dort dans ma chambre, pas de chichis.*

NELL

Mon grand-père aimait tellement ma grand-mère qu'en présence l'un de l'autre, ils s'enflammaient au point de rendre l'air irrespirable pour quiconque. Selon un dénommé Harvey, poète de son état : "La manière dont ils s'ignoraient était plus vive et plus complexe que le baiser de n'importe quel autre couple. Leur passion était immense, c'était une extase obscure. Ils savaient tous les deux que cela ne pourrait pas durer."

J'ai trouvé cette description remarquable dans une lettre de condoléances qu'il a envoyée à ses filles après la mort de ma grand-mère. Qui parle ainsi de vieilles gens morts ? Cela paraissait une bien étrange façon de les pleurer. Harvey ajoutait que "dans son veuvage précoce", et au-delà, ma grand-mère avait tout accepté, le bon comme le mauvais, parce qu'elle avait connu un grand amour. Elle le lui avait dit de nombreuses fois : combien cette connaissance de l'amour était à jamais sienne et impossible à soustraire de son existence. Elle était chanceuse, elle avait été bénie. Et ce serait à cette *connaissance* (soulignée) qu'elle viendrait s'abreuver dans ses derniers jours.

Je me souviens de ma tante lisant cette lettre d'une voix tremblante à quelque réunion, dans une bibliothèque sans doute, près de la vieille maison de Dun Laoghaire. Je devais avoir huit ou neuf ans et n'ayant encore aucune idée sur rien, je n'avais pas été mortifiée. Nous étions debout, en lisière du petit auditoire, et Carmel s'était si parfaitement immobilisée que j'avais tendu la main pour prendre la sienne.

J'avais l'impression de tenir dans ma main nue une chose inanimée. Lorsque Carmel se ferme ainsi, on a le sentiment de frapper à la porte close de son abri de jardin.

À cette époque, je prenais encore systématiquement le parti de ma mère, quelle que soit la dispute, et même si je commençais à me rendre compte qu'il y en avait beaucoup. Mais cela valait le détour : Imelda, devant cette assemblée, dans son écharpe en velours, quittant la terre ferme à l'évocation de cet amour, de cette "extase obscure". Après, je lui demandai : Est-ce que je peux voir la lettre ? et elle répondit : Oh je ne suis pas sûre que ces petites mains soient bien propres.

C'est la raison pour laquelle je me souviens si distinctement de tout cet épisode. Imelda n'était pas commode.

Ma mère – qui, elle aussi, était toujours de mon côté – se leva de toute sa hauteur et dit à sa sœur aînée : Elle est la dernière de la lignée.

J'eus un mouvement de recul : Waouh. Faites comme si je n'étais pas là, mesdames, je file.

Techniquement, il est vrai que je suis la dernière des McDaragh, bien qu'il existe peut-être quelques cousins éloignés à Chicago, quelques autres à Hull aussi, où la sœur aînée de Phil était nourrice. Ces informations ne m'intéressaient pas jusqu'à ce que je quitte l'Irlande.

Mais à Sydney, je me suis fait faire un tatouage irlandais. Sans doute sous l'effet du décalage horaire. J'avais envisagé un moment de me faire tatouer *the wren the wren* sous la clavicule opposée à celle de *l'amour est une vague*, puis à la dernière minute je changeai d'avis et demandai un roitelet au trait fin, minimaliste, dans l'espace entre le pouce et l'index sur ma main gauche. Quelque chose de minuscule, dis-je. Un roitelet ventru, son bec grand ouvert, afin que chaque fois que je m'ennuie, je puisse remuer le pouce et le regarder chanter.

La question suivante me tourmenta : sur une branche ou pas.

Pas de branche ! tranchai-je. Il est là, c'est tout.

J'étais en route vers Auckland où j'avais des amis avec des visas de travail, et un endroit où habiter. Je ne savais pas exactement ce que je faisais à Sydney. J'avais imaginé que je pourrais y écrire, mais la ville m'échappait. Les cafés où j'allais n'étaient pas les bons, les quartiers, pas mieux. Je ne voulais pas sortir le soir toute seule, même si j'avais l'impression d'être au milieu de la journée.

Durant mon troisième après-midi, chancelante sous le soleil, je m'assis dans le Jardin botanique, et regardai les oiseaux. J'espérais voir le martin-chasseur sacré car, depuis le jour où j'en ai vu un enfant, sur la Dodder, j'adore les martins-chasseurs. Je ne les collectionne pas, j'aime juste leur dire bonjour.

Comme chacun sait, il n'y a rien de tel pour apercevoir l'oiseau que vous désirez que de cesser de le chercher. Laisser flotter le regard, et attendre que l'oiseau se matérialise. Guetter une tache de bleu.

Il n'y avait pas de quoi s'ennuyer dans le Jardin botanique cet après-midi-là. Le méliphage bruyant, agacé, agressif ; les ibis blancs, avec leurs virgules noires en guise de becs. Je crus avoir repéré un cacatoès rosalbin, rose sur un eucalyptus rose, finalement non, je m'étais sans doute trompée. Un groupe de petits oiseaux à longues queues se hachura soudain du plumage bleu d'un mâle et mon cœur palpita (oui) face à cette minuscule magnificence. C'était un mérion superbe. Les oiseaux en Australie sont vraiment ridicules. Le mérion superbe* est si beau que sa beauté est précisée dans son nom : le superbe avec sa cape bleu ciel, le splendide bleu électrique, le ravissant avec ses ailes marron, et d'autres encore aux nuances intenses. Rien de féerique chez ces oiseaux, dont le nom a été inventé il y a deux siècles de cela. Leur nom plus ancien, local, est *muruduwin*.

Quant à la teinte que je recherchais pour mon nouveau tatouage, ce n'était pas celle d'un splendide ou d'un ravissant ni même celle d'un *muruduwin*, mais quelque chose de plus terne. Je guettais une petite chose humide et secrète, avec une insoupçonnable grosse voix. En fait, les oiseaux de chez moi me manquaient.

L'artiste tatoueuse ne réussissait pas à trouver dans ses modèles.

Vous êtes sûre du nom ?

Je lui expliquai que ce n'était pas la même famille d'oiseaux, qu'ils avaient juste en commun la racine de leur nom.

* Le terme anglais est *fairywren*, c'est-à-dire, littéralement, "roitelet féerique".

Les oiseaux se fichent du nom qu'on leur donne, dis-je.

À quoi elle répondit : C'est bien vrai.

Cette femme arborait des œuvres extraordinaires : un lotus s'ouvrait sur sa gorge et du lierre s'enroulait sous son poignet. Elle dessina à main levée, d'un geste rapide sur le papier, à partir de l'image que je lui avais montrée sur mon téléphone.

C'est comme un viol, n'est-ce pas ? dit-elle, faisant référence à ce que nous infligions à la nature.

L'Australie n'aurait pas sa place dans mon guide inachevé pour voyageurs anxieux. Aucune des personnes que j'avais rencontrées ne semblait anxieuse au sens où je l'entendais.

C'est sûr, répondis-je.

Et je songeai alors : Carmel adorerait cet endroit.

Je parlais à quelqu'un il y a quelque temps, à qui je disais que je n'étais pas née de l'amour mais de la nécessité. Ma mère s'était juste servie d'un type, dis-je – il avait toutes ses dents, il était blanc, ce qui avait de l'importance à ses yeux, et il était grand. Mon ami réagit : C'est un peu dur de ta part. À quoi je répondis : Pas vraiment. Je crois au contraire que c'est libérateur. Il insista : Quand même. Rien que la façon dont tu en parles.

Ce soir-là, donc, sur un coup de tête, j'envoyai un message à Imelda, demandant à voir la lettre, elle en prit des photos, qu'elle finit par comprendre comment m'envoyer en Nouvelle-Zélande. Surprise de constater que ce n'était pas beaucoup plus compliqué que de les envoyer à l'autre bout de la pièce.

– S'il te plaît, garde ces photos pour toi, elles font partie des archives.

Et je pensais : Eh bien, ça ne va pas le faire, parce que c'est tout écrit à la main et je ne suis vraiment pas douée pour déchiffrer les écritures.

– Waouh, merci ! Super ! Des tas de baisers de Nouvelle-Zélande, où le volcan oooooff marche sur le vent (photo).

Quelque temps après pourtant, assise sur l'herbe qui avait repoussé sous la lave noire refroidie des pentes du Rangitoto, je zoomai, fis défiler l'image et réussis à lire la lettre en entier.

La manière dont ils s'ignoraient était plus vive et plus complexe que le baiser de n'importe quel autre couple.

Je contemplai au loin la baie d'Auckland, puis tournai le regard en arrière vers le sommet que nous venions d'escalader – cette montagne comme une mamelle creuse dont le nom en maori signifie "ciel de sang" – et tout était infiniment ravissant. Le ciel de traîne, la houle, les touristes joyeux sous le soleil.

Ils savaient tous les deux que cela ne pourrait pas durer.

J'aimais la lenteur avec laquelle cette lettre était parvenue sur mon téléphone, ce frisson formel d'émotion distillée sur trois pages d'encre violette délavée, plus de trente années auparavant. Longtemps après leur mort à tous, je protégeais de l'ombre de ma main les mots d'Harvey sur mon écran. Je les lus à voix haute, comme une voix off de documentaire, déplaçant l'image d'avant en arrière avec les doigts.

La manière dont ils s'ignoraient était plus vive et plus complexe que le baiser de n'importe quel autre couple.

À côté de moi, mon ami plaisanta : Prends une chambre.

Qu'y a-t-il donc de si puissant dans l'écriture à la main pour qu'immédiatement tout paraisse si vrai et si intime ? dis-je. Tandis que nous étions sur ce volcan (légèrement rasoir), de l'autre côté du monde – nous eûmes cette conversation sur la façon dont le monde entier balançait des publications sur les réseaux, et bang, whoosh.

Sans qu'on ait même le temps de penser : Est-ce que c'est vraiment ce que j'ai voulu dire ?

Les réactions fusent déjà :

– *Exactement ! C'est tellement vrai !*

Songez à ce poète, cet Harvey. Debout devant la boîte aux lettres, avec sa magnifique lettre si sincère, à moitié glissée dans la fente, il hésite et se dit : Est-ce que ce n'est pas un peu fou ? L'enveloppe tombe et… trop tard ! Ses mots sont dans cette faille – envoyés et cependant encore invisibles. Dans ce chiasme d'où jaillissent Incertitude Terrible et Terrible Joie. Cet espace insoutenable, qui est celui où nous vivons désormais en permanence, à attendre les likes.

Mon ami dit : Mais c'est quasiment fini, non ?

Ah bon ?

Les *likes* ?

Dang. Je venais d'en recevoir un justement.

Le problème, c'est plus l'engagement, maintenant.

Ce garçon adore les explications. Il adore vous expliquer ce que vous êtes en train de dire et pourquoi il est d'accord avec vous. Parfois il donne l'impression d'être surtout d'accord avec lui-même, mais je trouve que c'est aussi agaçant que mignon. Mieux que quelqu'un qui vous explique ce que vous dites et pourquoi vous avez tort – comparable, cela dit, mais mieux quand même.

Il est enseignant, de profession et de caractère. Je me sens son élève.

J'aime bien cette lettre, me dit mon ami.

Ouais, c'est une belle lettre.

Ce garçon est tellement pince-sans-rire, on ne sait jamais quand il plaisante.

Il me tend son téléphone. Une voiture blindée qui explose et prend feu – sans qu'on sache de quelle guerre il s'agit. Dessous :

– *On entend les munitions exploser sous l'effet de la chaleur.*

Et effectivement. Une minuscule détonation, un sifflement, des balles explosant comme du pop-corn dans un micro-ondes au loin.

Mmh, dis-je.

Pourquoi est-ce que l'algorithme a sélectionné ça pour moi ? interroge-t-il. Il lui arrive de s'effondrer de terreur. Il lui arrive de penser que l'infosphère tout entière a sauté et que nous sommes en train d'exploser à notre tour *sous l'effet de la chaleur.*

Nous avons mangé de bons sandwiches à côté du quai où le ferry accostait sans rien laisser derrière lui. Il n'y a pas de rongeurs sur l'île de Rangitoto, dans la baie d'Auckland. En l'absence de rats, donc – agréable pensée –, l'endroit est plein d'oiseaux, ainsi que le pays tout entier l'était autrefois. Les oiseaux, débarrassés de leurs prédateurs, sont tellement décontractés qu'ils ne s'embêtent même plus à voler, et ils sont tous ravissants : le méliphage carillonneur sonne et bipe comme le pont du vaisseau dans *Star Trek*, le rhipidura s'ébroue la queue paisiblement.

Auckland est une banlieue agréable bâtie sur des terres volcaniques endormies. À la surface de ces sols, on est entouré de cabanes en bois et de gens aux traits caractéristiques (blancs, étroits, en forme de cœur) mais il arrive qu'on sente encore la lave remuant dans les profondeurs. Et depuis ce perchoir rocheux, au beau milieu d'une nuit irlandaise, j'envoie mes textos comme des rêves sur des écrans en sommeil. Dix-huit mille kilomètres entre nous. J'aime le décalage horaire. Il m'apaise.

– Salut Imelda. Tu te rappelles, cette merveilleuse lettre qu'un dénommé Harvey avait écrite à propos de ta maman et de grandpa Phil ? Est-ce qu'elle a été publiée quelque part ? J'aimerais beaucoup la lire un de ces jours.

Quatorze heures plus tard.

ping !

Au loin, les immeubles blancs de la ville, les collines vertes et les péninsules du golfe d'Hauraki, ses eaux houleuses, assombries par le vent. Derrière nous, les champs de lave noire bordés d'arbres aux fleurs pourpres. La montagne sur laquelle nous sommes assis est sortie de terre il y a six cents ans. Le sol que nous foulons est jeune encore.

De là où je suis assise, le passé semble un lieu solitaire.

Et je crois que je ne l'aurais pas remarqué, que je n'aurais pas cherché à voir ces petites intersections si nous n'étions pas en Nouvelle-Zélande, où l'on ne peut pas s'empêcher de penser au reste de la planète tout le temps. À Auckland, je ne me lasse jamais de regarder le ciel.

Après mon arrivée, j'ai passé beaucoup de temps à consulter des cartes, à zoomer, dézoomer sur des lignes sans nom, des cotations imprimées en lettres toutes fines sur le flanc de l'océan, des montagnes sous-marines dont les sommets n'affleurent même pas.

J'ai fini par atterrir au-dessus du comté de Louth, où la famille de Felim possède cette ferme : quelque chose dans la densité de la planète qui nous séparait faisait que je me sentais suffisamment en sécurité pour céder à la tentation de jeter un coup d'œil. L'image n'avait pas été actualisée depuis le jour où nous en étions repartis en voiture, plus de trois ans auparavant. Les mêmes granges, les mêmes tracteurs garés le long du mur.

Je pensais à Felim, à la façon qu'il avait d'appeler les gens de son entourage, "Son Excellence Un tel", ou bien "Lady Une telle", personne n'avait plus son vrai nom, pas même feu le pauvre "Ballsy" McKenna. Quant à moi, je ne crois pas qu'il ait jamais utilisé mon nom, à part pour se moquer de moi.

Je me demandais s'il s'en sortait mieux avec sa petite amie, maintenant qu'il avait cessé de me maltraiter. J'en doutais. Je me rendais compte à présent qu'il n'avait jamais arrêté de la voir, tout le temps que nous avions couché ensemble. Elle était une personne réelle, alors que, moi, j'étais une erreur. Une photo de plus sur son téléphone. Il voulait avoir des enfants et sans doute c'était une chose qu'elle ferait pour lui. Deux garçons et une fille, ou l'inverse. Ils débarqueraient en meute à Louth pour Noël, où elle prendrait sa place près de l'évier à essuyer la vaisselle avec sa sœur Maeve. Et Felim serait un gentil papa, le plus souvent, sans pour autant qu'on s'aventure à l'embêter trop de peur qu'il ne se fâche.

Il ne blesse les gens que pour leur propre plaisir. Et uniquement dans le domaine du sexe, ce qui est permis bien entendu, puisque c'est ce que veulent les femmes. Moi en tout cas. Il ne se montre atroce que lorsqu'on l'en supplie.

Bien sûr.

Penser à lui me donne la nausée. J'envisage un instant de le troller, de créer quelques faux comptes et de rajouter en commentaire le mot "agresseur" sur toutes ses publications.

Agresseur

Agresseur

Agresseur

Durant de nombreux mois, j'ai été obsédée par cette idée, mais cela fait un moment que je n'y ai plus repensé. C'est ma faute, je n'aurais pas dû retourner à *Louth actually*.

Au pied du champ lointain, j'aperçois une construction en terre, une sorte de forteresse, avec un mur circulaire, dont l'arc est brisé en deux endroits, pareil à l'auréole d'humidité laissée par une pinte antique. Autrefois on les appelait les *fairy forts**, de petits monticules et bosses dans la lande irlandaise, vestiges de bâtisses construites il y a cinq cents ou mille ans. Je ne l'avais jamais épié jusque dans ces détails topographiques, je suis la piste de câbles d'alimentation, par-dessus les silhouettes d'exploitations agricoles et de fermes fantômes.

Avant que je m'en rende compte, j'erre sur le planisphère jusqu'aux tracés des lignes de Nazca, ces dessins dans le désert péruvien, si immenses qu'ils étaient nécessairement invisibles pour ceux qui les ont réalisés – une araignée, un colibri, un

* Il n'existe pas de traduction de ce mot, on les appelle aussi *lios* ou *raths*, littéralement le mot signifie "forts enchantés".

singe avec une queue en spirale –, puis je reviens au bocage irlandais, à ces carrés de verts, ce jacquard de champs semés ou juste moissonnés, ces traces de pneus boueux dans les allées derrière les portails, les rangées de balles de foin comme des lignes de broderie. Un fermier est figé là, taillant un champ de céréales en forme de cœur, peut-être pour épouser la pente de la colline. Les fermiers font toutes sortes de choses ennuyeuses ou sentimentales : tailler en cercles, creuser des labyrinthes de maïs, planter leur charrue au milieu de l'hiver en y accrochant des messages d'injures à destination des avions. L'artiste voyou qui a dessiné le Marree Man en Australie l'a pourvu d'un pénis de deux cents mètres de long, impressionnant certes mais pas aussi monumental que le pénis céleste dessiné par un avion au-dessus de la Floride et mesurant vingt-sept kilomètres des couilles au gland. Personne au sol ne savait ce qui se tramait dans les airs, et les passagers bien sûr avaient tout ignoré de ce qui était en train de se passer. La plaisanterie n'était visible qu'au radar, entre le pilote et le contrôleur aérien. Heureusement qu'il regardait ce jour-là. Comment vous vous sentiriez, vous, si vous dessiniez la plus grande bite jamais vue au monde et que personne n'était là pour la voir ? (Si quelque chose se passe sur internet mais que personne ne clique, est-ce qu'on peut vraiment considérer que cela s'est produit ?)

Ce que je préfère voir du ciel, ce sont les cibles d'étalonnage dans les déserts de Chine et d'Amérique, conçues pour que les satellites puissent régler leur objectif en passant au-dessus ; des codes-barres géants, bravant les tempêtes de sable, la plupart déjà obsolètes.

Je dissertais sur tout cela (à part sur ce qui concernait Felim, bien entendu) pendant notre marche vers le sommet, puis autour de Rangitoto, car mon ami est le genre de type qui se fiche que vous sachiez des tas de choses, tant qu'il en connaît davantage.

Ça s'appelle des géoglyphes, dit-il.

Je l'avais coincé sur les tableaux d'étalonnage en revanche. Il s'immobilisa, posa les deux mains sur les hanches et dit : Hum.

Il oscilla légèrement, de gauche à droite, comme s'il contrôlait la gauche, puis la droite du panorama. Et cet air perplexe, les mains sur les hanches, sans être rédhibitoire, n'avait franchement rien de sexy.

Plus tard, tandis que nous ramassions nos déchets dans des boîtes et des sacs, il dit : Tu devrais mettre un message sous un rocher.

On ne doit pas laisser de trace, dis-je, tout en envisageant du coin de l'œil un rocher un peu plus haut dans la pente, vaguement tentée quand même. Mais qu'est-ce que j'écrirais ?

Tes initiales peut-être. "Nell est passée par là."

Ni plus ni moins que du graffiti. Il faut deux noms pour faire une histoire. Alors seulement commencent les interrogations : Que leur est-il arrivé ?

Je ralentis, en me rendant compte que j'avais commencé à marcher, emportée par ma phrase, et ne pouvais plus faire marche arrière. Il ne disait rien, regardait son téléphone.

Plus tard encore, nous nous embrassâmes. Et ce fut assez désastreux. Au grand air, en plein jour. Contre le garde-corps du ferry de Rangitoto, le nez au vent, sous un ciel magnifique. Il passa son bras autour de moi, je me blottis sous son épaule gentiment offerte, il baissa la tête et m'embrassa.

Cela se produisit tout là-bas, à l'autre bout de la planète, quelque temps après que je lui avais lu la lettre qui parlait de mon grand-père et moins de temps encore après qu'il m'avait montré la fin du monde sur son téléphone.

Une fois le baiser achevé, tandis que nos regards se tournaient de nouveau vers la mer (sans le moindre dauphin bondissant de joie dans notre sillage), je recensai mentalement tous les endroits où nous aurions pu nous embrasser sans l'avoir fait – au sommet de la montagne, qui s'avérait creuse une fois là-haut et où une plateforme en bois vous invitait à admirer la vue, dans la grotte de lave noire brisée, sur le quai en attendant le bateau. J'aurais pu l'embrasser n'importe où.

Et maintenant que c'était fait – est-ce que c'était juste un truc de bateau ? Tous ces baisers imaginaires n'étaient-ils que des scènes suscitées par les lieux ? Réussirions-nous à importer nos baisers entre quatre murs, à franchir le seuil d'une chambre ?

Nous avions eu des tas de raisons de nous abstenir. L'une d'entre elles était que nous parlions trop tous les deux. C'était notre truc. Nous nous étions mis à parler à la seconde où nous nous étions rencontrés. Nous nous intéressions à tout, nous avions plein de choses intéressantes à raconter : que deviendrait tout cet *intérêt* si nous nous taisions ? Si nous nous retrouvions nus ? Difficile à imaginer.

La peau de son cou sous les pans de sa chemise se mit à m'intéresser. Je glissais les mains sous le tissu et quelque chose dans la chaleur et le grain de sa peau me sembla familier. Lorsque je ressortis la main, son cou blanc était éclaboussé de rougeurs.

Quoi ? dit-il.

Hé, répliquai-je.

Je ne voyais pas comment ramener ces sentiments à la maison. Avec tous les transports publics qu'il fallait emprunter. J'habitais à Glenfield, il logeait de l'autre côté de la baie, nous étions devant le terminus du ferry au centre-ville. Je ne savais pas bien ce qui était en train de se passer. Nous étions sobres, c'était le milieu de l'après-midi.

À bientôt, lançai-je, en tournant dans Albert Street pour aller prendre mon bus.

Il m'envoya une photo où l'on voyait sa joue, son oreille, la moitié de son œil, et sa main floue qui s'agitait devant.

Il m'envoya le selfie que nous avions pris au sommet de l'île.

Je fourrai mon téléphone dans ma poche en pensant : Je ne peux pas coucher avec toi. Sincèrement. Je t'aime vraiment beaucoup, donc je ne peux pas coucher avec toi. Dégage de mon putain de téléphone.

J'étais assise dans le bus quand le ping sonna de nouveau. Le temps de lire le message, j'étais rentrée chez moi. Il m'avait envoyé un poème :

L'amour est une vague, une brume
Devenue nuage, qui pleut
Sur la rivière, de l'eau sur de l'eau,
Un cœur sur un cœur. De tout là-haut
Jusqu'ici en bas de la colline.

Comment le sexe peut-il être à la fois torride et pas génial ? Car c'est bien ce qui se produisit lorsqu'il arriva finalement chez moi et que nous le fîmes, à toute allure, de façon à nous en débarrasser et à pouvoir recommencer à traîner tranquille.

Pas assez vite cela dit pour qu'il en oublie ses manières de type gentil : Tu es sûre ? vérifiait-il tandis qu'il tentait de s'orienter, légèrement à côté de la plaque. De sorte que je tendis la main vers son pénis étonnamment épais et trouvai le chemin à sa place.

Oui, je suis sûre, dis-je.

Après quoi, pendant qu'il était dans le couloir en train de me dire au revoir, et que nous étions de nouveau en pleine zone d'incertitude, il commença à jouer avec, puis à défaire les boutons de mon haut, et le reste suivit. Il était très sûr de lui. Pour un type gentil, il savait exactement ce qu'il voulait et cela me procura un frisson de séduction. Arrivé au dernier bouton, je n'avais plus aucune envie qu'il s'en aille, ou plutôt, j'avais envie qu'il ait envie de rester, autant que j'en avais envie moi. Je tentai de le pousser sur le canapé, il m'attira sur le grand fauteuil. Alors que je tombais par terre, j'eus une vision furtive de Felim mais elle s'évanouit aussitôt, mon ami était toujours là, toujours lui-même, les replis de son ventre saillaient sous sa chemise en coton qui sentait le vent et le soleil.

Quoi ? dit-il.

Rien.

Viens par ici.

Nous avions décidé de rentrer en Europe lentement, par étapes. Un premier vol vers les Cairns, la barrière de corail, puis Denpasar et quelques jours à l'hôtel, sur la route de Nusa Penida. J'avais choisi cette île pour l'étourneau de Rothschild, un myna blanc très bavard, avec une sorte de crinière blanche désinvolte, la peau d'un bleu vif autour de l'œil, des talents d'imitateur et un niveau de menace d'extinction tel qu'il n'en restait qu'une centaine de couples reproducteurs sur Terre. Il n'y eut malheureusement pas de rencontre avec cet oiseau, en revanche nous croisâmes des raies mantas, que je faillis ne pas voir jusqu'à ce que je cesse de les guetter sur les côtés et regarde droit devant moi pour découvrir une sorte de cape noire rasant les fonds sablonneux. Nous nageâmes alors vers le fond, toutes palmes dehors, et sur le chemin du retour, une autre raie fonçait droit sur nous, avec sa drôle de gueule ouverte comme une boîte et ses nageoires ourlées autour. Elle remontait en piqué et frôla mon épaule droite de son ventre blanc, semblable à la panse bombée d'un avion volant en rase-motte.

Après cela, nous avions passé quelque temps à Nusa Lembongan, une plus petite île près de Bali. Depuis un bateau de pêcheurs traversant la mangrove, entre les arbres aux racines perchées, j'aperçus enfin l'oiseau bleu que j'avais tant guetté en Australie, le martin-chasseur sacré, *Todiramphus sanctus sanctus*. Une petite flamme furtive.

Plus tard, un couple de martin-chasseurs – indiscernables l'un de l'autre pour moi, quoique la femelle fût censée être légèrement plus verte.

Assise dans un café, les pieds dans le sable, je recensai les plages et les baies diverses pour mon blog de Tourisme Nature. Quand je trouvai du wifi pour envoyer l'article, mon téléphone me proposa une vidéo du début des années 1980. Qui ne paraissait pas si drôle que cela et vieillotte, je balayai l'écran et reconnus le nom au dernier moment : Phil

McDaragh. Les réseaux sociaux venaient de me cracher mon grand-père à la figure – à des années et des pays de distance. Il était là. Une vidéo d'époque récemment ajoutée sur YouTube. Deux commentaires, tous deux favorables. Vingt-six vues.

Ça alors.

Je cliquai : et de vingt-sept vues.

Puis changeai d'avis. Pour rentrer au bungalow aussi vite que la chaleur étouffante me le permettait et sortir mon ordinateur afin de la regarder sur un plus grand écran.

Mon grand-père se tient dans le studio amateur du département audiovisuel d'une université américaine quelconque. Maquillage rose orangé, teint à la fois brouillé et luisant, petits postillons au coin des lèvres, questions plus que générales. Phil McDaragh cause poésie lyrique irlandaise à un intellectuel américain qui marque des pauses de trois secondes au milieu de toutes ses questions. Vous comprenez, son cerveau est tellement énorme, il ne peut pas aller vite.

Alors dites-moi (pause pause pause pause pause pause pause) *qu'est-ce qui vous a amené en Amérique ?*

Dans la chaise en face, l'homme ouvre la bouche et ma famille tout entière en sort. Phil est assurément plus guindé dans son genre. Il évolue dans une autre époque. À la fin de cette interview, il se lèvera et marchera dans un monde où la princesse Diana porte des chemisiers à jabots énormes, où les téléphones ne sortent pas des maisons, où le pain est invariablement blanc. Et cependant il me paraît si familier, j'ai l'impression de l'avoir déjà rencontré. Il a ce regard en coin ironique et acide de ma tante Imelda. Cette façon de s'asseoir en avant, légèrement voûtée, ce même index emphatique. La grimace furtive que j'ai à la fin de chaque phrase – l'air de m'être tirée d'affaire. Toutes les McDaragh se mélangent dans son corps, et nous avons toutes l'air si délicieuses et chaleureuses dans la bouche de Phil. Juste adorables.

Il fait rire son interlocuteur.

Snarf snarf snarfle snarf. C'est tout simplement… (pause pause pause pause pause pause pause) *extraordinaire.*

Il est primordial d'être désinvolte, dit-il. *Je suis un homme en marche – c'est le sens du mot "poète" pour moi. Un homme en marche.*

Ce genre de phrases, ça me ressemble tellement, un instant j'essaie de me souvenir si je ne l'ai pas déjà prononcée telle quelle, j'éclate de rire dans le silence. La connexion entre nous ne se résume pas aux maillons de notre ADN, c'est une corde qu'il me lance depuis le passé, une grosse corde noueuse, pleine de sang.

Je clique sur pause une minute, m'efforce de me rappeler ce qu'un bébé est censé percevoir dans le ventre de sa mère, à travers ses paupières transparentes encore.

La couleur rouge.

L'arborescence placentaire, ses veines et ses branches.

Je regarde des images *in utero*, ces astronautes sanguins avec deux pépins noirs et brillants en guise d'yeux. Je repense à un arbre, je ne me souviens plus où il était. Pourtant, je me revois, allongée sous cet arbre, les yeux fermés, consciente de tout ce qui se trouvait au-dessus de ma tête, le mouvement des feuilles, les rayons du soleil. L'espace, lisible autour de moi. Dont l'existence m'apparaît grâce à ce sens sans nom qui vous permet de savoir où sont les choses. Une chute d'eau à ma gauche, à quelques mètres de là, et Carmel, assise à ma droite.

Je relève la tête, je suis à Bali, face à une vue sur la canopée et la mer au-delà. À guetter un mainate.

Tous les poèmes, dit Phil, *sont des poèmes d'amour non réciproque. Je ne suis pas sûr qu'il existe un autre genre de poème. Et d'ailleurs, je ne suis pas sûr qu'il existe un autre genre d'amour.*

L'homme aux lunettes carrées semble à la fois amusé et terriblement sérieux.

Dante et sa Béatrice ?

Cela ne tient pas à l'identité de la fille, cela ne tient pas à une fille ou une autre, cela tient à son absence. Et au fait qu'une fois absente, il n'en existe aucune autre comme elle.

Je referme l'ordinateur, fais les cent pas sur le sol en teck lisse. Un froissement blanc palpite au coin de mon œil, aucun oiseau lorsque je lève les yeux.

Il n'en existe aucune autre comme elle.

Quelque part sur la mer, l'homme que j'aime surfe dans des rouleaux si dangereux qu'on les surnomme les "Lacérations". Cette vague a été baptisée ainsi parce qu'elle se brise sur le tranchant de la barrière de corail. Il a dit qu'il rentrerait pour seize heures même si, là où il se trouve, il n'a aucun moyen de savoir quelle heure il est. Ou bien fait-il semblant de ne pas savoir quelle heure il est – il y a un ponton amarré devant les rouleaux où on peut acheter du coca et de la bière, les gens sont assis là avec leurs montres étanches, il suffit de demander. Hier soir, quand nous sommes sortis dîner, j'ai vu un type avec des cicatrices pleines de croûtes sur le torse, un autre avec un énorme bandage enroulé autour de sa cuisse lacérée. Le monde s'est transformé en un endroit où les gens se font mal, où l'homme que j'aime mourra un jour. Tout ce que je vois autour de moi menace sa sécurité, sa proximité – le temps n'est plus qu'un instrument de mesure de nos séparations. Je ne pense pas à lui en permanence, il est devenu mon mode de pensée. Son esprit est ma boussole, ses yeux mon unique miroir. Le soir, quand nous baissons les stores en bambou sur la forêt, il n'entre pas dans mes rêves, il ne les quitte pas non plus : nous rêvons ensemble. Mon corps sait qu'il est là. Et lorsque nous nous réveillons, nous désirons la même chose.

L'autre. L'autre.

Je suis impatiente de lui montrer la vidéo.

J'espère qu'il n'est pas mort.

À dix-sept heures, il n'est toujours pas réapparu. À dix-sept heures trente, alors que Londres est au milieu de la matinée, en train de lire ses e-mails, je cède et envoie le lien à Lily.

– je me suis dit qu'un peu de poésie te ferait plaisir

Elle répond du tac au tac :

– qui est ce vieux pervers ?

– lequel ?

– ha ha ha ha

Je balance le téléphone sur le lit et rouvre l'ordinateur dans l'idée de coucher une pensée qui vient de me traverser l'esprit sur la page, trop tard.

Il a changé.

Seigneur, Lily, tu es tellement compétitive, me dis-je. Tu n'en loupes pas une, tu suces la moelle de tout ce que je fais, de tout ce que j'ai. Me voilà lancée dans une logorrhée intérieure sur Lily, la perte de mon grand-père, l'homme que j'aime qui se vide de son sang, quelque part en mer.

Je laisse la vidéo tourner, pour personne, pendant que moi-même je tourne dans la pièce, trie des vêtements. Je jette un œil à l'écran et, cette fois, je n'ai plus cette impression de me voir en vieux mec, non, j'ai l'impression de me voir sous les traits d'un vieux connard. Phil joue les Irlandais – il se donne des inflexions, des rires, des accents mélancoliques. Cet homme a mon sourire roublard. C'est complètement dingue.

Qu'a-t-il de si spécial ? Je me rassieds sur le lit et remets la vidéo au début, à la recherche de cette chose que Lily a vue instantanément.

Ah oui, l'Irlande, dit-il. *Je ne suis jamais vraiment parti. On ne quitte pas un endroit pareil. Il reste avec vous pour toujours.*

Sous ses interminables cils, ses yeux, immobiles.

Voilà le frisson. Juste là.

Je caresse le vers du poème de cet homme écrit sous ma clavicule, et je sens se déployer la malédiction de l'encre énoncée par Carmel. Ce mauvais sort maternel : tout ce que tu feras d'indélébile à ton corps finira par se retourner contre toi. Les mauvais mots, le mauvais amant, le mauvais endroit pour une étoile filante. La seule chose sans risque, c'est un cœur, les seules lettres sans risque sont celles qui forment le mot MAMAN.

Je travaille sur ces traductions, ces versions pour être plus juste, d'après le gaélique, ce magnifique langage sous-marin sur lequel toute la poésie irlandaise navigue. Je crois que je finirais par le parler parfaitement à ma mort – c'est une sorte de bénédiction générale, en fin de compte. Peu importe. Ces versions sont de menus trésors que j'ai recueillis. Elles ne m'appartiennent pas.

Il lève la tête et fixe le vide devant lui. Il a un sourire en coin furtif, comme s'il s'illuminait par anticipation. Dans l'acoustique saturée, je perçois son inspiration moite.

Pose ta tête sur mon cœur sombre,
le miel de ta bouche et son parfum de thym

Ce type est carrément pervers, me dis-je. Il ne s'agit pas juste de son âge, quoique l'âge soit un révélateur imparable de ce genre de charme. Il s'agit de duplicité. Les mots paraissent charmants – mais ils ne le sont pas – et le regard est un regard de prédateur, agrippé à sa proie.

mais elles
n'auront pas mon amour, mon doux amour, que je garde pour toi.

Je détourne les yeux, pour ne pas voir ces deux pupilles mortes et statiques, et sa voix est si envoûtante qu'on tomberait endormi à l'écouter. Ce n'est pas seulement faux, me dis-je. C'est un vrai piège.

donne-moi ta main avant qu'il soit l'heure,
oh mon amour, ma tendre chérie.

C'est alors que j'entends le flip-flap des claquettes et le bruit de la planche de surf déposée contre le mur dehors. Je jette un œil par-dessus la canopée. Aucun oiseau blanc en vue.

Chère Nell,

Quelle joie d'avoir de tes nouvelles, merci mille fois pour ton message. J'aimerais tant pouvoir répondre à tes questions, mais tout cela remonte à si longtemps. J'avais vingt et un ans quand j'ai épousé ton grand-père, vu d'ici cela paraît scandaleux (et d'ailleurs ça l'était ! c'était même tout l'intérêt !) et j'imagine qu'on pourrait dire que notre relation s'est déroulée selon les usages de l'époque. En vieillissant, j'ai l'impression que tout ceci est arrivé, non pas uniquement dans un tout autre monde, mais à une tout autre personne. Parfois je ne me reconnais pas moi-même. J'ai ce sentiment qu'être la gardienne de l'œuvre de Phil a été l'aspect le plus positif pour moi dans cette relation. Il y a un plaisir moral à se trouver en soutien d'une œuvre magnifique et je continue à m'honorer de favoriser le talent partout où je le peux. Je serais ravie de te recevoir ici à Sag Harbor, comme un membre de la famille, dans la maison principale. Si néanmoins tu as envie de postuler pour une résidence d'artiste dans le bâtiment de la cour, la procédure est supervisée par un conseil d'administration indépendant et le formulaire de candidature est disponible sur le site internet, que tu as déjà trouvé.

Je ne sais pas si tu as entendu parler de notre nouvelle initiative : la bourse Selma Karras, réservée aux jeunes artistes femmes, et qui se focalise particulièrement sur les travaux en lien avec les questions de santé mentale, au sens large. Selma a vécu quelque temps avec ton grand-père en Grèce, et comme tu le sais peut-être, son œuvre connaît un regain d'intérêt, non seulement ici aux États-Unis mais dans le monde entier.

Selma est une femme très secrète, qui malheureusement n'a plus rien publié depuis plusieurs décennies. Mais je te recommande ses œuvres de jeunesse ! Je suis sûre que tu y décèlerais ce que Phil y a vu et qui lui faisait dire qu'elle était la poétesse la plus enthousiasmante qu'il eût jamais rencontrée. Tu percevrais également dans sa poésie les échos de leur tumultueuse relation, de même que tu les reconnaîtrais sans doute, quoiqu'à de plus rares occasions, dans celle de Phil. J'ignore s'il y avait, ainsi qu'elle le prétend, une rivalité professionnelle entre eux – après tout, il était un poète établi tandis qu'elle n'était qu'une ingénue et une inconnue. Avec les simples mortels (dans lesquels je m'inclus), ton grand-père n'était jamais cruel, entre eux, en revanche, il y avait une dynamique d'un autre ordre et il la traitait abominablement, ainsi qu'elle le raconte aujourd'hui publiquement, et je la crois.

Nous qui aimions Phil savions, en un sens, que nous l'aimions non pas en dépit mais pour sa "méchanceté" – à l'époque, c'était à la mode. Le mal était censé libérer quelque chose dans notre psyché, et pas toujours pour le meilleur. C'est aussi la raison pour laquelle j'ai voulu créer cette bourse Karras : je ne peux pas m'absoudre complètement du comportement désastreux de Phil. Je l'adorais – en tout cas, au début, sans nul doute – et cela a dû contribuer à lui donner cette image viciée de lui-même. Je croyais ne pas avoir d'autre choix que de l'adorer, alors que bien sûr j'avais le choix, cela va sans dire.

Je n'échangerais pas ma place avec la jeune femme que j'étais autrefois, celle qui était amoureuse de Phil McDaragh : les changements qui ont eu lieu depuis, dans le monde, et chez moi en tant qu'individu, ont été si positifs, si justes. Je continue néanmoins d'apprécier ses poèmes, et j'espère que toi aussi. Ils ne sont pas aussi exaltants que les vérités qu'on découvre chez Karras, elle s'est affrontée aux ténèbres que Phil s'est évertué à dissimuler. Son travail est une exploration du chaos, tandis que celui de Phil en est une fuite. Et cependant sa tentative de s'en libérer me remplit de compassion à son égard. Lorsque je le lis aujourd'hui, je me demande s'il est possible d'en savoir trop.

Mais tu es jeune ! et tu me sembles talentueuse, le monde, assurément, est un lieu plus clément pour toi. Chère Nell, j'ai beaucoup réfléchi à tout cela depuis toutes ces années et j'assume volontiers tout ce que j'ai à dire, mais cette lettre t'est destinée à toi, pas à n'importe qui. J'ai confiance en ta voix, elle me paraît si sincère, si déterminée. Je me souviens de toi, de cette petite fille au regard franc et clair, à qui rien n'échappait et qui riait volontiers. Je suis impatiente de te revoir en chair et en os.

Beir Bua, *comme disait Phil. Nous fabriquons l'avenir mot à mot, et ligne à ligne, et brique par brique.*

Affectueusement, ta "mamie"

Connie

Debout devant la porte de ma mère, je descends la fermeture éclair de ma petite valise cabine, l'ouvre en deux sur la plus haute marche de l'escalier, et m'accroupis pour fouiller dans mes affaires sales. Sous un tas de câbles et de chargeurs, des sous-vêtements usagés et des sandales, je retrouve mes clés. Comme toujours. Le porte-clés est un gros poussin Titi jaune fluo – il cligne de l'œil, ses pattes palmées sur les hanches. C'est ce personnage qui réussit toujours à se faufiler de sous les lits et les coussins de canapé, son visage que je repère de loin ou même ivre sur une piste de danse, et qui revient me rappeler à l'ordre en se glissant au creux de ma main. Titi, qui est un garçon (j'ai vérifié), est resté avec moi tout ce temps, gardant les clés d'une porte à l'autre bout du monde.

Et derrière cette porte, il y a mon passé.

Le verrou tourne – pourquoi en serait-il autrement ? – et je me baisse pour traîner ma valise cabossée à l'intérieur.

Le hall d'entrée dégage une odeur d'hôtel chic, un mélange d'orange et de bergamote, semblable en tout point à son odeur le jour où je suis partie. Au premier regard, je ne reconnais pas les coussins blancs et indigo sur le banc, pourtant ce sont bien les mêmes depuis une éternité. Il y a eu un mois dans la vie de Carmel pendant lequel elle a su exactement ce qu'elle voulait, et trouvé dans les magasins ce qui lui plaisait : la maison a été aménagée durant ce mois-là, et pour les décennies à venir.

J'envoie un message.

– Hé coucou

Au bout d'un moment :

– Hé hé.

– ?

Lorsque j'envoie des messages à Carmel, son téléphone lui signale que c'est moi en diffusant l'air de *Oh Happy Day* par les Edwin Hawkins Singers – petit cadeau personnalisé de la technologie. Il me semble l'entendre non loin.

– Là

Je joins une rapide photo de mon œil droit, interrogateur. Derrière moi, le coin de l'imposte de l'entrée.

Un léger cri résonne quelque part à l'extérieur. Ma mère est dans le jardin. Un silence. Un nouveau cri, plus proche cette fois. Ahhgh. Le bruit de la porte arrière s'ouvrant, les pas étouffés de Carmel dans l'escalier accompagnés d'un Oh, oh, puis ses bras grands ouverts : Te voilà ! et enfin l'embrassade. En matière de vidéos de retrouvailles, celle-ci, c'est celle de la grande lionne serrant contre elle un être humain qu'elle tapote de ses grosses pattes de velours, lèche de sa langue râpeuse et mordille gentiment. Quoique maintenant qu'elle est dans mes bras, ma mère me paraît plus petite qu'en la voyant arriver. Elle se blottit contre moi et mon menton râpe le sommet de sa tête.

Pourquoi tu n'as rien dit ?

Je voulais te faire la surprise.

(Je voulais échapper à tes griffes, maman reine : prends la navette, prends un taxi oh non pas un taxi, prends le bus ordinaire et je te récupère sur le chemin ou bien tu m'attends là-bas donne-moi ton numéro de vol je serai là.)

Oh oh oh oh oh.

Ma mère cesse de dire oh et s'écarte de moi.

Te voilà enfin.

Dans un instant, elle redeviendra une lionne lambda, me laissera tomber comme si elle était complètement indifférente et reprendra ses activités.

C'est-à-dire pour commencer, dévisager intégralement le type à côté de moi dans le hall.

Maman, je te présente David.

Bonjour, dit-elle.

Enchanté, madame McDaragh.

Appelez-moi Carmel, s'il vous plaît. Vous êtes le bienvenu. Entrez, entrez, je vais vous servir une tasse de café.

Seigneur, maman, tu fais tellement irlandaise.

Que veux-tu que je fasse d'autre ?

C'est une excellente question. Passé cette première étrangeté, je franchis le seuil d'une invisible membrane, une sorte de résistance cède. Je suis rentrée chez moi.

CARMEL

Carmel ne voyait pas du tout ce que sa fille trouvait à ce garçon.

Ses cheveux blonds clairsemés balayés d'un côté de la tête, sa peau toute fragile avec une arrière-teinte de gris fatigue. Des pupilles immenses. Une bouche quasi inexistante. Son nom : Brocklehurst, pas un nom écossais, saxon apparemment. Un petit gars de Durham, expliqua-t-il. Il avait atterri à Cambridge, sans vraiment l'avoir voulu mais puisqu'il avait obtenu l'entretien… Il ne s'y était jamais senti tout à fait à sa place d'ailleurs.

Nell était assise à côté de lui, le dos bien droit. Elle oscillait très légèrement d'avant en arrière en les écoutant parler. Elle était toute rose, pitoyable presque : *je t'en prie aime-le, maman, aime-le je t'en prie.*

Carmel faisait de son mieux.

"Comment s'est passé votre vol ?" lança-t-elle.

Il avait l'air plus jeune que Nell. Pour commencer. Il avait quelque chose de juvénile. De très volontaire. À le voir soulever les bagages, on devinait qu'il était en pleine forme ; pas baraqué mais agile et très mobile.

"Il est anglais ? demanda-t-elle à Nell, pendant qu'il emportait les valises en bas.

— Abstiens-toi.

— Chut, dit Carmel. Il revient.

— C'est toi qui me parles", protesta Nell.

Carmel l'observa de derrière sa tasse de thé et lui offrit un biscuit qu'il refusa. C'était le genre de garçon qui savait tout. Quoique, sans mauvaises intentions, se dit-elle. Persistaient dans son élocution les vestiges d'un bégaiement qui donnaient l'impression qu'il courait derrière ses phrases. Dans un premier temps, il n'avait que deux modes : enthousiasme ou refus. Il parlait avec aisance de sujets mineurs – les banques chinoises, les bienfaits du taï-chi, nager dans une piscine d'eau de mer, les différentes tailles de planches de surf, l'absence de requins autour de Bali – mais si vous l'interrompiez, l'interrogiez, lui offriez quelque chose, alors : Oh non, s'exclamait-il. Non, cela ne lui viendrait pas à l'idée de se lancer dans la finance, Oh non, il n'était pas végane, en revanche il était végétarien depuis toujours, Oh non, pas de café, pas même pour compenser le décalage horaire, il essayait de se désintoxiquer de la caféine.

"Non ?

— Non.

— Bien, céda Carmel.

— Les Irlandais ne disent pas « non », intervint Nell, finissant par se ranger du côté de sa mère.

— Ah bon ?

— C'est connu.

— Qu'est-ce qu'ils disent alors ?

— Ils disent : « Oh je ne sais pas, je ne suis pas sûre de pouvoir, je ne devrais pas, vraiment, pas pour moi, merci. Non vraiment. »

— Donc vous dites : « Non vraiment » ?

— Suivi de : « Merci. » On dit : « Non vraiment, merci, vraiment non. » Seuls les Allemands et les bourges anglais disent « non ». On trouve ça blessant. Ou méprisant.

— Moi ça me plaît, coupa sa mère. Ne vous inquiétez pas, ça me va bien « non ».

— Les Irlandais parlent tous comme des vieilles dames, reprit Nell. Même les hommes.

— Ce n'est pas vrai", protesta Carmel.

David déclara que l'Irlande était un pays formidable, rien que sur le trajet depuis l'aéroport, il s'était senti accueilli. Et, prononçant ces mots, il avait l'air tellement seul.

Il se pencha vers Nell et serra sa main posée sur ses genoux, puis la lui lâcha sans la moindre sensualité. Ne serait-il pas gay, se demanda soudain Carmel, mais non, ce n'était pas ça non plus.

Le garçon continuait de parler. Il avait vécu à Shanghai pendant deux ans, donné des cours de préparation au baccalauréat international, enseigné la philosophie, le mandarin et la théorie de la connaissance, d'ailleurs il y avait une demande constante pour le mandarin, il n'y avait qu'à se baisser pour trouver des élèves. Il était également titulaire d'un diplôme de plongeur instructeur, ce qui était bien utile dans certains endroits du globe. Il enseignait surtout en ligne, remplissait les cerveaux des enfants du 0,01 pour cent le plus privilégié. Ses élèves habitaient partout dans le monde, tant qu'il y avait une piscine (ha ha ha). Certaines familles étaient si riches que cela défiait les mathématiques. Mais leurs enfants étaient assidus, respectueux. Ils étaient les fils et filles de l'argent infini. Quoi qu'il arrive, papa leur achèterait une place à Yale, par ailleurs certains de ces parents super riches étaient des gens très cruels. C'était une démonstration éloquente de ce qu'à bien des égards, les enfants valent mieux que les adultes. Vous savez, quand on dit de quelqu'un qu'il se comporte comme un enfant, eh bien peut-être qu'en fait c'est plutôt un compliment.

Il s'interrompit.

Puis se reprit.

"Ou bien c'est le genre de choses qui arrive quand on a un père puissant. On obéit aux ordres.

— Vous êtes de Durham ? demanda Carmel, qui avait enseigné à des enfants assez riches elle aussi, en son temps, et ne les avait pas trouvés particulièrement gentils.

— Non, pardon, je suis *allé* à Durham, dit-il. À l'école de Durham." Il la regardait d'un air interrogateur, comprenant qu'elle n'en avait jamais entendu parler, commençant à rétropédaler.

"Assez affreux, d'ailleurs. Terriblement froid. J'étais pensionnaire, poursuivit-il. Non, nous avons une maison dans un village, Cheswick. Près de la côte ?

— D'accord.

— Berwick-on-Tweed ?

— Désolée, je devrais savoir où ça se trouve, je suppose.

— Ne vous inquiétez pas, c'est tout plat et assez ennuyeux, en vrai.

— C'est près de Lindisfarne, ajouta Nell.

— D'accord."

Carmel n'arrivait pas à mettre le doigt sur le problème. Chaque sujet à propos duquel il se vantait – et tout ce qu'il disait recelait une pointe de vantardise – semblait en définitive ne pas le concerner.

Une manière tout anglaise de se dévaloriser : il vous démontrait point par point qu'il appartenait à une classe supérieure à la vôtre et recherchait, dans la foulée, votre compassion quant à son échec social. Trop bourgeois, pas assez bourgeois, il n'était chez lui nulle part.

Pauvre petit être supérieur, pensait Carmel.

Ce ton plaintif que les Anglais adoptent parfois en découvrant Dublin : Les gens sont tellement gentils, hein ? Et ils ont l'air de bien s'amuser ?

"Pardonnez-moi, dit-il. Je vais y aller. C'est en bas, c'est ça ?

— En bas à gauche", précisa Carmel.

Une fois qu'il fut complètement sorti de la pièce, Nell siffla entre ses dents : "Arrête ça.

— Quoi ?

— Arrête.

— Quoi ?

— Putain, maman, ne commence pas, d'accord ? Tu te comportes comme une garce. Et si tu n'arrêtes pas tout de suite, on fait demi-tour et on repart dans l'autre sens. Mon sac est encore dans l'entrée.

— Ton sac est éventré et toutes tes affaires sont éparpillées dans le hall.

— David !" lança Nell à travers le parquet.

Pas de réponse depuis les toilettes, c'était déjà ça. Au moins il avait des bonnes manières – sans doute inculquées dans son pensionnat malheureusement si chic. Ce genre de choses avaient encore cours ? Cela paraissait irréel.

"D'accord, dit-elle. Je suis désolée.

— Maîtrise-toi.

— Désolée." Au bout d'un moment, elle ajouta : "Je croyais que tu m'annoncerais que tu étais gay.

— Arrête. Maintenant.
— C'était juste une remarque."

Plus tard, Carmel se coupa le doigt en éminçant de l'ail. Elle agita le couteau, brandit sa main blessée dans les airs et effectua une sorte de danse comique à grandes enjambées entre le comptoir et l'évier, où elle passa son doigt sous l'eau froide. Le sang affluait vers le bout de ses doigts et se déversait dans l'évier. Carmel poussa deux soupirs profonds et vibrants.

"Tu vas bien ? demanda Nell, en arrivant derrière elle. Tu veux un pansement ?
— Ne me materne pas !"

Elle s'enfuit dans sa chambre, le doigt dans la bouche, s'assit sur son lit en le suçotant jusqu'à ce qu'elle ait une vision d'elle-même – ou bien le sentiment de sa position : une femme d'une cinquantaine d'années boudant comme une enfant, les pieds ne touchant pas le sol.

Il n'y avait franchement pas grand-chose à reprocher à ce garçon.

Imelda allait l'adorer, pensa-t-elle. Sa sœur était une snob invétérée.

À l'étage, David, le voleur de fille, l'envahisseur, le saccageur, était en train de mettre la table. Il la complimenta pour la nourriture, vida son assiette. Il souriait à Nell pendant qu'elle parlait, ils ne cessaient de s'interrompre l'un l'autre. Il leur arrivait même de prononcer les mêmes paroles au même moment tout en se regardant dans le fond des yeux.

"Malin", commenta Carmel, chaleureusement, tandis qu'il disait quelque chose d'intelligent, et il en éprouva une pointe de plaisir.

Bien entendu, il dormit dans la chambre de Nell, ce ne fut pas un sujet, Carmel avait déposé deux serviettes de bain côte à côte au bout du lit.

Lorsqu'elle se leva pour aller aux toilettes une dernière fois avant de dormir, elle les entendit discuter. La voix de Nell était si proche, si détendue que sa mère s'arrêta devant la porte – pas pour les espionner, elle se fichait du sens des mots, c'était le ton de sa voix qui l'attirait. Elle n'avait plus entendu cette version de Nell depuis des années. C'était la voix de la petite fille qui grimpait dans le lit de sa mère le dimanche matin pour bavarder, pleine de complexité et de drôlerie à la fois. Carmel aurait pu se sentir jalouse de cette intimité entre jeunes gens, mais pas du tout. Elle avait l'impression que sa fille était redevenue elle-même. En plus grande.

NELL

Un jour, la bulle éclata, quelle que soit cette bulle d'ailleurs, cette membrane huileuse tremblante au-dessus de mon existence que je nomme alternativement amour ou peur.

Un oiseau, que j'aperçus dans le jardin de ma mère et dont, l'espace d'un instant, je ne retrouvai pas le nom. Un petit oiseau bondissant, un bouvreuil ventru avec sa poitrine fardée, qui, lorsque je tentai de le capturer, m'apparut comme étant de la teinte de rouge à lèvres Mousseline Orange. Cette description sortait tout droit d'un poème de Phil le pervers, bien sûr, mais j'étais contente de la trouver juste en l'occurrence. Ce rouge à lèvres existe d'ailleurs, c'est une teinte Avon, que ma grand-mère aurait pu porter. J'ai brièvement envisagé de l'acheter sur ce site vintage avant de me souvenir – de quoi est fait le rouge à lèvres, déjà ? de la graisse animale ou chimique agglomérée dans un bâton et enfermée à l'intérieur, depuis 1964.

L'oiseau était toujours là, au fond du jardin de ma mère, joli bonhomme perché sur sa dryade à l'urne (rien à voir avec une nymphe !) bien trop majestueuse pour la maison, mais pas la pire de ces statues aux yeux vides que Carmel chine dans toutes les jardineries, les brocantes de films en costumes et autres oasis de banlieue écumées au fil des années. La pose de la dryade est gracieuse, ample, la pierre est joliment érodée et le tissu qui la drape est accroché à sa hanche avec des fleurs. Je pensais que nous aurions besoin d'une grue pour l'amener jusqu'ici mais ils l'avaient traînée à travers le rez-de-chaussée sur un chariot de courses, après quoi Carmel les avait tous rendus fous à pinailler pour lui trouver la place idéale par rapport à l'ombre, à moitié dissimulée par le magnolia devant. Elle avait fait grimper du lierre sur le socle et nappé de yaourt la face nord, comme elle l'appelait, pour attirer la mousse. Ce qui se produisit bel et bien, et donna l'effet esthétique escompté. Carmel a la main verte, bien qu'elle prétende qu'il s'agit juste de planter la bonne graine au bon endroit.

Et voilà que tout frais arrivé, perché sur la tête de la dryade, se trouve ce charmant bonhomme, avec sa casquette de plumes noires bien ordonnées, sa poitrine rose corail et ses ailes pimpantes, rayées de blanc. On dirait un majordome, un domestique, un type habillé pour servir des verres de porto. Je suis bien contente d'être là à inventer tout ça, cette histoire pour cet oiseau qui me tient compagnie sur l'herbe pendant qu'à l'intérieur de la maison, David flatte Carmel et Carmel flatte David, car – ne l'oublions pas – Carmel *adore* les hommes, elle les trouve si sensés, si apaisants. Je lui ai donc ramené un nouvel homme, et une fois qu'elle a eu fini de se hérisser à son contact, elle l'a accueilli dans sa vie, pris sous son aile, comme appartenant au cercle de ceux à qui elle distribue compliments, instructions et ordres. En ce moment même, elle l'a installé près d'elle pendant qu'elle cuisine, et rit de la justesse de ses observations tandis qu'elle farcit un ravioli de champignons scrupuleusement choisis car, dit-elle, avec tous ces repas abominables qu'on l'a forcé à avaler quand il était à l'école, David *apprécie* vraiment la nourriture.

Pendant ce temps, je suis dehors, sur l'herbe, je réfléchis au fait d'être enceinte, ce que je ne suis pas. L'idée me vient à cause du soleil si chaud sur mon ventre qu'on aurait aussi vite fait de l'imaginer rempli de sa lumière, dans un sens mythologique quelconque. Je pourrais avoir un bébé soleil, né de la lumière. La dryade du jardin en est muettement et délicatement convaincue, l'oiseau n'est qu'un signe de plus.

Cependant je ne suis pas enceinte – pas encore en tout cas – et la sensation de chaleur est agréable mais n'indique rien. Je reste donc allongée sur l'herbe à observer mon bienheureux bouvreuil, pas pressé de s'en aller, sautant d'une branche à l'autre. Au-dessus de lui, le ciel bouge dans un vent d'altitude qui déplace les nuages à toute allure sans altérer l'atmosphère du monde d'en bas. Les nuages passent à une vitesse spectaculaire. Dans le calme du jardin, l'oiseau voltige jusqu'au poirier, revient à la tête de la dryade. Il me regarde.

L'espace d'un instant, j'ai conscience du moindre tourbillon à l'œuvre dans le silence : nuages, oiseaux, feuilles, fourmis, atomes.

Des particules, dont j'ai oublié le nom, me transpercent.

La lente érosion de la dryade en pierre.

L'oiseau me regarde droit dans les yeux – comme s'il savait que c'est à cet endroit que l'on doit regarder les êtres humains – je lui renvoie son regard. Cette intelligence entre nous, soutenue, relègue mon histoire aux oubliettes. Cet oiseau n'est le domestique de personne. Il n'est pas pimpant non plus. Les mots ne font qu'épaissir son mystère : rouge à lèvres, corail, mousseline, verre de porto, ce ne sont là que des voiles sur son existence minuscule et incorruptible de bouvreuil. Même son nom, "bouvreuil", semble une sorte de déchet, comme une étiquette autocollante accrochée à ses plumes.

Un dimanche ensoleillé dans le jardin de ma mère, l'oiseau me regarda et je vis l'oiseau et je voulus annuler le langage pour rendre sa préexistence à l'animal. L'oiseau était. Longtemps avant nous, et longtemps après nous, il était et sera. Lorsque nos rouges à lèvres, nos domestiques, nos coraux délavés et pillés seront tous morts, enfouis dans une décharge, il viendra se percher sur l'amoncellement de nos ruines et chantera. Du moins je l'espère. Si nous avons de la chance, beaucoup de chance, l'oiseau sera toujours l'oiseau.

REMERCIEMENTS

Du fond du cœur, merci aux poétesses Jessica Traynor et Jane Clarke, dont les interventions légères et habiles ont donné aux vers inventés de Phil des airs de vrais poèmes. Mes excuses et remerciements à Paul Muldoon, que j'ai retardé à l'aéroport de Dublin avec la version de Phil du "Blongios de Chine" (je n'arrive pas à croire que j'ai fait une chose pareille). Catherine Duggan BL a généreusement partagé son expertise en matière de droits de succession, la professeure Margaret Kelleher a satisfait sans broncher mes requêtes les plus ésotériques. Merci à Paul Perry, poète et collègue à l'UCD (University College of Dublin), à mes amis du département de création littéraire, y compris les étudiants dont la vivacité et la détermination ont maintenu mon courage à flot et m'ont amarrée à ma table de travail.

La planète aux genres inversés dont Mal parle à Utrecht est empruntée – avec quelques infidélités de ma mémoire – à une nouvelle de Lisa Tuttle, "The Wound", publiée en 1990 dans son recueil *Memories of the Body: Tales of Desire and Transformation.* Le récit de la rencontre avec le blaireau doit beaucoup à la nouvelle de Patrick Boyle, *Meles Vulgaris.* Ceci est une œuvre de pure fiction : tous les décalages nécessaires ont été opérés pour faire en sorte qu'il n'y ait là aucune ressemblance avec des personnes réelles, vivantes ou mortes.

Tout mon amour et toute ma gratitude, comme toujours, à mon agent Peter Straus et à toute l'équipe de Rogers, Coleridge & White. Merci à Michal Shavit, David Milner et Joe Pickering chez Jonathan Cape, ma maison depuis toutes ces années, et à l'adorable équipe de Norton.

Merci aux Enright, qui tiennent bon. À Martin, Rachel et Lorcan, pour tout.

OUVRAGE RÉALISÉ
PAR NORD COMPO À VILLENEUVE-D'ASCQ
ACHEVÉ D'IMPRIMER SUR ROTO-PAGE
EN AOÛT 2025
PAR L'IMPRIMERIE FLOCH
À MAYENNE
POUR LE COMPTE DES ÉDITIONS
ACTES SUD
LE MÉJAN
PLACE NINA-BERBEROVA
13200 ARLES
contact@actes-sud.fr

DÉPÔT LÉGAL
1re ÉDITION : OCTOBRE 2025
N° impr. : 107427
(Imprimé en France)